李箱, 그 이상

李箱, 그 이상

초판 1쇄 인쇄	2014년 05월 21일		
초판 1쇄 발행	2014년 05월 28일		
지은이	이 상		
펴낸이	손 형 국		
편집인	선 일 영	편집	이소현 이윤채 조민수
디자인	이현수 신혜림 김루리	제작	박기성 황동현 구성우
마케팅	김 회 란		
펴낸곳	에세이퍼블리싱		
출판등록	2004. 12. 1(제2011-77호)		
주소	153-786 서울시 금천구 가산디지털 1로 168,		
	우림라이온스밸리 B동 B113, 114호		
홈페이지	www.book.co.kr		
전화번호	(02)2026-5777	팩스	(02)2026-5747

ISBN 979-11-85742-12-0 04810 978-89-6023-773-5 04810(SET)

에세이퍼블리싱은 ㈜북랩의 문학 전문 브랜드입니다.

이 도서의 국립중앙도서관 출판시도서목록(CIP)은 서지정보유통지원시스템 홈페이지(http://seoji.nl.go.kr)와
국가자료공동목록시스템(http://www.nl.go.kr/kolisnet)에서 이용하실 수 있습니다.
(CIP제어번호: 2014015996)

이상 문학 11선

李箱, 그 이상

편집부 엮음

일제강점기 한국현대문학 시리즈

011

ESSAY

일러두기

※ 〈일제강점기 한국현대문학 시리즈〉로 출간하는 한국 근현대 작품집은 공유
   저작물로 그 작품을 집필하신 저자의 숭고한 의지를 받들어 최대한 원전을
   유지하였다.

※ 오기가 확실하거나 현대의 맞춤법에 의거하여 원전의 내용 이해에 문제가 없
   을 정도의 선에서만 교정하였다.

※ 이 책은 현대의 표기법에 맞춰서 읽기 편하게 띄어쓰기를 하였다.

※ 이 책은 원문을 대부분 살려서 옛글의 맛과 작가의 개성을 느끼도록 글투의
   영향이 없는 단어는 현대식 표기법을 따랐다.

※ 한자가 많이 들어간 글의 경우는 의미 전달이 어려운 경우에 한해서 한글 뒤
   에 한자를 병기하여 그 뜻을 정확히 했다.

※ 이 책은 낙장이나 원전이 글씨가 잘 안 보여서 엮은이가 찾아 볼 수 없는 경
   우에는 굳이 추정하여 쓰지 않고 원전의 내용을 그대로 살렸다.

※ 중학생 수준의 독자가 이해하기 어려운 단어, 어휘에 대해서는 본문 밑에 일
   일이 각주를 달아 가독성을 높였다.

들어가는 글

 이상은 1930년대에 엄청난 센세이션을 불러일으킨 천재시인이었다.

 만 26년이라는 짧은 생애를 살다갔지만 그처럼 많은 반향이 일어났던 작가는 최초일 것이다. 혹자는 '천재'라고 불렀고 혹자는 '정신병자', '광인'이라고 지칭하였다. 그의 파격적인 문체는 독자들의 원성을 사기도 했지만 그를 천재시인이라고 지칭하는 무리들도 있었다.

 이번에 엮게 된 이상의 문학은 소설, 시, 수필 편으로 나누어 그의 문학세계를 엿보고자 했다. 특히 오감도는 그가 1930년에 『조선중앙일보』에 발표했던 15편의 전문을 담았다. 원문과 주해를 달아 독자들이 이해하기 쉽게 수록해 놓았다.

 이상의 작품들은 대부분 난해하기 이를 데 없지만 수록한 작품들을 통해 이상의 문학세계를 조금이나마 이해할 수 있는 계기를 마련해보고자 이 책을 엮게 되었다. 박제가 되어버린 천재, 이상의 문학세계를 향해 날아보자. 한 번 더 날아보자.

2014년 봄
편집부

소 설

李箱

그

이상

십이월 십이일

　이때나 저때나 박행薄倖에 우는 내가 십유여 년 전 그해도 저물려는 어
느 날 지향도 없이 고향을 등지고 떠나가려 할 때에 과거의 나의 파란 많
은 생활에도 적지 않은 인연을 가지고 있는 죽마의 고우 M군이 나를 보
내려 먼 곳까지 쫓아 나와 갈림을 아끼는 정으로 나의 손을 붙들고
　'세상이라는 것은 우리가 생각하는 것과 같은 것은 아니라네.' 하며 처
창한 낯빛으로 나에게 말하던 그때의 그 말을 나는 오늘까지도 기억하
며 새롭거니와 과연 그 후의 나는 M군의 그 말과 같이 내가 생각하던바
그러한 것과 같은 세상은 어느 한 모도 숙명적일 뿐이었었다.
　'저들은 어찌하여 나의 생각하는 바를 이해하여 주지 아니할까 나는 이
렇게 생각해야 옳다하는 것인데 어찌하여 저들은 저렇게 생각하여 옳다
는 것일까.'

이러한 어리석은 생각은 하여 볼 겨를도 없이

'세상이란 그런 것이야. 네가 생각하는 바와 다른 것, 때로는 정반대되는 것, 그것이 세상이라는 것이야!'

이러한 결정적 해답이 오직 질풍신뢰疾風迅雷[1]적으로 나의 아무 청산도 주관도 없는 사랑을 일약 점령하여 버리고 말았다. 그 후에는 나는 네가 세상에 그 어떠한 것을 알고자 할 때에는 우선 네가 먼저

'그것에 대하여 생각하여 보아라. 그런 다음에 너는 그 첫 번 해답의 대칭점을 구한다면 그것은 최후의 그것의 정확한 해답일 것이니.' 하는 이러한 참혹만 비결까지 얻어 놓았었다. 예상 못한 세상에서 부질없이 살아가는 동안에 어느덧 나라는 사람은 구태여 이 대칭점을 구하지 아니하고도 세상일을 대할 수 있는 것이련만 '비틀어진' 인간성의 사람이 되고 말았다. 그리하여 인간을 바라볼 때에 일상에 그 이면裏面을 보고 그러므로 말미암아 '기쁨'도 '슬픔'도 '웃음'도 '광명'도 이러한 모든 인간으로서의 당연히 가져야 할 감정의 권위를 초월한 그야말로 아무 자극도 감격도 없는 영점零點에 가까운 인간으로 화하고 말았다. 오직 내가 나의 고향을 떠난 뒤 오늘날까지 십유여년 간의 방랑생활에서 얻은바 그 무엇이 있다 하면 '불행한 가운데서 난 사람은 끝끝내 불행한 운명 가운데 울어야만 한다. 그 가운데에 약간의 변화 쯤 있다 하더라도 속지 말라. 그것은 다만 그 불행한 운명의 굴곡에 지나지 않는 것이다.'

이러한 이그러진 결혼 하나가 있을 따름이겠다. 이것은 지나간 나의 반생의 전부全部요 총결산이다. 이 하잘 것 없는 짧은 한 편은 이 어그러진 인간 법칙을 **그**라는 인격에 붙이어서 재차의 방랑 생활에 흐르려는

---

1) 질풍신뢰(疾風迅雷): 심한 바람과 번개. 빠른 바람과 사나운 우레. 썩 급히 진행되는 일.

나의 참담을 극한 과거의 공개장으로 하려는 것이다.

1

통절한 자극 심각한 인상 그것은 사람의 성격까지도 변화시킨다. 평범한 환경 단조한 생활 긴장 없는 전개 가운데에 살아가는 사람으로서는 도저히 그의 성격까지의 변경을 보기는 어려울 것이다. 어느 때 무슨 종류의 일이고 참으로 아픈 자극과 참으로 깊은 인상을 거쳐서야 비로소 그 사람의 성격 위에까지의 결정적 변화를 볼 수 있을 것이다. 이제 지금으로부터 지나간 이삼년 동안에 그를 만나 보지 못한 사람은 누구나 다 **그**의 성격의 어느 곳인지 집어 내지 못할 변화를 인식할 것이다. 이러한 변화에 따라 그의 용모와 표정 어조까지의 차라리 슬퍼할 만한 변화를 또한 누구나 다… 놀램과 의아疑訝를 가지고 대하지 아니할 수 없을 것이다.

'저 사람 저 사람의 그동안 생활에 저 사람의 성격을 저만치 변화시킬 만한 무슨 큰 자극과 깊은 인상이 있었던 것이겠지 무엇일까?'

그러나 이와 같은 의아는 도리어 그의 그동안의 생활에도 그의 성격을 오늘의 그것으로 변화시키게까지 한 그러한 아픈 자극과 깊은 인상이 있었다는 것을 더 잘 이야기하는 외에 아무것도 아닌 것이다.

2

세대와 풍정은 나날이 변한다. 그러나 그 변화는 그들을 점점 더 살 수 없는 가운데서 그들의 존재를 발견할 수 없도록 하는 변화에 지나지 아니하였다. 이 첫 번 희생으로는 그의 아내가 산후産後의 발병으로 세상을 떠나고 말은 것이다. 나이 많은(많다 하여도 사십이 좀 지난) 어머니를 우로 모시고 어미 잃은 젖먹이를 품 안에 끼고 그날그날의 밥을 구하여 어두운 거리를 헤매는 그의 인간고야말로 참담 그것이었다.

"죽어라 죽어, 차라리 죽어라. 나의 이 힘없는 발길에 걸치적대이지를 말아라. 피곤한 이 다리를 위하여 평탄한 길을 내어다오."

그의 푸른 입술이 떨리는 이러한 무서운 부르짖음이 채… 그의 입술이 떨어지기도 전에 안타까운 몇 날의 호흡을 계속하여 오던 그 젖먹이마저 놓였던 자리도 없이 죽은 어미의 뒤를 따라갔다. M군과 그 그리고 애총 메이는 사람 이 세 사람이 돌림돌림 얼어붙은 땅을 땀을 흘리어가며 파서 그 조그마한 시체를 묻어 준 다음에 M군과 그는 저문 서울의 거리를 걷는 두 사람이 되었다.

"M군, 나는 이제 나의 지게의 한판 짝 짐을 내려놓았다. 나는 아무래도 여기서 이대로는 살아갈 수 없으니 죽으나 사나 고향을 한번 뛰어나가 볼테야."

"그야… 그러나 늙으신 자네의 어머니를 남의 땅에서 고생시킨다면 차라리 더 아픈 일이 아니겠나."

"그러나 나는 불효한 자식이라는 것을 면치 못한 지 벌써 오래니간."

드물게 볼 만치 그의 눈이 깊숙이 숨벅이고 축축히 번적이는 것이 그의 굳은 결심의 빛을 여지없이 말하고 있는 것도 같았다.

T씨(T씨는 그와의 의義는 좋지 못하다 할망정 그래도 그에게는 단 하

나밖에 없는 친아우였다), 어렵기 짝이 없는 그들의 살림이면서도 이 단 둘 밖에 없는 형제가 딴 집 살림을 하고 있는 것도 그들의 의가 좋지 못한 까닭이었으나 그러나 그가 이 크나큰 결심을 의논하려 함에는 그는 그 T씨의 집으로 달려가지 아니하면 아니 되었다.

"네나 내나 여기서는 살수 없으니 우리 죽을 셈치고 한 번 뛰어나가 벌어보자."

"형님은 처자도 없고 한 몸이니깐 그렇게 고향을 뛰어나가시기가 어렵지 않으시리다만 나만해도 철없는 처가 있고 코 흘리는 저 업(T씨의 아들)이 있지 않소. 자 저것들을 데리고 여기서 살재도 고생이 자심한데 낯 설은 남의 땅에 가서 그 남 못할 고생을 어떻게 하며 저것들은 다 무슨 죄란 말이요. 갈려거든 형님 혼자나 가시오. 나는 갈수 없으니"

일상에 어머니를 모신 형 그가 가까이 있어서 가뜩이나 살기 어려운데 가끔은 어머니를 구실ㅁ實로 그에게 뜯겨 가며 사는 것을 몹시도 괴로이 여기던 T씨는 내심으로 그가 어서 어머니를 모시고 어디로든지 멀리 보이지 않는 곳으로 가기를 바라고 기다렸던 것이었다. 그가 홧김에

"어머니 큰 아들 밥만 밥입니까. 작은 아들 밥도 밥이지요. 큰 아들만 그렇게 바라지 마시고 작은 아들네 밥도 가끔 가서 열흘이고 보름이고 좀 얻어 잡숫다 오시구려."

이러한 그의 말이 비록 그의 홧김이나 술김의 말이라고는 하나 그러나 일상에 가난에 허덕이는 자식들을 바라볼 때에 불안스럽고 면구스러운 마음을 이기지 못하는 늙은 그들의 어머니는 작은 아들 T씨가 싫어할 줄을 번연히 알면서도 또 작은 아들 역시 큰 아들보다 조금도 나을 것 없이 가난한 줄까지 번연히 모르는 것도 아니었으나 그래도 큰 아들 가엾은 생각에 하루이고 이틀이고 T씨의 집으로 얻어먹으러 터덜거리고 갔었다. 또 그 외에도 즉 어머니 생일날 같은 때

"너도 어머니의 자식 나도 어머니의 자식 네나 내나 어머니의 자식 되기는 일반인데 내가 큰 아들이래서 내 혼자서만 모시라는 법이 있니? 그러니 너도 반만 모실 생각해라."

그럴 때마다 반이고 삼분의 일이고 T씨는 할 수 없거나 있거나 싫은 것을 억지로 부담하여 왔었다. 이와 같은 것들이 다… T씨가 그의 가까이 있는 것을 그다지 좋아하지 아니하는 까닭이었다.

"그럼 T야 너 어머니를 맡아라. 나는 일 년이고 이태이고 돈을 벌어 가지고 돌아올 터이니 그러면 그때에는…."

"에… 다 싫소. 돈 벌어 가지고 오는 것도 아무 것도 다 싫소. 내가 어머니가 당했소? 그런 어수룩한 소리 하지도 마시오. 더군다나 생각해 보시오. 형님은 지금 처자도 다 없는 단 한 몸에 늙으신 어머니 한분을 무엇을 그러신단 말이오? 나는 처자들이 우물우물하는데 게다가 또 어머니까지 어떻게 맡는단 말이오? 형님이 어머니를 모시고 다니시면서 고생을 시키든지 낙을 뵈우든지 그건 다 내가 알 배 아니니깐 어머니를 나한데 떠맡기고 갈 생각은 꿈에도 마시오."

이렇게 T는 그의 면전에서 한 번에 획… 뱉어 버리고 말았다.

어머니를 자식들이 서로 떠미는 이 불효, 어머니를 모시기를 싫어하는 이 불효 이것도 오직 그들을 어찌할 수도 없이 비끌어매이로 있는 적빈赤貧[2] 그것이 그들로 하여금 차마 저지르게 한 조그마한 죄악일 것이다.

그 후 며칠 동안 그는 그의 길들였던 세대도구世帶道具를 다 팔아 가지고 몇 푼의 노비를 만들어서 정든 고향을 길이 등지려는 가련한 몸이 되었다. 비록 그다지 의는 좋지 못하였다고는 하나 그러나 그러한 형 그와의 결의도 다… 적빈 그것 때문이었던 그의 아우 T는 생사生死를 가운데

---

2) 적빈(赤貧): 몹시 가난함.

놓은 마지막 이별을 맡기며 눈물 흘려 설어하는 사람도 오직 이 T 하나가 있을 따름이었다.

"어머니 형님 언제나 또 뵈오리이까."

"잘 있거라. 잘 있거라."

목 메인 그들의 차마 보지 못할 비극 기차는 가고 T씨는 돌아오고 한밤중 경성 역두에는 이러한 눈물의 이별 극이 자국도 없이 있었다.

죽마의 친구 M군이 학창의 여가를 타서 부산부두까지 따라와서 마음으로의 섭섭함으로써 그들 모자를 보내어 주었다. 새벽바람 찬 부두에서 갈림을 아끼는 친구와 친구는 손을 마주 잡고

"언제나 또 만날까 또 만날 수 있을까 세상이라는 것은 우리가 생각하는바 그러한 것은 아니라 네 부디 몸조심 부모 효도 잊지 말아주게."

"잘 있게 이렇게 먼 데까지 나와 주니 참 고맙기 끝없네. 자네의 지금 한 말 언제라도 잊지 아니 할 것일세. 때때로 생사를 알리는 한 조각 소식 부치기를 잊지 말아 주게 자⋯ 그러면."

새벽안개 자욱한 속을 뚫고 검푸른 물을 헤치며 친구를 싣고 떠나가는 연락선의 뒷모양을 어느 때까지나 하염없이 바라보아도 자취도 남기지 않은 그때가 즉 그 해도 저물어 가는 십이월 십이일十二月十二日 이른 새벽이었다.

그 후 그의 소식을 직접 들을 수 있는 고향의 사람에는 오직 M군이라는 그의 친구가 있을 따름이었다. 그가 처음의 한두 번을 제외하고는 T씨에게 직접 편지하지 아니한 것과 같이 T씨도 처음의 한두 번을 제하고는 그에게 편지하지 아니하였다.

오직 그들 형제는 그도 M군을 사이로 하여 M씨의 소식을 얻어 알고 T씨도 M군을 사이로 하여 그의 생사를 알 수 있는 흐릿한 상태가 길이 계속되어 왔던 것이다.

M에게 보내는 편지第一信

M군 추운데 그렇게 먼 곳까지 나와서 어머니와 나를 보내주려고 자네의 정성을 다 하였으니 그 고마운 말을 무엇으로 다 하겠나. 이 나의 충정의 만분의 일이라도 이 글발에 붙여 보려 할 뿐일세. 생전에 처음 고향을 떠난 이 몸의 몸과 마음의 더 없는 괴로움 또한 어찌 이루 다 말하겠나? 다만 나의 건강이 조금도 축나지 아니한 것만 다시없는 요행으로 알고 있을 따름일세. 그러나 처음으로의 긴 동안의 여행으로 말미암아 어머님께서는 건강을 퍽 헤하셔서 지금은 일어나 앉으시지도 못하시니 이럴 때마다 이 자식의 불효를 생각하고 스스로 하늘을 우러러 한숨지며 이 가슴이 찢어지는 것과 같은 아픔을 맛보는 것일세. 자네가 말한 바와 같이 역시 세상은 우리들이 생각한 바와는 몹시도 다른 것인 모양이야 오나가나 나에게 대하여는 저주스러운 것들뿐이요. 차디찬 것들뿐일세 그려!

이곳에는 조선 사람으로만 조직되어 있는 조합이 있어서 처음 도항渡航[3]하여 오는 사람들을 위하여 직업 거주居住등 절을 소개도 하며 돌보아도 주며 여러 가지로 편의를 도모하기에 진력하고 있는 것일세. 나의 지금 있는 곳은 신호시神戶市[4]에서 한 일리쯤 떨어져 있는 산지山地에 가까운 곳인데 이곳에는 수없는 조선 사람의 노동자가 보금자리를 치고 있는 것일세. 이 산비탈에 일면으로 움들을 파고는 그 속에서 먹고 자고 울고 웃고 씻고 빨래하고 바느질하고 하면서 복작복작 오물거

---

3) 도항(渡航): 배를 타고 바다를 건넘.
4) 신호시(神戶市): 일본 고베시.

리며 살아가는 것일세. 빨아 널은 흰 옷자락이 바람에 날리는 것이나 다홍 저고리와 연두 치마 입은 어린아이들의 오고 가며 뛰노는 것이나 고향땅을 멀리 떠난 이곳일세만. 그래도 우리끼리 모여 사는 것 같아서 그리 쓸쓸하거나 낯설지는 않은 듯해!

나는 아직 움을 파지는 못하였네. 헐어빠진 함석 칠판 몇 장과 화재 터에 못 쓸 재목 몇 토막을 아까운 돈의 몇 푼을 들여서 사다가 놓기는 하였네마는 처음 당해 보는 긴 여행 끝에 몸도 피곤하고 날도 요즈음 좀 치웁고 또 그날그날 먹을 벌이를 하노라고 시내로 들어가지 아니하면 아니 될 몸이라 어떻게 그렇게 내가 들어 있을 움집이라고 쉽사리 팔사이가 있겠나. 병드신 어머님을 모시고서 동포라고는 하지만 낯 설은 남의 집에서 폐를 끼치고 있는 생각을 하며 어서어서 하루라도 바삐 움집이나마 파서 짓고 들어야 할 터인데 모든 것이 다… 걱정거리뿐일세. 직업이라야 별로 이렇다는 직업이 있을 까닭이 없네. 더욱 요즈음은 겨울날이라 숙련된 기술 노동자 외에 그야말로 함부로 그날그날을 벌어먹고 사는 막벌잇군 노동자는 할일이 아무것도 없는 것일세. 더욱이 나는 아직 이곳 사정도 모르고 해서 당분간은 고향에서 세간기명을 팔아 가지고 노자 쓰고 나머지 얼마 안 되는 돈을 살이나 뼈를 긁어먹는 세음으로 갉아먹어 가며 있을 수밖에 없네. 그러나 이곳은 고향과는 그래도 좀 달라서 아주 하루에 한 푼도 못 벌어서 눈 뜨고 편히 굶고 앉았거나 그렇지는 않은 셈이여.

이불과 옷을 모두 팔아먹고 와서 첫째로 도무지 추워서 살 수 없네. 더군다나 병드신 늙은 어머님을 생각하면 어서 하루라도 바삐 돈을 변통하여서 덮을 것과 입을 것을 장만하여야만 할 터인데 그 역시 걱정거리에 하나일세.

아직도 여행 기분이 확… 풀리지 아니하여 들뜬 마음을 진정시키지 못 하였으니 우선 이만한 통지 비슷한데 그치거니와 벌써부터 이렇게 고 향이 그리워서야 어떻게 앞으로 길고 긴 날을 살아갈는지 의문일세. 이곳 사람들은 이제 처음이니깐 그렇지 조금 지나가면 차차 관계치 않 다고 하데마는 요즈음은 밤이나 낮이나 눈만 감으면 고향 꿈이 꾸여지 어서 도무지 괴로워 살 수 없네그려. 아… 과연 운명은 나의 앞길에 어 떠한 장난감을 늘어놓을는지 모르겠네마는 모두를 바람과 물결에 맡 길 작정일세. 직업도 얻고 어머니의 병환도 얼른 나으시게 하고 또 움 집이라도 하나 마련하며 이국의 생활異國生活이나마 조금 안정이 된 다 음에 서서히 모든 것을 또 알리어 드리겠네. 나도 늙은 어머니와 특히 건강을 주의하겠거니와 자네도 아무쪼록 몸을 귀중히 생각하여 언제 까지라도 튼튼한 일꾼으로의 자네가 되어주기를 바라네. 떠난 지 며칠 못되는 오늘 어찌 다시금 만날 날을 기필期必[5]할 수야 있겠나마는 운명 이 전연 우리 두 사람을 버리지 않는다면 일후 또다시 반가이 만날 날 이 없지는 않겠지! 한 번 더 자네의 끊임없는 건강을 빌며 또 자네의 사랑에 넘치는 글을 기다리며

– 친구 X로부터.

---

5) 기필(期必): 꼭 이루어지기를 기약함.

M에게 보내는 편지二信

M군! 하늘을 꾸짖고 땅을 눈 흘긴들 무슨 소용이 있겠나.

M군, M군! 어머니는 돌아가시었네. 세상에 나오신 지 오십 년에 밝은 날 하루를 보시지 못하시고 이렇다는 불평의 말씀 한 마디도 못하여 보시고 그대로 이역(異域)[6]의 차디찬 흙 속에 길이 잠드시고 말았네. 불효한 이 자식을 원망하시며 쓰라렸던 이 세상을 저주하시며 어머님의 외롭고 불쌍한 영혼은 얼마나 이 이역 하늘에 수없이 방황하실 것인가. 죽음! 과연 죽음이라는 것이 무엇이겠나. 사람들은 얼마나 그 죽음을 무서워하며 얼마나 어렵게 알고 있나. 그러나 그 무서운 죽음, 그 어려운 죽음이라는 것이 마침내는 그렇게도 우습고 그렇게도 하잘 것 없이 쉬운 것이더란 말인가. 나는 이제 그 일상에 두려워하고 어렵게 여기던 죽음이라는 것이 사람이 나기보다도 사람이 살아가기보다도 그 어느 것보다 가장 하잘것없고 가장 우스꽝스러운 것이라는 것을 잘 알았네. 오십년 동안 기구한 목숨을 이어오시던 어머님이 하루아침에 그야말로 풀잎에 맺혔던 이슬과 같이 사라지고 마시는 것을 보니 인생이라는 것이 그다지도 허무(虛無)하더라는 것을 느낄 대로 느꼈네.

M군! 살길을 찾아서 고향을 등지고 형제를 떨치고 친구를 버리고 이곳으로 더듬거려 흘러온 나는 지금의 한 분밖에 아니 게시던 어머님을 잃었네 그려! 내가 지금 운명의 끊임없는 장난을 저주하면 무엇을 하며 나의 불효를 스스로 뉘우치며 한탄한들 무엇을 하며 무상한 인세에 향하여 소리 지르며 외친들 그 또한 무엇 하겠나! 사는 것도 죽는 것도 모두가 허무일세. 우주(宇宙)에는 오직 이 허무 외에는 아무것도 없는 것일세.

---

6) 이역(異域): 1. 다른 나라의 땅. 2. 본고장이나 고향이 아닌 딴 곳.

한 분 어머니를 마저 잃었으니 지금에 나는 문자文字대로 아주 홀몸이 되고 말았네. 이제 내가 어디를 간들 무엇 내 몸을 비끌어매이는 것이 있겠으며 나의 걸어가는 길 위에 무엇 걸리적대일 것이 있겠나? 나는 일로부터 그날을 위한 그날의 생활 이러한 생활을 하여 가려고 하는 것일세. 왜? 인생에게는 다음 순간이 어찌 될지도 모르는 오직 눈앞에의 허무스러운 찰나刹那7)가 있을 따름일 터이니깐!

나는 지금에 한 사람의 훌륭한 숙련熟練 직공일세. 사회에 처하여 당당한 유직자有職者일세. 고향에 있을 때 조금 배워둔 도포업塗布業이 이곳에 와서 끊어져 가던 나의 목숨을 이어 주네. 쓰여 먹을 줄 어찌 알았겠나. 지금 나는 XX조선소造船所 건구도공부建具塗工部에 목줄을 매이고 있네. 급료 말인가 하루에 일원 오십 전 한 달에 사십오 원. 이 한 몸뚱이가 먹고 살기에는 너무나 많은 돈이 아니겠나. 나는 남는 돈을 저금이라도 하여 보려 하였으나 인생은 허무인데 무엇 그럴 필요가 있나. 언제 죽을지 아는 이 몸이라고 아주 바로 저금을 다하고 그것 다 내게는 주제넘은 일일세. 나의 주린 창자를 채이고 남는 돈의 전부를 술과 그리고 도박으로 소비해 버리고 마는 것일세. 얻어도 술! 잃어도 술! 지금 나의 생활이 술과 도박이 없다 할진댄 그야말로 전혀 제로에 가깝다고 해도 과언이 아니겠네.

고향에도 봄이 왔겠지 아! 고향의 봄이 한없이 그리우네 그려! 골목골목이 '앵도지리-뻐찌' 장사 다니고 개천가에 달래장사 헤매이는 고향의 봄이 그립기 한이 없네그려. 초저녁 병문에 창자를 끊는 듯한 처량

---

7) 찰나(刹那): 극히 짧은 시간(時間).

한 날라리소리, 젖빛 하늘에 떠도는 고향의 봄이 더욱 한없이 그리워 산 설고 물 설은 이 땅에도 봄은 찾아와서 지금 내가 몸을 의지하고 있는 이 움집들 다닥다닥 붙은 산비탈도 엷은 양광陽光에 씻기워 가며 종달새 노래에 기지개 펴고 있는 것일세. 이때에 나는 유쾌하게 일하고 있는 것일세. 이 세상을 괴롭게 구는 봄이 밖에 왔건마는 그것은 나와는 아무 관계가 없다는 듯이 소리 높이 목청 놓아 노래 부르며 떠들며 어머님 근심도 집의 근심도 또 고향 근심도 아무것도 없이 유쾌하게 일하고 있는 것일세.

어머님이 돌아가시던 그 움집은 나의 눈으로는 보기도 싫었네. 그리하여 나는 새로이 건너온 사람에게 그 움집을 넘기고 그곳에서 좀 뚝 떨어져서 새로이 움집을 하나 또 지었네. 그러나 그 새 움집 속에서는 누구라 나의 돌아오기를 기다리고 있겠나. 참으로 아무도 없는 것일세. 나는 일터에서 나오는 대로 밤이 깊도록 그대로 시가지市街地[8]를 정신 없이 헤매이다가 그야말로 잠을 자기 위하여 그 움집을 찾아 들고 찾아들고 하는 것일세. 그러나 내가 거리 한 모퉁이나 공원 벤치 위에서 밤새운 것도 한두 번이 아닌 것은 말할 것도 없네. 자네는 지금의 나의 찰나적으로 타락된 생활을 매도罵倒[9]할는지도 모르겠네. 그러나 설사 자네가 나를 욕하고 꾸지람을 한다 하더라도 어찌할 수 없는 일일세. 지금 나의 심정心情의 참 깊은 속을 살펴 알 사람은 오직 나를 제하고 아무도 없는 것이니깐 원컨대 자네는 너무나 나를 책망, 힐타만 말고서 이… 나의 기막힌 심정의 참 깊은 속을 조금이라도 살피어 주기를

---

8) 시가지(市街地): 도시의 큰 길거리를 이루는 지역.
9) 매도(罵倒): 심하게 욕하며 나무람.

바라네.

어머님이 돌아가신 지도 벌써 두 주일이 넘었네 그려. 그 즉시로 자네에게 이 비참悲慘한 소식을 전하여 주려고도 하였으나 자네 역시 짐작할 일이겠지마는 도무지 착란錯亂10)된 나의 머리와 손끝으로는 도저히 한자를 그릴 수가 없었네. 그래서 이렇게 늦은 것도 늦은 것이겠으나 아직도 나의 그 극도로 착란錯亂되었던 머리는 완전히 진정鎮靜되지 못하였네. 요사이 나의 생활 현상 같아서야 사람이 사는 것이 무슨 의의意義가 있는 것이겠으며 또 사람이 살아야만 하겠다는 것도 무슨 까닭인지 도무지 알 수가 없네. 오직 모든 것이 우습게만 보이고 하잘 것 없이만 보이고 가치 없어만 보이고 순간에서 순간으로 옮기는 데에만 무엇이고 있다는 의의意義가 조금이라도 있는 것인 듯하기만 하네. 나의 요즈음 생활은 나로서도 양심의 가책苛責을 전연 받지 않는 것도 아닐세. 그러나 지금의 나의 어두워진 가슴에 한 줄기 조그마한 빛깔이라도 돌아올 때 까지는 이러한 생활을 계속하지 아니하면 아니 되겠네. 설사 이 당분간當分間이라는 것이 나의 눈을 감는 전前 순간까지를 가리키는 것이 된다 하더라도….

어머님의 돌아가심에 대하여는 물론 영양부족營養不足으로 말미암은 몸의 극도의 쇠약과 도度에 넘치는 기한飢寒11)이 그 대부분의 원인이겠으나 그러나 그 직접 원인은 생전 못하여 보시던 장시간의 여행 끝에 극도로 몸과 마음의 흥분과 피로疲勞를 가져 온데다가 토질土質이 다른

---

10) 착란(錯亂): 어지럽고 어수선함.
11) 기한(飢寒): 배고픔과 추위.

물과 밥으로 말미암은 일종의 토질土疾[12) 비슷한 병에 걸리신 데 있는 것이라고 생각하네. 평소에 그다지 뛰어난 건강을 가지시었다고는 할 수 없었으나 별로 잔병치레를 하지도 아니하며 계시던 어머님이 이번에 이렇게 한 번에 힘없이 쓰러지실 줄은 참으로 꿈밖에도 생각 못하였던 바이야. 돌아가실 때에도 역시 아무 말도 아니 하시고 오직 자식 낳아 길어서 남같이 호상은 못시키나마 뼈마디가 빠지도록 고생시킨 것이 다시 없이 미안하고 한이 된다는 말씀과 T를 못 보시며 돌아가시는 것이 또 한 가지 섭섭한 일이라는 말씀, 자네의 후정厚情을 감사하시는 말씀을 하실 따름이었네. 그리고는 그다지 몸의 고민도 없이 고요히 잠들 듯이 눈을 감으시데. 참 허무한 그러나 생각하면 우선 눈물이 앞을 사리는 어머님의 임종臨終이었네. 어머님의 그 말들은 아직도 그 부처님 같은 어머니를 고생시킨 이 불효의 자식의 가슴을 에이는 것 같으며 내 일생 내가 눈 감을 순간까지 어찌 그때 그 말씀을 나의 기억에서 사라질 수가 있겠나!

나는 일로부터 자유로이 세상을 구경하며 그날그날을 유쾌하게 살아가려고 하는 것일세. 나의 장래를 생각할 것도, 불쌍히 돌아가신 어머님을 생각할 것도 다 없다고 생각하네. 그것은 왜? 그것은 차라리 나의 못 박힌 가슴에 더없는 고통을 가져오는 것이니깐! 마음 가라앉는 대로 일간 또 자세한 말 그리운 말 적어 보내겠거니와 T는 지금에 어머님 세상 떠나가신 것도 모르고 그대로… 적빈赤貧 속에 쪼들리어 가며 허덕이겠지?! 또한 생각하면 가슴이 아프기 한이 없네. T에게는 곧

---

12) 토질(土疾): 어떤 지방(地方)의 수질(水質)이나 토질(土質)이 맞지 아니하여서 생기는 병의 총칭(總稱).

내가 직접 알려 줄 것이니 어머님의 세상 떠나신 데 대하여는 자네는
아무 말도 하지 말아주게. 자네의 정에 넘치는 글을 기다리고 아울러
자네의 더없는 건강을 빌며….

- 친구 X로부터.

M에게 보내는 편지三信

M군! 내가 자네를 그리워 한없이 적조한 날을 보내는 거와 같이 자네
도 또한 나를 그리워 얼마나 적조한 날을 보냈나? 언제나 나는 자네의
끊임없는 건강을 알리우고 자네는 나의 또한 끊임없는 건강을 알리울
수 있는 것이 오직 우리 두 사람의 다시도 없는 기쁨이 아니겠나.
내가 신호를 떠나 이곳 명고옥名古屋13)으로 흘러온 지도 벌써 반년!
아… 고향땅을 떠난 지도 벌써 꿈결 같은 삼 년이 지나갔네 그려. 그
동안에 나는 무엇을 하였나. 오직 나의 청춘의 몸 닳는 삼년이 속절없
이 졸아들었을 따름일세 그려! 신호 XX조선소造船所 시대의 나의 생활
은 그 가운데 비록 한 분 어머니를 잃은 설움이 있었다고는 하나 그러
나 가만히 생각하여 본다면 그것은 참으로 평온무사한 안일한 생활이
었었네. 악마와 같은 이 세상에 이미 도전挑戰한 지 오래인 나로서는
이 평온무사한 안일한 직선생활直線生活이 싫증이 났네. 나는 널리 흐
트러져 있는 이 살벌殺伐의 항巷이 고루고루 보고 싶어졌네. 그리하여
그곳에서 사귄 그곳 친구 한 사람과 함께 이곳 명고옥으로 뛰어온 것

---

13) 명고옥(名古屋): 일본 나고야시.

일세. 두 사람은 처음에 이곳 어느 식당 '뽀이'가 되었었네.

세상이 허무라는 이 불후不朽[14]의 법칙은 적용되지 아니하는 곳이 없데. 얼마 전 그의 공휴일公休日에 일상에 사냥을 즐기는 그는 그의 친구와 함께 이곳에서 퍽 멀리 떨어져 있는 어느 산촌山村으로 총을 메이고 떠나갔네. 그러나 그날 오후에 그는 그의 친구의 그릇으로 그 친구는 탄환에 맞아 산중에서 무참히 죽고 말았네. 그 친구는 겁결에 고만 어디로 도망하였었으나 얼마 되지 아니하여 잡히었다고 하데. 일상에 쾌활하고 개방적開放的이고 양기陽氣에 넘치던 그를 생각하며 다시 한 번더 세상의 허무를 느낀 것일세. 그와 나의 사귐 동안이 비록 며칠 되지는 아니 하였으나 퍽… 마음과 뜻의 상통됨을 볼 수 있던 그를 잃은 나는 그래도 그곳을 획… 떠나지 못하고 지금은 그 식당 '헤드 쿡'이 되어 가지고 있으면서 늘… 그를 생각하며 어떤 때에는 이 신변이 약간의 공허空虛까지도 느낄 적이 다 있네.

나의 지금 목줄을 매이고 있는 식당은 이름이야 먹을 식자 식당일세마는 그것을 먹기 위한 식당이 아니라 놀기를 위한 식당일세. 이 안에는 피아노가 놓여 있고 라디오가 있고 축음기가 몇 개씩이나 있네. 뿐만 아니라 어여쁜 여자女給가 이십여 명이나 있으니 이곳 청등靑燈 그늘을 찾아드는 버러지의 무리들은 '만하탄'과 '화이트 호스'에 신경을 마비시켜 가지고 난조亂調의 재즈에 취하여 육향분복肉香芬馥[15]한 소녀들의 붉은 입술을 보려고 모여드는 것일세. 공장의 기적이 저녁을 고할 때면 이곳 식당은 그 광란狂亂의 뚝게를 열기 시작하는 것일세. 음란을

---

14) 불후(不朽): 썩어 없어지지 않음. 영구하다.
15) 육향분복(肉香芬馥): 살 내음이 매우 향기로움.

극한 노래와 광대에 가까운 춤으로 어우러지고 무르녹아서 그날 밤 그 날 밤이 새어가는 것일세. 이 버러지들은 사회 전반의 계급을 망라하였으니 직업이 없는 부랑아浮浪兒 · '샐러리맨' · 학생 · 노동자 · 신문기자 · 배우 · 취한, 그러한 여러 가지 계급의 그들이나 그러나 촉감觸感의 향락을 구하며 염가廉價16)의 헛된 사랑을 구하러 오는 데에는 다 한결같이 일치하여 버리고 마는 것일세.

나는 밤마다 이 버러지들의 목을 축이기 위한, 신경을 마비시키기 위한 비료肥料거리와 마취제를 요리하기에 여념이 없는 것일세. 나는 밤 새고도 이 어지러운 소음騷音을 귀가 해어지도록 듣고 있는 것일세. 더없는 황홀과 흥분과 피로를 느끼면서 나의 육체를 노예화시켜서 그들에게 제공하고 있는 것일세. 그 피로疲勞와 긴장緊張도 지금에 와서는 다 어느덧 면역免疫이 되고 말았네마는!

나는 몇 번이나 나도 놀랄 만치 코웃음 쳤는지 모르겠네. 나! 오늘까지 나 역시 그날의 근육을 판 그날의 주머니를 술과 도박에 떨고 떠는 생활을 계속하여 오던 나로서 그 버러지들을 향하여, 그 소음을 향하여 코웃음을 쳤다는 말일세. 내가 시퍼런 칼을 들고 나의 손을 분주히 놀릴 때에 그들의 떠들고 날치는 것이 어떻게 그리 우습게 보이는지 몰랐네.

'무엇하러 저들은 일부러 술로 몸을 피로시키며 밤새임으로 정력을 감퇴시키기를 즐겨 할까 무엇하러 저들의 포켓트를 일부러 털어 바치러 올까.'

이것은 전면 나에게 대하여 수수께끼였네. 한편으로는 그들이 어린애

---

16) 염가(廉價): 시세(時勢)보다 헐한 값. 싼 값.

같이 보이고 철없어 보이고 불쌍한 생각까지 들어서.

'내가 왜 술을 먹었던가, 내가 왜 도박을 했던가, 내가 왜 일부러 나의 포켓트를 털어 바쳤었던가.'

이렇게 지나간 이태 남짓한 나의 생활에 대하여 의심도 하며 스스로 꾸짖으며 부끄러워도 하여 보았네.

'인제야 내 마음이 아마 바른 길로 들었나 보다.'

이렇게 생각하여 보았으나

'술을 먹지 말아야지. 도박도 고만 두어야지. 돈을 모아야지. 이것이 옳을까 아… 그러나 돈은 모아서 무엇하랴. 무엇에 쓰며 누구를 주랴. 또 누구를 주면 무엇하랴.'

이러한 생각이 아직도 나의 머리에 생각되어 밤마다 모여드는 그 버러지들을 나는 한없이 비웃으면서도 그래도 나는 아직 그 타락적 찰나적 생활기분이 남아 있는지 인생에 대한 허무와 저주를 아니 느낄 수는 없네. 그러나 이것이 나의 소생蘇生의 길일는지도 모르겠으나 때로 나의 과거 생활의 그릇됨을 느낄 적도 있으며 생에 대한 참된 의의意義를 조금씩이라도 알아지는 것도 같으나 이것이 나의 마음과 사상의 점점 약하여 가는 징조나 아닌가 하여 섭섭히 생각될 적도 없지 않으나 하여간 최근 나의 내적 생활현상內的 生活現象은 확실히 과도기過渡期를 걷고 있는 것 같으니 이때에 아무쪼록 자네의 나를 위한 마음으로의 교시教示와 주저躊躇없는 편달鞭撻을 바라고 기다릴 뿐일세. 이렇게 심리상태의 정곡正鵠을 잃은 나는 요사이 무한히 번민하고 있는 것이니깐!

직업이 직업이라 밤을 낮으로 바꾸는 생활이 처음에는 꽤 괴로운 것이었으나 지금 와서는 그것도 면역이 되어서 공휴일 같은 날 일찍 드러누우면 도리어 잠이 얼른 오지 아니하는 형편일세. 그러나 물론 이러한 생활이 건강상에 좋이 못할 것은 명백한 일이니 나로서 나의 몸의 변화를 인식하기는 좀 어려우나 일상에 창백한 얼굴빛을 가지고 있는 그 소녀들이 퍽 불쌍하여 보이네.

그러나 또 한편 밤잠은 못 잘망정 지금의 나는 한 사람의 훌륭한 '쿡'으로서 누구에게도 손색이 없는 것일세. 부질없는 목구녕을 이어가기에 나는 두 가지의 획식술獲食術[17]을 배웠구나 하는 생각을 하면 이 몸이 한없이 애처롭기도 하네! '쿡'이니만큼 먹기는 누구보다도 잘 먹으며 또 이 식당 안에서는 그래 당당한 세력을 가지고 있는 것일세. 내가 몹시 쌀쌀한 사람이라 그런지 여급女給들도 그리 나를 사귀려고도 아니하나 들은즉 그들 가운데에도 퍽 고생도 많이 하고 기구한 운명에 쫓기어 온 불쌍한 사람도 많은 모양이야.

이 '쿡' 생활이 언제까지나 계속되겠으며 또 이 '명고옥'에 언제가지나 있을지는 나로서도 기필할 수 없거니와 아직은 이 '쿡' 생활을 그만둘 생각도 명고옥을 떠날 계획도 아무것도 없네. 오직 운명이 가져올 다음의 장난은 무엇인지 기다리고 있을 따름일세. 처음 신호에 닿았을 때, 그 곳 누구인가가 말한 것과 같이 날이 가고 달이 가면 차차 관계치 않으리라 하더니 참으로 요사이는 고향도 형제도 친구도 다 잊었는지 별로 꿈도 안 꾸어지네. 오직 자네를 그리워하는 외에는 그저 아무나 만나는 대로 허허 웃고 사는 요사이의 나의 생활은 그다지 나로 하여금 적막과 고독을 느끼게 하지도 않네. 차라리 다행으로 여길까?

이곳은 그다지 춥지는 않으나 고향은 무던히 추우렷다. T는 요사이 어찌나 살아가며 업이가 그렇게 재주가 있어서 공부를 잘한다니 T 집안

---

17) 획식술(獲食術) : 생계를 이어나갈 수 있는 수단이나 기술.

을 위해서나 널리 조선을 위해서나 또 한 번 기뻐할 일이 아니겠나. 자네의 나를 생각하여 주는 뜨거운 글을 기다리고 아울러 자네의 건강을 빌며.

– X로부터.

M에게 보내는 편지四信

태양은 – 언제나 물체들의 짧은 그림자를 던져 준 적이 없는 그 태양을 머리에 이고 – 였다느니 보다는 비뚜로 바라다보며 살아가는 곳이 내가 재생再生하기 전에 살던 곳이겠네. 태양은 정오正午에도 결코 물체들의 짧은 그림자를 던져 주기를 영원히 거절하여 있는 – 물체들은 영원히 긴 그림자만을 가짐에 만족하고 있지 아니하면 아니 될 – 그만큼 북극권北極圈에 가까운 위경도緯經度의 순자를 소유한 곳 – 그 곳이 내가 재생하기 전에 태가 살던 잠으로 꿈같은 세계이겠네. 원시原始를 자랑스러운 듯이 이야기하며 하늘의 높은 것만 알았던지 법선法線으로만 법선으로만 이렇게 울립鬱立하여 있는 무수한 침엽수針葉樹들은 백중천중百重千重으로 포개져 있는 잎새 사이로 담황색淡黃色 태양광을 황홀한 간섭작용干涉作用으로 투과透過시키고 있는 잠자고 있는 듯한 광경이 내가 재생하기 전에 살던 그 나라 그 북극이 아니면 어느 곳에서도 얻어 볼 수 없는 시적 정조詩的 情調인 것이겠네. 오로지 지금에는 꿈 – 꿈이라면 너무나 깊이가 깊고 잊어버리기에 너무나 감명독感銘毒한 꿈으로만 나의 변화만은 생生 한 조각답게 기억되네마는 그 언제나 휘발유 찌꺼기 같은 값싼 음식에 살찐 사람의 지방脂肪빛 같은 그 하늘을 내가 부득이 연상할 적마다 구름 한 점 없는 이 청천을 보고 있는 나의 개인個人 마음까지 지저분한 막대기로 휘저어 놓는 것 같네. 그것은 영원히 나의 마음의 흐리터분한 기억으로 조금이라도 밝은 빛을 얻어 보려고 고달파하는 나의 가엾은 노력에 최후까지 수반隨伴될 저주할 방해물인 것일세.

나의 육안肉眼의 부정확한 오차誤差를 관대히 본다 하더라도 그것은 이십오도(25°)에는 내리지 않을 치명적 '스로우프傾斜'이었을 것일세. 그 뒷둑뒷둑하는 위험하기 짝이 없는 궤도軌道위의 바람을 쪼개고 맥진驀進[18]하는 '토로코' 위에 내 몸을 싣는다는 것은 전혀 나의 생명을 그대로 내어던지려는 것과 조금도 다름없는 것일세. 이미 부정否定된 생生을 식도食道라는 질긴 줄에 포박당하여 억지로 질질 끌려가는 그들의 '살아간다는 것'은 그들의 피부와 조금도 질 것 없이 조고만치의 윤택도 없는 '짓'이 아니고 무엇이겠나. 그들의 메마른 인후咽喉를 통과하는 격렬한 공기의 진동은 모두가 창조의 신에 대한 최후의 마멸馬蔑의 절규絶叫인 것일세. 그 음울한 소리를 들을 수 있는 사람은 누구나 다… 싫다는 것을 억지로 매질을 받아가며 강제되는 '삶'에 대하여 필사적 항의를 드리지 않을 사람이 어디 있겠나. 오직 그들의 눈에는 천고의 백설을 머리위에 이고 풍우로 더불어 이야기하는 연산의 봄 도라지들도 한낱 악마의 우상밖에 아무것으로도 보이지 않는 것일세. 그때에 사람의 마음은 환경의 거울이라는 것이 아니겠나.

나는 재생으로 말미암아 생에 대한 새로운 용기와 환희를 한 몸에 획

---

18) 맥진(驀進): 좌우(左右)를 돌볼 겨를이 없이 매우 기운(氣運)차게 나아감.

득한 것 같은 지금의 나로 변하여 있는 것일세. 그러기에 전세의 나를 그 혈사血史를 고백하기에 의외의 통쾌와 얼마의 자만까지 느끼는 것이 아니겠나. 내가 그 경사 위에서 참으로 생명을 내어던지는 일을 하던 그 의식 없던 과정을 자네에게 쏟아뜨리근 것도 필연컨대 그 용기와 그 기쁨에 격려된 한 표상이 아닐까 하는 것일세.

그때까지의 나의 생에 대한 신념은… 구태여 신념이 있었다고 하면 그것은 너무나 유희적이었음에 놀라지 아니할 수 없네.
'사람이 유희적으로 살 수가 있담?'
결국 나는 때대로 허무 두 자를 입 밖에 헤뜨리며 거리를 왕래하는 한 개 조고마한 경멸할 '니힐리스트'였던 것일세. 생을 찾다가, 생을 부정했다가 드디어 첨으로 귀의하여야만 할 나의 판정은 – 나는 허무에 귀의하기 전에 벌써 생을 부정하였어야 될 터인데 – 어느 때에 내가 나의 생을 부정했던가… 집을 떠날 때! 그때는 내가 줄기찬 힘으로 생에 매어달리지 않았던가. 그러면 어머님을 잃었을 때! 그때 나는 어언간 무수한 허무를 입 밖에 방산시킨 뒤가 아니었던가. 그 사이! 내가 집을 떠날 때부터 어머님을 잃을 때까지 그 사이는 실로 짧은 동안… 뿐이랴 그 동안에 나는 생을 부정해야만 할 아무런 이유도 가지지 않았던가. 생을 부정할 아무 이유도 없이 앙감질單足跳로 허탄히 허무를 질질 흘려 왔다는 그 희롱적 나의 과거가 부끄럽고 꾸지람하고 싶은 것일세. 회한을 느끼는 것일세.
'생을 부정할 아무 이유도 없다. 허무를 운운할 아무 이유도 없다. 힘차게 살아야만 하는 것이…'
재생한 뒤의 나는 나의 몸과 마음에 채찍질하여 온 것일세. 누구는 말하였지.

'신에게 대한 최후의 복수는 내 몸을 사바로부터 사라뜨리는 데 있다.'
고 그러나 나는 '신에게 대한 최후의 복수는 부정되려는 생을 줄기차
게 살아가는 데 있다' 이렇게….

또한 신뢰迅雷와 같이 그 '슬로우프'를 나려 줄이고 있는 얼마 안 되는
순간에, 어떠한 순간이었네. 내 귀에는 무서운 소리가 들려왔어.
'X야. 뛰어 내려라 죽는다….'
'네 뒤 **토로**19)가 비었다空 뛰어내려라!'
나는 거의 본능적으로 고개를 돌렸네. 과연 나의 뒤를 몇 간 안 되게까
지 육박해 온… 반드시 조종하는 사람이 있어야만 할 그 '토로'에는 사
람이 없는 것이었네. 나는 '브레이크'를 놓았네. 동시에 나의 '토로'도
무서운 속도로 나의 앞에 가는 '토로'를 육박하는 것이었네. 나는 '토
로' 위에서 필사적으로 부르짖었네.
'야! 앞의 **토로**야. **브레이크**를 놓아라. 충돌된다. 죽는다. 내 **토로**에는
사람이 없다. **브레이크**를 놓아라.'
그러나 앞의 '토로'는 '브레이크'를 놓을 수는 없었네. 그것은 '레일'이
끝나는 종점에 거의 가까이 닿았으므로 앞의 '토로'는 도리어 '브레이
크'를 눌러야만 할 필요에 있는 것이었네.
'내가 뛰어내려 그러면 내 **토로**의 **브레이크**는 놓아진다. 그러면 내 **토
로**는 앞의 **토로**와 충돌된다. 그러면 앞의 놈은 죽는다….'
나는 뒤를 또 한 번 돌아다보았네. 얼마 전에 놀래어 '브레이크'를 놓
은 나의 '토로'보다도 훨씬 먼저 '브레이크'가 놓아진 내 뒤 '토로'는 내
'토로' 이상의 가속도로 내 '토로'를 각각으로 육박해 와서 이제는 한

---

19) 토로: 철길 운반용 밀차.

두 간 뒤 – 몇 초 뒤에는 내 목숨을 내어던져야 될 참으로 충돌이 일어날 – 그렇게 가깝게 육박해 있는 것이었네.

'뛰어내리지 아니하고 이대로 있으면 아무리 브레이크를 놓아도 나는 뒤 토로에 충돌되어 죽을 것이다. 뛰어내려? 그러면 내가 뛰어내린 그 토로와 그 뒤를 육박하던 빈 토로는 충돌될 것이다. 다행히 선로 바깥으로 굴러 떨어지면 좋겠지만 선로 위에 그대로 조금이라도 걸쳐 놓인다면 그 뒤를 따르던 토로들은 이 갑빠진 토로에 충돌되어 쓰러지고 또 그 뒤를 따르던 토로는 거기서 충돌되고, 또 그 뒤를 따르던 토로는 거기서 충돌되구, 이렇게 수 없는 토로들은 뒤로뒤로 충돌되어 그 위에 탔던 사람들은 죽고 다치고…!'

나는 세 번째 또한 거의 본능적으로 뒤를 돌아다보았네. 그러나 다행히 넷째 '토로'부터 앞에 올 위험을 예기하였던지 '브레이크'를 벌써 눌러서 멀리 보이지도 않을 만큼 떨어져서 가만가만히 내려오고 있는 것이었네. 다만 화산火山의 분화를 바라보고 있는 사람의 눈초리와 같은 그러한 공포에 가득 찬 눈초리로 멀리 앞을… 우리들을 바라다보고 있는 것이네. 그때에,

'뛰어내리자. 그래야만 앞의 사람이 산다.'

내가 화살 같은 '토로'에서 발을 떼이려 하는 순간 때는 이미 늦었었네. 뒤에 육박해 오던 주인 없는 '토로'는 무슨 증오憎惡가 나에게 그리 깊었던지 젖 먹은 기운까지 다하는 단말마의 야수같이 나의 '토로'에 거대한 음향과 함께 충돌되고 말았네. 그 순간에 우주는 나로부터 소멸되고 다만 오랜 동안의 무無가 계속되었을 뿐이었다고 보고할 만치 모든 일과 물건들은 나의 정신권내에 있지 아니하였던 것일세. 다만 재생한 후 멀리 내 '토로'의 뒤를 따르던 몇 사람으로부터 '공중에 솟았던' 나의 그 후 존재를 신화神話 삼아 들었을 뿐일세.

재생되던 첫 순간 나의 눈에 비쳐진 나의 주위의 더러운 광경을 나는 자네에게 이야기하고 싶지 않네. 그것은 그런 것을 쓰고 있는 동안에 나의 마음에 혹이나 동요가 생기지나 아니할까 하는 위험스러운 의문에서 - 그러나 나의 주위에 있는 동무들의 팜으로 근심스러워 하는 표정의 얼굴들이 두 번째로 나의 눈에 비치었을 때의 의식을 잃은 나의 전 몸뚱어리에서 다만 나의 입만이 부드럽게 - 참으로 고요히 - 참으로 착하게 미소하는 것을 내 눈으로도 보는 것 같았네. 나는 감사 하였네. 신에게보다도 우선 그들 동무들에게 - 감사는 영원히 신에게 드림 없이 그 동무들에게만 그치고 말는지도 몰라. 내 팔이 아직도 나의 동체胴體에 달려 있는가 만져 보려 하였으나 그 팔 자신이 벌써 전부터 생리적으로 움직일 수 없는 것이 된지 오래였던 모양이데. 나는 다시 그들 동무들에게 감사하며 환계幻界 같은 꿈속으로 깊이 빠지고 말았네. 나는 어머니에게 좀 더 값있는 참다운 삶을 살 수 있게 하지 못한 '내'가 악마 - 신이 아니라 - 에게 무수히 매 맞는 것을 보았네. 그리고 나는 '나'에게 욕하였고 경멸하였네. 그리고 나는 좀 더 건실하게 살지 않았던 '쿡' 생활 이후의 '내'가 또한 악마에게 매 맞는 것을 보았네. 그리고 나는 나에게 욕하였고 경멸하였네. 그리고 생에 새로운 참다운 의의意義와 신에 대한 최후적 복수의 결심을 마음속으로 깊이 암송하였네. 그 꿈은 나의 죽은 과거와 재생 후의 나 사이에 형상 지어져 있는 과도기에 의미 깊은 꿈이었네. 하여간 이를 갈아 가며 라도 살아 가겠다는 악지가 나의 생에 대한 변경시키지 못할 신념이었네. 다만 나의 의미 없이 또 광명 없이 그대로 삭제削除되어 버린 과거 - 나의 인생의 한 부분을 섧게 조상弔喪하였을 따름일세.

털끝만한 인정미人情味도 포함하고 있지 아니한 바깥에 부는 바람은 이 북국에 장차 엄습하여 올 무서운 기절을 교활하게 예고하고 있는 것이나 아니겠나. 번개같이 스치는 지난겨울, 이곳에서 받은 나의 육체적 고통의 기억의 단편들은 눈 깜박할 사이에 무죄한 나를 전율戰慄시키는 것일세. 이 무서운 기절이 이 나라에 찾아오기 전에 어서 이곳을 떠나서 바람이나마 인정미 – 비록 그러한 사람은 못 만나더라도 – 있는 바람이 부는 곳으로 가야 할 터인데 나의 몸은 아직도 전연 부자유에 비끄러매여있네. – 그것은 육체적으로나 정신적으로나 의사하는 사람은 나의 반드시 원상대로의 복구를 예언하데마는 그러나 행인지 불행인지 나는 방문 밖에서

'절뚝발이는 아무래도 면치 못하리라.'

이렇게 근심하는 그들의 말소리를 들었네 그려 – 만일에 내가 그들의 이 말과 같이 참으로 절뚝발이가 되고 만다 하면 – 나는 이 생각을 하며 내 마음이 우는 것을 느끼네.

'절뚝발이.'

여태껏 내 몸 위에 뒤집어 씌워져 있던 무수한 대명찰代名札외에 나에게는 또 이러한 새로운 대명찰 하나가 더 뒤집어지는구나 – 어디까지라도 깜깜한 암흑에 지질리워 있는 아나의 앞길을 건너다보며 영원히 나의 신변에서 없어진 등불을 원망하는 것일세. 절뚝발이도 살 수 있을까 – 절뚝발이도 살게 하는 그렇게 관대한 세계가 지상에 어느 한 귀퉁이에 있을까? 자네는 이 속타는 나의 물음 – 아니 차라리 부르짖음에 대하여 대답할 무슨 재료, 아니 용기라도 있겠는가?

북국 생활 칠년! 그 동안에 나는 지적智的으로나마 덕적德的으로나마 많은 교훈을 얻은 것은 사실일세. 머지 아니한 장래에 그 전에 나보다 확실히 더 늙은 절뚝발이의 내가 동경에 다시 나타날 것을 약속하네. 그곳에는 그래도 조금이라도 따뜻한 나의 식어빠진 인생을 조금이라

도 덥혀줄 바람이 불 것을 꿈꾸며 줄기차게 정말 악마까지도 나는 미워할 때까지 줄기차게 살겠다는 것도 약속하네. 재생한 나이니까 물론 과거의 일체 추상醜相은 곱게 청산하여 버리고 박물관 내의 한 권의 역사책으로 하여 가만히 표지를 덮는 것일세. 모든 새로운 광채 찬란한 역사는 이제로부터 전개할 것일세. 하면서도

'절뚝발이가…?'

새로이 방문하여 오는 절망을 느끼면서도 아직 나는 최후까지 줄기차게 살 것을 맹세하는 것일세. 과거를 너무 지껄이는 것이 어리석은 일이라면 장래를 너무 지껄이는 것도 어리석은 일일 것일세.

M군! 자네가 편지를 손에 들고 글자 글자를 자네 눈에 통과시킬 때, 자네 눈에 몇 방울 눈물이 있으리란 추측이 그렇게 억측일까 그러나 감히 바란다면 '첫째로는 자네의 생에 대한 실망을 경계할 것이며 둘째로는 나의 절뚝발이에 대하여 형식적 동정에 그칠 것이요, 결코 자살적 비애를 느끼지 말 것들'이겠네. 그것은 나의 지금 이 '줄기차게 살겠다는' 무서운 고집에 조고마한 실망적 파동이라도 이끌어 올까 두려워서… 나의 염세厭世에 대한 결사적 투쟁은 자네의 신경을 번잡케 할만치 되어 나아갈 것을 자네에게 약속하기를 꺼리지 아니하네. 자네의 건강을 비는 동시에 못 면할 이 절뚝발이의 또한 건강이 있기를 빌어 주기를 은근히 바라며.

- X로부터

M에게 보내는 편지五信

자네의 장문의 편지 그 가운데에 오직 자네의 건강을 전하는 구절 외에는 글자 글자의 전부가 오직 나의 조소嘲笑를 사기 위한 외에 아무 매력魅力도 가지지 아니한 것들이었네. 자네는 왜 – 남에게 의지하여 살아가려 하는가. 남에게 의지하여 살아간다는 것은 곧 생에 대한 권리를 그, 그 사람 위에 가져올 자포자기의 짓이라는 것을 어찌 모르는가. 일조일석 많은 재물을 탕진시켜 버렸다 하여 자네는 자네 아버지를 무한히 경멸해 하며 나중에는 부수적으로 따라오는 절망까지 하소연하지 아니하였는가, 그것이 자네가 스스로 구실을 꾸미어 가지료 나아가서 자네의 애를 써 잘 경영되어 나오던 생을 구태여 부정하여 보려는 것이 아니고 무엇이겠나. 그것은 비겁한 동시에 – 모든 비겁이 하나도 죄악 아닌 것이 없는 것과 같이 – 역시 죄악인 것일세.

어렵거든, 혹은 나 외의 말이 우의적友誼的으로 좋지 않게 들리거든 구태여라도 운명이라고 그렇게 단념하여 주게. 그것도 오직 자네에게 무한한 사랑을 받고 있는 나의 자네에게 대한 무한한 사랑에서 나온 것인 만큼 나는 자네에게 인생의 혁명적으로 새로운 제이차적 '스타일'을 충고치 아니할 수 없는 것일세. 그리고 될 수만 있으면 이 운명이라는 요물을 신용치 말아 주기를 바라는 것 일세 – 이렇게 말하는 나 자신부터도 이 운명이라는 요물의 다시없는 독신자篤信者이면서도….
'운명의 장난?'
M군! 나는 그 동안 여러 날을 두고 몹시 앓았네. 무슨 원인인지 나도 모로게, 이… 원인 알 수 없는 병이 나의 몸을 산 채로 더 삶을 수 없는 데까지 삶아 가지고는 죽음의 출입구까지 이끌어 갔던 것일세. 그때에 나의 곱게 청산하여 버렸던 나의 정신 어느 모에도 남아 있지 않아야만 할 재생하기 전에 일어났던 일까지도 재생 후의 그것과 함께 죽 단

렬單列로 나의 의식意識 앞을 천천히 지나가고 있는 것이었네. 그리고 나는 반의식의 나의 눈으로 그 행렬 가운데서 숨차게 허덕이던 과거의 나를 물끄러미 바라다보고 있던 것이었네. 그것은 내 눈에 너무도 불쌍한 꼴로 나타났었기 때문에, 아 - 그것들은 - '이것이 죽은 것인가 보다 적어도 죽어가는 것인가 보다.' 이렇게 몽롱히 느끼면서도

'죽는 것이 이렇기만 하다면야.'

이런 생각도 나서 일종의 통쾌까지도 느낀 것 같으며 그러나 죽어가는 나의 눈에 비치는 과거의 나의 모양 그 불쌍한 꼴을 보는 것은 확실히 슬픈 일일 뿐 아니라 고통이었네. 어쨌든 나를 간호하던 이 집 주인의 말에 의하면 무엇 나는 잠을 자면서도 늘… 울고 있더라던가….

'이것이 죽는 것이라면….'

이렇게 그… 꼴사나운 행렬을 바라보던 나의 머리 가운데에는 내가 사랑에 주려 있는 형제와 옛 친구를 애걸하듯이 그리며 그 행렬 가운데에 행여나 나타나기를 무한히 기다렸던 것일세. 이 마음이 아마 어떤 시인의 병석에서 부른….

'얼른 이때 옛 친구 한 번씩 모두 만나 둘거나.'

하던 그 시경詩境에 노는 것이나 아닌가 하였네.

순전한 하숙下宿이라만 볼 수도 없으나 그러나 괴상만 성격을 각각 가진 사람들이 많이 모여 있는 지금의 나의 사는 곳일세. 이곳 주인은 나보다 퍽 연배年輩에 속하는 사람으로 그의 일상생활 양樣으로 보아 나의 마음을 끄는 바가 적지 않았으되 자세한 것은 더 자세히 안 다음에 써 보내겠거니와 하여간 내가 고국을 떠나 자네와 눈물로 작별한 후로 처음으로 만난 가장 친한 친구의 한 사람으로 사귀고 있는 것일세. 그와 나는 깊이깊이 인생을 이야기하였으며 나는 그의 말과 인격과 그리

로 그의 생애에 많은 경의로써 대하고 있는 중일세.

운명의 악희가 내게 끼칠 '프로그램'은 아직도 다하지 아니하였던지 나는 그 죽음의 출입구까지 다녀온 병석으로부터 다시 일어났네. 생각하면 그 동안에 내가 흘린 '땀'만 해도 말로 계산할 듯하니 다시금 푹 젖은 요 바닥을 내려다보며 이 몸의 하잘 것 없는 것을 탄식하여 마지 않았으며 피비린 냄새 나는 눈방울을 달음박질 시켜 가며 불려 놓았던 나의 포켓은 이번 병으로 말미암아 많이 줄어들었네. 그러나 병석에서도 나의 먹을 것의 걱정으로 말미암아 나의 그 '포켓'을 건드리게 되기는 주인의 동정이 너무나 컸던 것일세. 지금도 그의 동정을 받고 있을 뿐이야. 앞으로도 길이 그의 동정을 받지 않으리라고는 단언할 수 없으며.

'돈을 모아 볼까.'

내가 줄기차게 살아 보겠다는 결심으로 모은 돈을 남의 동정을 받아 가면서도 쓰기를 아까와 하는 나의 마음의 추한 것을 새삼스러이 발견하는 것 같아서 불유쾌하기 짝이 없네. 동시에 나의 마음이 잘못하면 허무주의에 돌아가지나 아니할까 하여 무한히 경계도 하고 있었네.

M군! 웃지 말아주게. 나는 그 동안에 의학醫學공부를 시작하였네. 그것은 내가 전부터 그 방면에 취미가 있었다는 것도 속일 수 없는 일이겠으나 또 의사인 자네를 따라가고 싶은 가엾은 마음에서 그리 한 것이라고 말하고 싶은 것도 속일 수 없는 일이겠네. 모든 것이 다 - 그 - 줄기차게 살아가겠다는 가엾은 악지에서 나온 짓이라는 것을 생각하고 부드러운 미소로 칭찬하여 주기를 바라는 것일세. 또다시 생각하면 나의 몸이 불구자이므로 세상에 많은 불구자를 동정하고자 하는 마

음에서 그리는 것인지도 모르겠으나 내가 불구자인 것이 사실인 만큼 내가 의학 공부를 시작한 것도 자네에게는 너무나 돌연적이겠으나 역시 사실인 것을 어찌 하겠나. 여기에도 나는 주인의 많은 도움을 받아 오는 것을 말하여 두거니와 하여간 이 새로운 나의 노력努力이 나의 앞길에 또 어떠한 운명을 늘어놓도록 만드는지 아직은 수수께끼에 붙일 수밖에 없네.

불쌍한 의문에 싸였던 그 '정말 절뚝발이가 되는'도, 끝끝내는 한 개의 완전한 절뚝발이로 울면서 하던 예언에 어기지 않은 채 다시금 동경시가에 나타났네그려! 오고가는 사람이 이 가엾은 '인생의 패배자' 절뚝발이를 누구나 비웃지 않고는 맞고 보내지 아니하는 것을 설워하는 불유쾌한 마음이 나는 아무리 용기를 내어 보았으나 소제시킬 수가 없이 뿌리 깊이 박혀 있네 그려.
'영원한 절뚝발이 그러나 절뚝발이의 무서운 힘을 보여 줄 걸 자세히 보아라.'
이곳에서도 원한과 울분에 짖는 단말마의 전율할 신에 대한 복수의 맹서를 볼 수 있는 것일세.
내 몸이 이렇게 악지를 쓸 때에 나는 스스로 내 몸을 돌아다보며 한없는 연민과 고독을 느끼는 것일세. 물에 빠져 애쓰는 사람의 목이 수면 위에 솟았을 때 그의 눈이 사면의 무변대해임을 바라보고 절망하는 듯한 일을 나는 우는 것일세. 그때마다 가장 세상에 마음을 주어 가까운 사람에게 둘러싸여 따뜻한 이불속에 고요히 누워서 그들과 또 나의 미소를 서로 교환하는 그러한 안일한 생활이 하루바삐 실현되기를 무한히 꿈꾸고 있는 것일세. 그것은 즉시로 내 몸을 깊은 '노스탤지어'에 빠뜨리어서는 고향을 꿈꾸게 하고 친구를 꿈꾸게 하고 육친과 형제를 꿈꾸게 하도록 표상되는 것일세. 나는 가벼운 고통 가운데에도 눈물겨운 향수鄕愁의 쾌감을 눈 감고 가만히 느끼는 것일세.

명고옥名古屋의 쿡 생활 이후로 전전 유랑의 칠년 동안 한 번도 거울을 들여다본 적이 없던 나는 절뚝발이로 동경에 돌아와서 처음으로 거울에 비치는 나의 모양이 나로서도 놀라지 않을 수 없을 만치 그렇게도 무섭게 변한 데에 '악!' 소리를 지르지 아니할 수 없었네. 그것은 청춘뿐이랴 인생의 대부분을 박탈당한 썩어 찌그러진 헌집투성이의 값없는 골동품인 나였던 것일세.

그때에도 나는 또한 동체胴體를 꽉 차서 치밀어 올라오는 무거운 '피스톤'에 눌리우는 듯한 절망에 빠졌었네. 그러나 즉시 그것은 나에게 아무것도 아니하는 것을 가르쳐 주며 이 패배의 인간을 위로하며 격려하여 주데. 그때에

'그러면 M군도… 아차 T도!'

이런 생각이 암행열차暗行列車같이 나의 허리를 스쳐갔네. 별안간 자네의 얼굴이 보고 싶어서 환등幻燈[20]을 보는 어린 아해의

'무엇이 나올까.' 하는 못생긴 생각에 가득 찼네. 그래서 나도 자네에게 나의 근영近影[21]을 한 장 보내거니와 자네도 나의 환등을 보는 어린 아해 같은 마음을 생각하여 자네의 최근 사진을 한 장 보내 주기를 바라네. 물론 서로 만나 보았으면 그 위에 더 시원하고 반가울 일이 있겠냐마는 기필치 못할 우리의 운명은 지금도 자네와 나, 두 사람의 만날 수 있는 아무 방책도 가르쳐 주지 않네 그려!

---

20) 환등(幻燈): 그림·사진(寫眞)·실물 따위에 강(强)한 불빛을 비치어 그 반사광을 렌즈에 의(依)해서 확대(擴大) 영사하는 장치(裝置). 슬라이드.

21) 근영(近影): 최근(最近)에 찍은 인물(人物) 사진(寫眞).

내가 주인에게 그만큼 나의 마음을 붙일 수 까지 있었느니 만큼 아직 나는 아무 데로도 옮길 생각은 없네. 지금 생각 같아서는 앞으로 얼마든지 이곳에 있을 것 같으니까 나에게 결정적 변동이 없는 한 자네는 안심하고 이곳으로 편지하여 주기를 바라네. T는 요즈음 어떠한가 여전히 적빈赤貧에 심신心身을 쪼들리우고 있다 하니 그도 한 운명에 맡길 수밖에 없지 않겠나.

나의 안부 잘 전하여 주게. 내가 집을 떠나 십년 동안 T에게 한 장 편지를 직접 부치지 아니한 데 대하여서는 – 나의 마음 가운데에 털끝만치라도 T에게 악의가 있지 아니한 것은 물론 자네가 잘 알고 있으니깐 – 자네의 사진이 오기를 기다리려, 또 자네의 여전한 건강을 빌며 –

– 영원한 절뚝발이 X로부터.

3

벗어나려고 애쓰는 환경일수록 그 환경은 그 사람에게 매어달려 벗어나지를 않는 것이다. T가 아무리 그 적빈을 벗어나려고 애써 왔으나 형과 갈린 지 십유여 년인 오늘까지도 역시 고 적빈을 면할 수는 없었다. 아버지의 불의의 실패가 있기 전까지도 그래도 그 곳에서는 상당히 물적으로 유족한 생활을 하고 있던 M군의 호의로 T가 결정적 직업을 가지게 되지 못하였었다 할진댄 세상에서… 더욱이 가난한 사람은 더욱 가난해지지 않으면 아니 되게 변하여 가는 세상에서 T의 가족들은 그날그날의 목을 축일 것으로 말미암아 더욱이나 그들의 머리를 썩이지 않을 수 없었을 것이다. 그러나 다행히 위험성 적은 생계를 경영해 나아간다고는 하여도 역시 가난 그것을 한 껍데기도 면치 못한 것은 말할 것도 없다. 행인지 불행인지 T의 아내는 '업'이 하나를 낳은 뒤로는 사나이도 계집아이도 낳지 못하였다. 그리하여 T의 가정은 쓸쓸하였다. 그러나 다만 세 식구 밖에 안 되는 간단한 가정으로도 그때나 이때나 존재하여 왔던 것이다.

전번 가운데에서 출생한 '업'이가 반드시 못났으리라고 추측한다면 그것은 전연 사실과 반대되는 추측일 것이다. '업'이는 그 아버지 T에게서도 또 그 외에 그 가족의 누구에게서도 찾아볼 수 없을 만치 영리하고 예민한 재질과 풍부한 두뇌의 소유자로 태어났던 것이다. 과연 '업'이는 어려서부터 간기癎氣로 죽을 뻔 죽을 뻔하면서 겨우 살아났다. 그러나 지금에는 건강한 몸이 되었다. T의 적빈한 가정에는 그들에게 다시없는 위안거리였고 자랑거리였었다. T의 부처는 '업'이가 어려서부터 죽을 것을 근근이 살려왔다는 이유로도 또 남의 자식보다 잘나고 똑똑하다는 이유로도, 그 가정의 자랑거리라는 이유로도, 그 아들의 덕을 보겠다는 이유로도 그들의 줄 수 있는 최절정의 사랑을 '업'에게 바쳐왔던 것이다.

양육의 방침이 그 양육되는 아이의 성격의 거의 전부를 결정한다면 교육의 방침도 또한 그의 성격에 적지 아니한 관계를 끼칠 것이다. '업'이는 적빈한 가정에 태어났으나 또한 M군의 호의로 받을 만큼의 계제적階梯的 교육을 받아왔다. 좋은 두뇌의 소유자인 '업'에게 대하여 이 교육은 효과 없지 않을 뿐이랴! 무엇에든지 그는 남보다 먼저 당할 줄 알고 남보다 일찍 알줄 알고 남보다 일찍 느낄 줄 아는 혁혁한 공적을 이루었다. M군이 해외에 있는 그 친구에게 보내는 편지마다 자기의 공로를 자랑하는 의미를 떠난 더 없는 칭찬도 칭찬이었거니와 학교 선생이나 그들 주위의 사람들은 누구나 다 최고의 칭찬하기를 아끼지 아니하여 왔던 것이다. T에게는 이것이 몸에 넘치는 광영인 것은 물론이요 그러므로 '업'

이는 T의 둘도 없는 자랑거리요 보물이었던 것이다.

'훌륭한 아들을 가진 사람.'

이와 같은 말을 들은 T로 하여금 '업'을 위하여야 하는 것은 물론이요 이와 같은 말을 영구히 몸에 받기 위하여서는 '업'이를 T의 상전上殿으로 위하게까지 시키었다. 너무 과도한 칭찬의 말은 T에게 기쁨을 줄 뿐만 아니라 T에게 또한 무거운 책임도 주는 것이었다.

'이 아들을 위해야 한다.'

업을 소유한 아버지 T씨가 아니었고 T씨를 소유한 아들이었던 것이다. 업은 T씨가 가장 책임을 다하여야만 하고 그 충실을 다하여야만 할 T씨의 주인인 것이었다. T씨는 '업'이 그 어머니의 뱃속을 하직하던 날부터 오늘까지 성난 손으로 업을 때려 본 일이 한 번도 없었을 뿐만 아니라 변한 어조로 꾸지람 한 마디 못하여 본 채로 왔던 것이다.

'내가 지금은 이렇게 가난하지만 저것이 자라서 훌륭하게 되는 날에는 저것의 덕을 보리라.'

다만 하루라도 바삐 업이 학업을 마치기만 그리하여 하루라도 바삐 훌륭한 사람이 되어지기만 한 없이 기다리던 것이었다. 비록 '업'이 여하한 괴상한 행동에 나아가더라도 T씨는

'저것도 다 공부에 소용되는 일이겠지.'

하고 업이 활동사진 배우러 '푸로마이트'를 사다가 그의 방 벽에다가 죽 붙여 놓아도 그것이 무엇이냐고 업에게도 M군에게도 묻지도 아니하고 그저 이렇게만 생각하여 버리고 고만두는 것이었다. 더욱이 무식한 T씨로서는 그런 것을 물어 보거나 혹시 잘못하는 듯한 점에 대하여 충고라도 하여 보거나 하는 것은 필요 없는 간섭같이 생각되어 전혀 입을 내어 밀기를 주저하여 왔던 것이다. 언제나 T씨는 업의 동정動靜을 살펴가며 업이가 T씨 밑에서 사는 것이 아니라 T씨가 '업'의 밑에서 사는 것과

같은 모순에 가까운 상태에서 그날그날을 살아왔던 것이다.

이런 때에 선천적 성격先天的 性格이라는 것은 의문이 많은 것이다. 사람의 성격은 외래의 자극外來의 刺戟 즉 환경에 따라 형성 지어지는 것이라는 결론結論에 도달치 아니할 수 없는 것이다. 이와 같은 교육방침 밑에 있는 또 이와 같은 환경에서 자라나는 업의 성격이 그가 태어난 가정의 적빈함에 반대로 교만하기 짝이 없고 방종하기 짝이 없는 업을 형성할 것은 물론임에 오류誤謬를 발견할 수 없을 것이다. 업은 자기 주위의 모든 사람을 보기를 모두 자기 아버지 T씨와 같이 보는 것이었다. 자기의 말을 T씨가 잘 들어 주듯이 세상 사람도 그렇게 희생적으로 자기의 말에 전연 노예적으로 굴종할 것이라고 믿는 것이었다. 자기를 호위하여 주리라고 믿는 것이었다. 업의 걷잡을 수도 없는 공상은 천마天馬가 공중을 가는 것과 같이 자유롭게 구사驅使[22]리어 왔던 것이다.

〈햄릿〉의 『유령幽靈』, 〈올리브〉의 『감람수의 방향』, 〈브로드 웨이〉의 『경종』, 〈맘모-톨〉의 『리젤』, 〈오페라〉좌의 『화문천정 -』 이렇게….

허영! 그것들은 뒤가 뒤를 물고 환상에 젖은 그의 머리를 끊이지 아니하고 지나가는 것이었다. 방종放縱, 허영虛榮, 타락墮落 이것은 영리한 두뇌의 소유자인 업이라도 반드시 걸어야만 할 과정이 아닐까 그들의 가정이 만들어 내인 그들의 교육방침이 만들어 내인 그러나 엉뚱한 결과를 가져 오게 한 예기 못한 기적, 업은 과연 지금에 그의 가정 혜성같이 나타난 한 기적적 존재인 것이다.

---

22) 구사(驅使): 사람이나 동물(動物)을 몰아서 부리는 것.

4

M군은 실망하였다. 업은 아무리 생각하여 보아도 '마이너스'의 존재였다.

'저런 사람이 필요할까? 아니 있어도 좋을까?'

그러나 '유해무익'이라는 참을 수 없는 결론 이었다.

'가지가 돋고 꽃이 피기 전에 일찍이 그 순筍을 잘라버리는 것이 낫지 않을까.'

M군에 대하여서는 너무도 악착한 착상着想이었다. 그리하여

'다시 한 번 업의 전도를 위하여 잘 지도하여 볼까.' 그러나

'한 사람의 사상은 반응反應키 어려운 만치 완성되어 있지 않은가. 뿐만 아니라 설복說服을 당하기에는 업의 이지理智는 너무 까다롭다.'

M군의 업에 대한 애착은 근본적으로 다하여 버렸다. M군의 이러한 정신적 실망의 반면에는 물질적 방면에서 받은 영향影響도 적지 아니하였다. 그것은 오늘날까지 업의 학비學費를 대어오던 M군이 수년 전에 그의 아버지가 불의의 액운厄運으로 말미암아 파산破産을 당하다시피 되어 유유자적悠悠自適하던 연구실의 생활도 더하지 못하고 어느 관립병원 촉탁의囑託醫가 되어 가지고 온갖 물질적 고통을 당하지 않으면 아니 되게 되었던 것이다. 그간으로도 M군은 여러 번이나 업의 학비를 대이기를 단념하려 하였던 것이었으나 그러나 아직 그의 업에 대한 실망이 그리 크지도 아니하였고 또 싹이 나려는 아름다운 싹을 그대로 꺾어 버리는 것도 같아서 어딘지 애착 때문에 매어 달려지는 미련未練에 끌리어 그럭저럭 오늘까지 끌어왔던 것이었으나 지금에 이르러서는 그의 업에 대한 애착과 미련도 곱게 어디론지 다 사라지고 말았다. 그렇기 때문에 이 물질적 관계가 그로 하여금 업을 단념시키기를 더욱 쉽게 하였던 것이나

아니었던가 한다.

"업이! 이번 봄은 벌써 업이 졸업일세 그려!"

"네… 구속 많고 귀찮던 중학생활도 이렇게 끝나려 하고 보니 섭섭한 생각이 없는 것도 아닙니다."

"그럼 졸업 후의 지망은?"

"음악학교…!"

그래도 주저하던 단념은 H군을 결정시켜 버렸다.

"업이 자네도 잘 알다시피 지금의 나는 나 한 몸뚱이를 지지支持해 나아가기에도 어려운 가운데 있어! 음악학교의 뒤를 대어 줄 수가 없다는 것은 결코 악의가 아니야. 나의 지금 생각 같아서는 천재의 순을 꺾는 것도 같으나 이제부터는 이만큼이라도 자네를 길러주신 가난한 자네의 부모의 은혜라도 갚아 보는 것이 좋을 것 같네."

이 말을 하는 M군은 도저히 업의 얼굴을 치어다볼 수가 없었다. M군의 이와 같은 소극적 약점消極的 弱點은 업으로 하여금

'오… 네 은혜를 갚으란 말이로구나.' 하는 부적당한 분개를 불지르게 하는 것이었다. 그러나 이렇게 말하는 M군은 언제인가 학교 무슨 회에서 여흥으로 만인의 이목이 집중되는 연단 위에서 '바이올린'의 줄을 농락하던 그 업이를 생각하고 섭섭히 생각한 것만치 그에게는 조금도 악의가 품어 있지 아니하였던 것이다. M군의 업에 대한 '내 몸이 어렵더라도 시켜 보려 하였으나' 하던 실망은 즉시로 '나를 미워하는 세상, 내 마음대로 되지 않는 세상' 하는 실망으로 옮기어졌다.

'내 성명을 꺾으려는 세상, 활동의 원동력을 주려 하지 않는 세상.'

'M씨여, 당신은 나를 미워했지. 나의 천재를 시기했지. 나는 당신을 원망합니다.'

어두운 거리를 수 없이 헤매이는 것이, 여항閭巷²³⁾의 천한 계집과 씩뚝

꺽뚝 하소연하는 것이 남의 집 담 보통이에서 밤을 새우는 것이 공원 '벤취'에서 낮잠을 자는 것이, 때때로 죽어가는 T씨를 골라서 몇 푼의 돈을 긁어내어 피부의 옅은 환락을 찾아다니는 것이 중학을 마치고 나온 청소년 업의 그 후 생활이었다.

나날이 늘어가는 것은 업의 교만 방종한 태도.

"아버지! 아버지는 왜 다른 아버지들과 같이 돈을 많이 좀 못 벌었습니까. 왜 남같이 자식 공부 좀 못 시켜 줍니까? 왜 남같이 자식 호강 좀 못 시켜 줍니까? 왜 돈으려는 새순을 꺾느냐는 말이오."

'아버지 무섭다'는 생각은 업에게는 털끝만치도 있을 리가 없었다. 그것은 차라리 T씨가 아들 업이를 무서워하는 것이 옳을 것 같은 상태였었으니까.

"오냐. 다… 내 죄다. 그저 아비 못 만난 탓이다."

T씨는 이렇게 업에게 비는 것이었다.

'애비가 자식 호강 못시키는 생각만 하고 자식이 애비 호강 좀 시켜 보겠다는 생각은 꿈에도 못하겠니? 예끼 못된 자식.'

T씨에게 이런 생각은 참으로 꿈에도 날수 없었다. '천재를 썩힌다. 애비의 죄다.' 이렇게 T씨의 생활은 속죄贖罪의 생활이었다. 그날의 밥을 끓여 먹을 쌀을 걱정하는 그들의 살림 가운데에서 였으나 업의 '돈을 내라'는 절대한 명령에는 쌀팔 돈이고 전당을 잡혀서이고 그 당장에 내어 놓지 않고는 죽을 것 같이만 알고 있는 T씨의 살림이었다. 차마 못 할 야료를 T씨의 눈앞에서 거리낌 없이 연출하더라도 며칠 밤씩을 못 갈 데 가서 자고 들어오는 것을 T씨 눈으로 보면서도.

'저것의 심정을 살핀다'는 듯이,

---

23) 여항(閭巷): 여염(閭閻)

'미안하다. 다 내 죄가 아니면 무엇이냐'는 듯이 업의 앞에서 머리를 숙인 채 업에게 말 한 마디 던져 볼 용기도 없이 마치 무슨 큰 죄나 진 종僕이 주인의 얼굴을 차마 못 쳐다보는 것과 같이 묵묵히 앉아 있는 것이었다. 때로는,

"해외의 형은 어쩌면 돈도 좀 보내 주지 않는담."

이렇게 얼토당토않은 그 형을 원망도 하여 보는 것이었다. T씨의 아들 업에 대한 이와 같은 죽은 쥐 같은 태도는 업의 그 교만종횡驕慢縱橫한 잔인성을 더욱더욱 조장시키는 촉진제 외에는 아무것도 아니었다. 업에 실망만 M군과 M군에 실망한 업의 사이가 멀어져 감은 물론이요. 그러한 불합리不合理한 T씨의 태도에 불만을 가득 가진 M군과 자기 아들에게 주던 사랑을 일조에 집어던진 가증한 M군을 원망하는 T씨의 사이도 점점 멀어져 갈 따름이었다. 다만 해외에 방랑하는 그의 소식을 직접 듣는 M군이 그의 안부를 전하는 동시에 그들의 안부를 알려 T씨의 집을 이따금 방문하는 외에는 그들 사이에 오고 감의 필요가 전혀 없던 것이었다.

M에게 보내는 편지六信

두 달! 그것은 무궁한 우주의 연령年齡으로 볼 때에 얼마나 짧은 것일까? 그러나 자네와 나 사이에 가로질렸던 그 두 달이야말로 나는 자네의 죽음까지도 우려하였음직한 추측이 오측誤測이 아닐 것이 분명할 만치 그렇게도 초조와 근심에 넘치는 길고 긴 두 달이 아니었겠나. 자네와 나의 그 우려, 그러나 내가 이 글을 쓰며 자네의 틀림없는 건강을 믿는 것과 같이 나는 다시없는 건강의 주인으로서 나의 경력이 허락하

는 한도까지 밤과 낮으로 힘차게 일하고 있는 것일세.

M군! 나의 이 끊임없는 건강을 자네에게 전하는 기쁨과 아울러 머지 아니하여 우리 두 사람이 얼굴과 얼굴을 서로 만나겠다는 기쁨을 또한 전하는 것일세.

우스운 말이나 지금쯤 창으로 노련老鍊한 한 사람의 의학사醫學士로 완성되어 있겠지. 그 노련한 의학사를 멀리 떨어져 나의 요즈음 열심으로 하여 오던 의학의 공부가 지금에는 겨우 얼간 의사 하나를 만들어 놓았다는 것은 그 무슨 희극적 대조이겠나. 이것은 이곳에 친구의 직접의 원조도 원조이겠지만은 또 한편으로 멀리 있는 자네의 나에게 대하여 주는 끊임없는 사랑의 덕이 그 대부분이겠다고 믿으며 또한 자네가 더 한 층이나 반가와할 줄 믿는 소식이겠다고도 믿는 것일세. 내가 고국에 돌아간 다음에는 자네는 나의 이 약한 손을 이끌어 그 길을 함께 걸어 주겠다는 것을 약속하여 주기를 바라며 마지않는 것일세.

오늘날 꿈에만 그리던 고국으로 돌아가려 하고 보니 감개무량하여 나의 가슴을 어지럽게 하네. 십유여 년의 기나긴 방랑생활에서 내가 얻은 것이 무엇인가 한 분의 어머니를 잃었네. 그리고 절뚝발이가 되었네. 글 한 자 못 배웠네. 돈 한 푼 못 벌었네. 사람다운 일 하나 못 하여 놓았네. 오직 누추한 꿈속에서 나의 몸서리칠 청춘을 일생의 중요한 부분을 삭제당하기를 그저 달게 받아 왔을 따름일세. 차인잔고差引殘高[24]가 무엇인가 무슨 낯으로 고향 땅을 밟으며 무슨 낯으로 형제의 낯을 대하며 무슨 낯으로 고향 친구의 낯을 대할 것인가? 오직 회한悔恨

---

24) 차인잔고(差引殘高): 수입금액에서 지출금액을 뺀 잔돈.

차인잔고가 있다고 하면 오직 이 회한의 한 뭉텅이가 있을 따름이 아니겠나? 그러나 다시 생각하고 나는 가벼운 한숨으로써 나의 괴로운 마음을 안심시키는 것이니 그렇게 부끄러워야만 할 고향 땅에는 지금쯤은 나의 얼굴, 아니 나의 이름이나마 기억할 수 있는 사람의 한 사람조차도 있지 아니할 것일 뿐이랴. 그 곳에는 이 인생의 패배자인 나를 마음으로써 반가이 맞아줄 자네 M군이 있을 것이요, 육친의 형제 T가 있을 것이므로 일세. 이 기쁨으로 나는 나의 마음에 용기를 내이게 하여 몽매에도 그리한 고향의 흙을 밟으려 하는 것일세.

근 삼년 동안이나 마음과 몸의 안정을 가지고 머물러 있는 이곳의 주인은 내가 자네와 작별한 후에 자네에게 주던 이 만큼의 우정을 아끼지 아니한 그렇게 친한 친구가 되어 있다는 말을 자네에게 전한 것을 자네는 잊지 아니 하였을 줄 믿네. 피차에 흉금을 놓은 두 사람은 주객主客의 굴레를 일찍이 벗어난 그리하여 외로운 그와 외로운 나는 적적 비록 사람은 많으나한 이 집안에 단 두 사람의 가족이 되었네. 이렇게 그에게 그의 가족이 없는 것은 물론이나 이만한 여관 외에 처처에 상당한 건물들을 그의 소유로 가지고 있는 꽤 있는 그일세.

나로서 들어 아는바 그의 과거가 비풍참우悲風慘雨[25]의 혈사를 이곳에 나열하면 무엇 하겠나마는 과연 그는 문자대로의 고독한 낭인浪人일세. 그러나 그의 친구들의 간곡한 권고와 때로는 나의 마음으로의 권고가 있음에도 불구하고 그는 결코 아내를 취娶하지 아니하는 것일세.

"돈도 그만큼 모았고 나이도 저만큼 되었으니 장차의 길고 긴 노후老後의 날을 의지할 신변의 고적을 위로할 해로가 있어야 아니하겠소."

---

25) 비풍참우(悲風慘雨): 슬픈 바람과 처참한 비라는 뜻으로, 비참한 처지를 비유.

"하 그것은 전혀 내 마음을 몰라주는 말이오."

일상에 내가 나의 객관에 고적을 그에게 하소연할 때면 그는 도리어 나를 부러워하며 자기 신변의 고적과 공허를 나에게 하소연하는 것일세. 그러면서도 그는 결코 아내를 얻지 아니 하겠다 하며 그렇다고 허튼 여자를 함부로 대하거나 하는 일도 결코 없는 것일세.

'그러면 그가 여자에 대하여 무슨 갚지 못할 깊은 원한이나 있는 것이 아닐까' 하는 선입관념先入觀念을 가진 눈으로 보아서 그런지 그는 남자에게는 어떤 사람에게든지 친절하게 하면서도 여자에게는 어떤 사람에게든지 냉정하기 짝이 없는 것일세. 예例를 들면 이 집 여중女中들에게 하는 그의 태도는 학대, 냉정, 장인, 그것일세. 나는 때로,

"너무 그러지 마오, 가엾으니."

"여자니깐."

그는 언제나 이렇게 대답할 뿐이었네. 그의 이 수수께끼의 대답은 나의 의아疑訝를 점점 깊게만 하는 것이었네. 하루는 조용한 밤 두 사람은 또한 떫은 차를 마셔가며 세상 이야기를 하고 있었네. 그 끝에

"여자에 관련된 남에게 말 못할 무슨 비밀의 과거가 있소?"

"있소! 있되 깊소!"

"내게 들려 줄 수 없소?"

"그것은 남에게 이야기할 필요도 이유도 전혀 없는 것이오. 오직 신神이 그것을 알고 있을 따름이어야 할 것이오. 그것은 내가 눈을 감고 내 그림자가 지상에서 사라지는 동시에 사라져야만 할 따름이오."

나는 물론 그에게 질기게 더 묻지 아니하였네. 그의 그림자와 함께 사라질 비밀이 무엇인지는 모르겠으나 쾌활한 기상의 주인인 그는 또한 남 다른 개성의 소유자인 것일세.

그는 남보다 십여 세十餘歲 맏일세. 그의 나이에 겨누어 너무 과하다 할 만치 많이 난 그의 흰 머리털白髮은 나로 하여금 공경하는 마음을 가지게 하네. 또한 동시에 그의 풍파 많은 과거를 웅변으로 이야기하고 있는 것도 같으니 그와 같은 그가 나를 사귀어 주기를 동년배의 터놓은 사이의 우의友誼로써 하여 주니 내가 나의 방랑생활에 있어서 참으로 나의 '희로애락'을 바꿀 수 있는 사람은 오직 그뿐이라고 어찌 말하지 않겠나? 그와 나는 구구한, 그야말로 경제문제經濟問題를 벗어난 가족… 그가 지금에 경영하고 있는 여관旅館은 그와 내가 주객의 사이는 커녕 누가 주인인지도 모르게 차라리 어떤 때에는 내가 주인 노릇을 하게끔 되는 말하자면 공동경영 아래에 있는 것과 같은 그와 나 사이인 것일세. 그의 장부帳簿는 나의 장부이었고, 그의 금고金庫는 나의 금고 이었고 그의 열쇠는 나의 열쇠 이었고, 그의 이익과 손실利益損失은 나의 이익과 손실 이었고, 그와 나의 모든 행동은 그와 내가 목적을 같이 한 영향을 같이 한 그와 나의 행동들이었네. 참으로 그와 내가 서로 믿음을 마치 한 들보를 떠받치고 있는 양편 두 개의 기둥이 서로 믿지 아니하면 아니 되는 사이도 같은 것이었네.

이와 같은 기쁜 소식을 나열만 하고 있던 나는 지금 돌연히 그가 세상을 떠났다는 슬픈 소식을 자네에게 전하지 않을 수 없는 운명에 조우遭遇된지 오래인 것을 말하네. 나와 만난 후 삼년에 가까운 동인뿐 아니라 그의 말에 의하면 그 이전에도 몸살이나 감기 한 번도 앓아 본 적이 없는 퍽 건강한 몸의 주인이던 그가 졸지에 이렇게 쓰러졌다는 것은 그와 오랫동안 같이 있던 나로서는 더욱이나 의외인 것이었네. 한 이삼일을 앓는 동안에는 신열이 좀 있다 하더니 내가 옆에 앉아 있는 앞에서 조용히 잠자는 듯이 갔네.

"사람 없는 벌판에서 별星을 쳐다보며 죽을 줄 안 내 몸이 오늘 이렇게 편안한 자리에 누워서 당신의 서러운 간호를 받아가며 세상을 떠나니 기쁘오. 당신의 은혜는 명도에 가서 반드시 갚을 것을 약속하오. 이 집과 내 가진 물건의 얼마 안 되는 것을 당신에게 맡기기로 수속까지 다 되어 있으니 가는 사람의 마음이라 가엾이 생각하여 맡아 주기를 바라고 아무쪼록 그것을 가지고 고향에 돌아가 형제 친구들과 함께 기쁘게 살아주기를 바라오. 내가 이렇게 하잘 것 없이 갈 줄은 나도 몰랐소. 그러나 그것도 다… 내가 나의 과거에 받은 그 뼈 살에 지나치는 고생의 열매가 도진 때문인 줄 아오. 나를 보내는 그대도 외롭겠소마는 그대를 두고 가는 나는 사바娑婆26)에 살아 꿈즉이던 날들보다도 한 층이나 외로울 것 같소!"

이렇게 쓰디 쓴 몇 마디를 남겨 놓고 그는 갔네. 그 후 그의 장사도 치른 지 며칠째 되던 날, 나는 그의 일상 쓰던 책상 속에서 위의 말들과 같은 의미의 유서遺書, 그리고 문서들을 찾아내었네.

이제 이것이 나에게 기쁜 일일까 그렇지 아니하면 슬픈 일일까 나는 그 어느 것이라도 말하기를 주저하는 것일세.

내가 그의 생전에 그와 내가 주고받던 친교를 생각하면 그의 죽음은 나에게 무한히 슬픈 일이 아니겠나마는 어머니의 뱃속을 떠나던 날부터 적빈에만 지질리워 가며 살아온 내가 비록 남에게는 얼마 안 되게 보일는지 모르겠으나 나로서는 나의 일생에 상상도 하여 보지도 못할 만치의 거대한 재산을 얻은 것이 어찌 그다지 기쁜 일이 아니겠다고 생각하겠는가. 이러한 나의 생각은 세상을 떠난 그를 생각하기만 하는

---

26) 사바(娑婆): 석존이 교화하는 경토, 인간세계, 속세.

데에서도 더 없을 양심의 가책을 아니 받는 것도 아니겠으나 그러나 위의 말한 것은 나의 양심의 속임 없는 속삭임인 것을 어찌 하겠나.

'어째서 고가 이것을 나에게 물려줄까.'

'죽은 그의 이름으로 사회업에 기부할까.'

이러한 생각들이 끊임없이 나의 머리에 지나가고 지나오고 한 것은 또한 내가 나의 마음을 속이는 말이겠나? 그러나 물론 전에도 느끼지 아니한 바는 아니나 차차 나이 들고 체력이 감퇴되고 원기가 좌절됨을 따라서 이 몸의 주위의 공허가 역력히 발견되고 청운靑雲의 젊은 뜻도 차차 주름살이 잡히기를 시작하여 한낱 고향을 그리워하는 마음 한낱 이 몸의 쓸쓸한 느낌만이 나날이 커가는 것일세. 그리하여 어서 바삐 고향에 돌아가 사랑하는 친구와 얼싸안기 원하며 그립던 형제와 섞이어 가며 몇 날 남지 아니한 나의 여생餘生을 보내고 싶은 마음이 좀 더 기쁨과 웃음과 안일한 가운데에서 보내고 싶은 마음이 날이 가면 갈수록 최근에 이르러서는 일층 더하여 가는 것일세. 내가 의학공부를 시작한 것도 전전푼의 돈이나마 모으기 시작한 것도 그런 생각에서 나온 가엾은 짓들이었네.

사회사업에 기부할 생각보다도 내가 가질 생각이 더 컸던 나는 드디어 그 가운데의 일부를 헤치어 생전 그에게 부수附隨27)되어 있던 용인庸人 여중女中들과 얼마 아니 되는 채무를 처리한 다음 나머지의 전부를 가지고 고향에 돌아갈 결심을 하였네. 그들 가운데 몇 사람으로 부터는 단언커니와 나의 일생에 들어본 적이 없던 비나의 말까지 들었네.

'돈! 재물! 이것 때문에 그의 인간성人間性이 이렇게도 더럽게 변하고 말 다니! 죽은 그는 나를 향하여 얼마나 조소할 것이며 침 배앝을 것이냐.'

---

27) 부수(附隨): 주가 되는 것, 또는 기본적인 것에 붙어서 따라감.

새삼스러이 찌들고 까부러진 이 몸의 하잘 것 없음을 경멸하며 연민하였네. 그러면서도

'이것도 다… 여태껏 나를 붙들어 매고 그는 적빈 때문이 아니냐.'

이렇게 자기변명의 길도 찾아보면서 자기를 위로하는 것이었네.

친구를 잃은 슬픔은 어느 결에 사라졌는가 지금에 나의 가슴은 고향 땅을 밟을 기쁨 친구를 만날 기쁨 형제를 만날 기쁨 이러한 가지의 기쁨들로 꽉 차 있네. 놀라거니와 나의 일생에 있어서 한편으로는 양심의 가책을 받아가면서라도 최근 며칠 동안만큼 기뻤던 날이 있었던가를 의심하네.

아… 이것을 기쁨이라고 나는 자네에게 전하는 것일세 그려. 눈물이 나네 그려!

자네는 일상 나의 조카 업의 칭찬의 말을 아끼지 아니하여 왔지. 최근에 자네의 편지에 이 업에 대한 아무런 말도 잘 볼 수 없음은 무슨 일일까, 하여간 젖 먹던, 코 흘리던 그 업이를 보아 버리리. 방랑생활 십유여 년 오늘날 그 업이 재질의 풍부한 생래의 영리한 업이로 자라났다하니 우리 집안을 위하여서나 일상의 적빈에 우는 T 자신을 위하여서나 더없이 기뻐 할 일이라고 생각하면서도 또 한편으로는 이제는 우리 같은 사람은 아무 소용이 없구나 하는 생각을 하니 감개무량하네. 또한 미구에 만나 볼 기쁨과 아울러 이 미지수의 조카 업이에 대하여 많은 촉망과 기대를 가지고 있는 것일세.

M군! 나는 아무쪼록 빨리 서둘러서 어서 속히 고향으로 돌아갈 차비를 차리려 하거니와 이곳에서 처치해야만 할 일도 한두 가지가 아니고 해서 아직도 이곳에 여러 날 있지 아니하면 아니 될 형편이나 될 수만

있으면 세전歲前에 고향에 돌아가 그립던 형제와 친구와 함께 즐거운 가운데에서 오는 새해를 맞이하려 하네. 어서 들어가서 지나간 옛날을 추억도 하여 보며 그립던 회포를 풀어도 보아야 할 터인데!

일기 추운데 더욱더욱 건강에 주의하기를 바라며 T에게도 불일간 내가 직접 편지하려고도 하거니와 자네도 바쁜 몸이지만 한 번 찾아가서 이 소식을 전하여 주기를 바라네. 자… 그러면 만나는 날 그때까지 평안히.

– X로부터….

'나의 지난날의 일은 말갛게 잊어 주어야 하겠다. 나조차도 그것을 잊으려 하는 것이니 자살自殺은 몇 번이나 나를 찾아왔다. 그러나 나는 죽을 수 없었다.

나는 얼마 동안 자그마한 광명을 다시금 볼 수 있었다. 그러나 그것도 전연 얼마 동안에 지나지 아니하였다. 그러나 또 한 번 나에게 자살이 찾아왔을 때에 나는 내가 여전히 죽을 수 없는 것을 잘 알면서도 참으로 죽을 것을 몇 번이나 생각하였다. 그만큼 이번에 나를 찾아온 자살은 나에게 있어 본질적本質的이요, 치명적致命的이었기 때문이다.

나는 전연 실망 가운데 있다. 지금에 나의 이 무서운 생활이 노繩 위에 선 도승사渡繩師의 모양과 같이 나를 지지하고 있다.

모든 것이 다 하나도 무섭지 아니한 것이 없다. 그 가운데에도 이 죽을 수도 없는 실망은 가장 큰 좌표에 있을 것이다.

나에게, 나의 일생에 다시없는 행운이 돌아올 수만 있다 하면 내가 자살할 수 있을 때도 있을 것이다. 그 순간까지는 나는 죽지 못하는 실망과 살지 못하는 복수復讐 - 이 속에서 호흡을 계속할 것이다.

나는 지금 희망한다. 그것은 살겠다는 희망도 죽겠다는 희망도 아무것도 아니다. 다만 이 무서운 기록을 다서서 마치기 전에는 나의 그 최후에 내가 차지할 행운은 찾아와 주지 말았으면 하는 것이다. 무서운 기록이다.

펜은 나의 최후의 칼이다. 一九三○.四.二十六 於 義州通工事場 (李 O)'

어디로 가나?

사람은 다 길을 걷고 있다. 그러므로 그들은 어디로인지 가고 있다.

어디로 가나?

광맥脈鑛을 찾으려는 것 같은 사람이 있는가 하면 산보하는 사람도 있다.

세상은 어둡고 험준하다. 그러므로 그들은 헤매인다. 탐험가探險家나 산보자散步者나 다같이….

사람은 다 길을 걷는다. 간다. 그러나 가는 데는 없다. 인생은 암야의 장단 없는 산보이다.

그들은 오랫동안의 적응適應으로 하여 올빼미와 같은 눈을 얻었다.

다 똑같다.

그들은 끝없이 목마르다. 그들은 끝없이 구求한다. 그리고 그들은 끝없이 고른擇다.

이 '고름'이라는 것이 그들이 가지고 나온 모든 것들 가운데 가장 좋은 것이면서도 가장 나쁜 것이다.

이 암야에서도 끝까지 쫓겨난 사람이 있다. 그는 어떠한 것. 어떠한 방법으로도 구제되지 않는다.

선혈이 임리한 복수는 시작된다. 영원히 끝나지 않는 복수를… 피 밑底 없는 학대의 함정….

사람에게는 고통이 없다. 그는 지구地球권 외에서도 그대로 학대받았다. 그의 고기를 전부 졸여서 애愛라는 공물供物을 만들어 사람들 앞에 눈물 흘리며도 보았다. 그러나 모든 것은 더 한층 그를 학대하고 쫓아내었을 뿐 이었다 .

'가자! 잊어버리고 가자!'

그는 몇 번이나 자살을 꾀하여 보았던가, 그러나 그는 이 나날이 진濃하여만 가는 복수의 불길을 가슴에 품은 채 싱겁게 가 버릴 수는 없었다.

'내 뼈끝까지 다 갈려 없어지는 한이 있더라도… 그때에는 내 정령精靈 혼자서라도….'

그의 갈리는 이빨齒 사이에서는 뇌장腦漿을 갈아 마실 듯한 쇳소리와 피육皮肉을 말아 올릴 듯한 회오리바람이 일어났다 .

그의 반생을 두고 아마 하여 내려오던 무위한 애愛의 산보는 끝났다.

그는 그의 몽롱한 과거를 회고하여 보며 그 눈 멀은 산보를 조소하였다. 그리고 그의 앞에 일직선으로 뻗쳐 있는 목표 가진 길을 바라보며 득의得意의 웃음을 완이莞爾[28)히 웃었다.

닦아도 닦아도 유리창에는 성에가 슬었다. 그럴수록 그는 자주 닦았고 자주 닦으면 성에는 자꾸 슬었다. 그래도 그는 얼마든지 닦았다.

승강장 찬바람 속에 옷고름을 날리며 섰다가 처음 들어왔을 때에는 퍽 따스하더니 그것도 삽시간霎時間[29)이요 발밑에 '스팀'은 자꾸 식어만 가는지 삼등객차三等客車안은 가끔 소름이 끼길만치 써글하였다.

가방을 겨우 다나 위에다 얹고 앉기는 앉았으나 그의 마음은 종시 앉

---

28) 완이(莞爾): 빙그레 웃는 모양.

29) 삽시간(霎時間): 매우 짧은 시간.,

지 않았다 그의 군은 유리창에 스는 성에가 닦아도 스고 또 닦아도 또 스 듯이 씻어도 솟고 또 씻어도 또 솟는 눈물로 축였다濡. 그는 이 까닭 모를 눈물이 이상하였다. 그런 것도 그의 눈물의 원한이었는지도 모른다.

젖은 눈으로 흐린 풍경을 보지 아니하려 눈물과 성에를 쉴 사이 없이 번갈아 닦아가며 그는 창밖을 내다보기에 주린 듯이 탐하였다. 모든 것이 이상하기만 할 뿐이었다.

'어찌 이렇게 하나도 이상만 것이 없을까? 아!' 그에게는 이것이 이상한 것이었다.

하염없는 눈물을 흘려서 그는 그의 백사지白砂地된 뇌와 심장을 조상하였다.

회색으로 흐린 하늘에 소리 없는 까마귀 떼가 몽롱한 북망산을 반점斑點찍으며 감도는 모양, 그냥 세상 끝까지라도 닿아 있을 듯이 겹친 데 또 겹쳐 누워 있는 적갈색赤褐色의 벗어진 산山들의 자비慈悲스러운 곡선曲線 이런 것들이 그의 흥미興味를 일게 하지 않는 것도 아니었다. 그러나 이런 것들도 도무지 이상치 아니한 것이 그에게는 도무지 이상하였다.

이러한 가운데에도 그는 그의 눈과 유리창을 닦기를 게을리 하지 않았다.

'남의 것을 왜… 거저먹으려고 그러는 것일까.'

그는 '따개꾼'을 생각하여 보았다.

'남의 것을 거저… 남의 것을… 거저….'

그는 또 자기를 생각하여 보았다.

'남의 것을 거저 - 남의 것을 거저 갖지 않았느냐 - 비록 그 사람은 죽어서 이 세상에 있지 않다 하더라도… 그의 유서遺書가 그것을 허락하였다 할지라도… 그의 유산의 전부를 거리낌이 없을 만치 그와 나는 친한 사이였다 하더라도 … 나는 그의 하고 많은 유산을 그저 차이하지 않았느냐. 남의 것을 - 그는 아무리 진한 사이라 하더라도 남이다 - 남의 것을 거저, 나는 그의 유산의 전부를 사회사업社會事業에 반드시 비쳤어야 옳을 것을…. 남의 것이다. 상속이 유언된 유산. 거저. 사회사업. 남의 것….' 그의 머리는 어지러웠다.

'고요한 따개꾼… 체면 있는 따개꾼.'

그러나 그는 성에 실은 유리창을 닦는 것과 같이 그의 주머니 속에 들어있는 '돈'의 종잇조각… 수형을 어루만져 보기를 때때로 하는 것도 잊어버리지는 않았다.

발끝에서 올라오는 추위와 피곤 - 머리끝에서 내려오는 산란한 피곤 - 그것은 복부腹部에서 충돌되어서는 시장함으로 표시表示되었다. 한 조각의 마른 '빵'을 씹어 본 다음에 그는 물도 마시지 아니하였다. 오줌 누러 가는 것이 귀찮아서… 먹은 것이라고는 새벽녘에도 역시 마른 빵 한 조각밖에는 없다. 그때도 역시 물은 마시지 않았다.

그런데 그는 벌써 변소에를 몇 번이고 갔는지 모른다. 절름발이를 이끌고 사람 비비대는 차 안의 좁은 틈을 헤쳐 가며 지나다니기가 귀찮았다. 이것이 괴로왔다. 그리하여 이번에도 물을 마시지 아니한 것이다. 그러나 오줌을 수 없이… 그는 이것이 이 차 안의 특유인 미지근한 추위 때문이 아닌가? 이렇게도 생각해 보았다. 그는 변소에 들어서서는 반드시 한 번씩 그 수형手形을 꺼내어 자세히 검사하여 보는 것도 겸겸하였다.

'오냐… 무슨 소리를 내가 듣더라도 다시 살자.'

왼편 다리가 차자 아파 올라왔다. 결리는 것처럼… 저리는 것처럼… 기미氣味 나쁘게….

'기후가 변하여서… 풍토가 변하여서….

사람의 배를 가르고 그 내장을 세척內藏洗滌하는 것은 고사하고… 사람의 썩는 다리를 절단折斷하는 것은 고사하고… 등에는 조고만 부스럼에 '메스' 한 번을 대어 본 일이 없는 슬플 만치 풍부한 경험을 가진 훌륭한 의사의 그는 이러한 진단을 그의 아픈 다리에다 내려도 보았다. 그래 바지 아래를 걷어 올리고 아픈 다리를 내여 보았다. 바른편 다리와는 엄청나거 훌륭하게 뼈만 남게 만은 외인편 다리는 바닥에서 솟아올라 오는 '풍토 다른' 추위 때문인지 죽은 사람의 그것과 같이 푸르렀다. 거기에 몇 줄기 새파란 정맥 줄이 반투명체半透明體가 내뵈듯이 내보이고 있었다. 털은 어느 사이에인지 다 빠져 하나도 없고 모공毛孔의 자국에는 파리똥 같은 깜은 점黑點이 위축萎縮된 피부 위에 일면으로 널려 있었다. 그는 그것을 '나의 것'이니만치 가장 친한 기분으로 언제까지라도 들여다보며 깔깔한 그 면을 맛좋게 쓸어 다듬어 주고 있었다.

그 때에 건너편 자리에 앉아 있던 신사紳士는 가냘픈 한숨을 섞어 혀를 한번 '쩍' 하고 치더니 그 자리에서 일어서서 황황히 어디론지 가버렸다.

"내리는 게로군… 저 가방… 여보시오, 저 가방."

그는 고개를 돌이켜 그 신사의 가는 쪽을 향하여 소리 질렀다.

"여보시오 저… 가방을 가지고 내리시오… 저."

또 한 번 소리쳐 보았으나 그 신사의 모양은 벌써 어느 곳으로 가 버렸는지 보이지 않았다. '그가 생각나서 찾으러 오도록 나는 저 가방을 지켜 주리라.' 이런 생각을 그는 한 턱 쓰는 세음으로 생각하였다.

"여보 인젠 그 다리 좀 내놓지 마시오."

"아… 참, 저 가방…."

이렇게 불식간에 대답을 한 그는 아까 자리를 떠나 어디로 갔는지 없어졌던 그 신사가 어느 틈에 인지 다시 그 자리에 와 앉아 있는 것을 그제야 겨우 보아 알았다. 신사는 또 서서히 입을 열어

"여보 나는 인제 몇 정거장 남지 않았으니 내가 내릴 때까지는 제발 그 다리 좀 내어 놓지 좀 마오!

"네… 하도 아프기에 어째 그런가 하고 좀 보았지오. 혹시 풍토가…."

"풍토? 당신 다리는 풍토에 따라 아프기도 하고 안 아프기도 하고 그렇소?"

"네… 원래 이 외인편 다리는 다친 다리가 되어서 조금 일기가 변하기만 하여도 곧 아프기가 쉬운 - 신세는 볼일 다 본 - 그렇지만 이를 갈고…."

"하하 그러면 오… 알았소… 그 왼편…."

"내 생각 같아서는 그건 내 생각이지만 그렇게 두고 고생할 것 없이 병신 되기는 다… 일반이니 아주 잘라 버리는 것이 좋을 것 같소. 저 내가 아는 사람도 하나 그 이야기는 할 것도 없소만… 어쨌든 그것은 내 생각에는 그렇다는 말이니까 당신보고 짜르라고 그러는 말은 아니오만… 하여간 그렇다면 퍽 고생이 되겠는데…."

"글쎄 말씀이야 좋은 말씀이외다만 원 아무리 고생이 된다 하더라도 어떻게 제 다리를 자르는 것을 제 눈으로 뻔히 보고 있을 수가 있나요?"

"그렇지만 밤낮 두고 고생하느니보다는 낫겠다는 말이지요. 그것은 뭐 어쩌다가 그렇게 몹시 다쳤단 말이오."

"그거요 다 이루 말할 수 있나요. 이 다리는 화태樺太[30]에서 일할 적에 '토로'에서 뛰어 내리려다가 '토로'와 한데 뒹구는 바람에 이렇게 몹시 다친 거지요."

"화태?"

신사는 잠시 의아와 놀라는 얼굴빛을 보인 다음에 다시 말을 이어

"어쩌다가 화태까지나 가셨더란 말이요?"

"예서는 먹고 살 수가 없고 하니까 돈 벌러 떠난다는 것이 마지막 천하

---

30) 화태(樺太): 러시아 연방공화국 사할린주에 속하는 섬. 일본에서는 가라후토(樺太)라고 부른다.

에 땅 있는 데는 사람 사는 곳이고 안 가본 데가 있나요. 이렇게 떠돌아 다니는 게 올째 꼭! 가만 있자… 열일곱 해 아니 열다섯 핸가… 어쨌든 십여 년이지요."

"돈만 많이 벌었으면 그만 아니오."

"그런데 어디 돈이 그렇게 벌리나요. 한 푼… 참 없습니다. 벌기는 고만두고 굶기를 남 먹듯 했습니다. 어머님 집 떠난 지 일 년도 못 되어 돌아가시고…."

"하… 어머님이… 어머님도 당신하고 같이 가셨습니까? 처자妻子는 그럼 다 있겠구려."

"웬걸요. 처자는 집 떠나기 전에 다… 죽었습니다. 어린 것을 나은지… 에 그게… 어쨌든 에미가 먼저 죽으니까 죽을 밖에요. 어머님은 아우에게 맡기고 떠나려고 했지만 원래 우리 형제는 의가 좋지 못한데다가 아우도 처자가 다 있는데다가 저처럼 이렇게 가난하니 어디 맡으려고 그럽니까."

"아우님은 단 한 분이요?"

"네… 그게 그렇게 사이가 좋지 못하답니다. 남이 보면 부끄러울 지경이지요."

"그래 시방 어떻게 해서 어디로 가는 모양이오?"

신사의 얼굴에는 연민憐憫의 빛이 보이었다.

"십여 년을 별 짓을 다하고 돌아다니다가… 참 그 동안에는 죽으려고 약까지 타 논 일도 몇 번인지 모르지요. 세상이 다 우스꽝스러워서 술 노름으로 세월을 보낸 일도 있고 식당 '쿡' 노릇을 안 해 보았나 이래 보여도 양요리洋料理는 그래도 못 만드는 것 없이 능란하답니다. 일등 '쿡'이었으니까 화태에도 오랫동안 있었지요. 그때 저는 꼭 죽는 줄만 알았는데 그래도 명이 기니까 할 수 없나 보아요. 이렇게 절름발이가 되어 가면서도 여태껏 살로 있으니 그때 그 놈들이(그는 누구라는 것도 없이 이렇게 평범히 불렀다) 이 다리를 막 자르려고 뎀비는 것들을 죽어라 하고 못 자르게 했지요. 기를 쓰고 죽어도 고냥 죽지 내 살점을 떼내 던지지는 않겠다고 이齒를 악물었더니 그놈들이 그래도 내 억지는 못 이기겠던지 그냥 내버려 두었에요. 덕택에 시방 이 모양으로 절름발이 신세를 네… 가기는 제가 갈 데가 있겠습니까. 아우의 집으로 가야지요. 의가 좋으니 나쁘니 해도 한 배의 동생이요, 또 십여 년 만에 고향에 돌아가는 몸이니 반가워하지는 못할지라도 그리 싫어하지는 않을 것 같습니다. 고향이요, 고향은 서울, 아주 서울태생이올시다. 서울에는 아우하고 또 극진히 친한 친구 한 사람이 있습니다. 그저 그 사람들을 믿고 시방 이렇게 가는 길이올시다. 그렇지만 내 이를 악물고라도."

"그럼 그저 고향이 그리워서 오는 모양이로구려."

"네… 그렇다면 그렇지요. 그런데 하기는…."

그는 별안간 말을 멈추는 것같이 하였다.

"그럼 아마 무슨 큰 수가 생겨서 오는 모양이로구려."

어디까지라도 신사의 말은 그의 급처急處를 찌르는 것이었다.

"수… 에… 수가 생겼다면, 하기야 수라도…."

"아주 큰 수란 말이로구려 하…."

두 사람은 잠시 쓰디쓴 웃음을 웃어 보았다.

"다른 사람이 보면 하잘 것 없는 것일는지 몰라도 제게는 참 큰 수지요." 허고보니

"얘기를 좀 하구려. 그 무슨 그렇게 큰 순가."

"얘기를 해서 무엇 하나요? 그저 그렇게만 아시지요 뭐… 해도 상관은 없기는 없지만…."

"그 아마 당신께 좀 꺼리는 데가 있는 게로구려? 그렇다면 할 수 없겠

소만 또 고렇다고 하더라도 내가 당신을 천리나 만리나 따라다닐 사람이 아니오. 또 내가 무슨 경찰서 형사警察署刑事나 그런 사람도 아니오. 이렇게 차 속에서 우연히 만났다가 헤어지고 말 사람인데 설사 일후에 또 만나는 수가 있다 하더라도 피차에 얼굴조차도 잊어버릴 것이니 누가 누군지 안단 말이오. 내가 또 무슨 당신의 성명을 아는 것도 아니고 상관없지 않겠소.”

“아… 그렇다면야… 뭐, 제가 이야기 안 한다는 까닭은 무슨 경찰에 꺼릴 무슨 사기 취재나 했다 해서 그러는 것이 아닙니다. 이야기가 너무 장황해서 또 몇 정거장 안 가서 내리신다기에 이야기가 중간에 끊어지면 하는 사람이나 듣는 사람이나 피차 재미도 없을 것 같고 그래서….”

“그렇게 되면 내 이야기 끝나는 정거장까지 더 가리다 그려… 이야기가 재미만 있다면 말이오….”

“네? 아니… 몇 정거장을 더 가서도 좋다니 그것이 어떻게 하시는 말씀인지 저는 도무지….”

두 사람은 또 잠깐 웃었다. 그러나 그는 놀랐다.

“내 여행은 그렇게 아무렇게나 해도 상관없는 여행이란 말이오….”

“그렇지만 돈을 더 내셔야 안나요.”

“돈? 하… 그래서 그렇게 놀랜 모양이로구려! 그건 조금도 염려할 것 없소. 나는 철도국에 다니는 사람인고로 차는 돈 한 푼 아니 내고라도 얼마든지 거저 탈 수 있는 사람이니까. 나는 지금 볼 일로 xx까지 가는 길인데 서울에도 볼일이 있고 해서 어디를 먼저 갈까 하고 망설거리던 차에 미안한 말이지요만 아까 당신의 그 다리를 보고 그만 xx일을 먼저 보기로 한 것이오. 그렇지만 또 당신의 이야기가 아주 썩 재미가 있어서 중간에서 그냥 내리기가 아깝다면 서울까지 가면서 다 듣고 서울 일도 보고 하는 것이 좋을 듯도 하고 해서 하는 말이오.”

"네… 나는 또 철도국 차를 거저, 그것 참 좋습니다. 차를 얼마든지 거저."

이 '거저' 소리가 그의 머리에 거머리 모양으로 묘하게 착 달라붙어서는 떨어지지 아니하였다.

아 그는 잠간 동안 혼자 애쓰지 아니하면 안 되었다. 억지로 태연泰然한 차림을 꾸미며 그는 얼른 입을 열었다. 그러나 그 말마디는 묘하게 굴곡이 심하였다. 그는 유리창이 어느 틈에 밖이 조금도 내어다 보이지 않을 만치 슬은 성에를 닦기도 하여 보았다.

"말하자면 횡재 에… 횡재… 무엇 횡재될 것도 없지만 또 횡재라면 그야… 횡재 아니라고도 할 수 없지만 어쨌든 제가 고생고생 끝에 동경東京으로 한 삼년 전에 다시 돌아왔습니다. 게서 친구 한사람을 사귀었는데 그는 별 사람이 아니라 제가 묵고 있던 집주인입니다. 그 사람은 저보다도 더 아무도 없는 아주 고독한 사람인데 그 여관 외에 또 집도 여러 채를 가지고 있었는데 있는 동안에 그 사람과 나는 각별히 친한 사이가 되어 그 여관을 우리 둘이서 경영하여 나가게 되었습니다. 그런데 그 사람이 얼마 전에 고만 죽었습니다. 믿던 친구가 죽었으되 비록 남이었건만 어떻게 설은지 아마 어머님 돌아가실 때만큼이나 울었습니다. 남다른 정분을 생각하고는 장사도 제 손으로 잘 지내 주었지요. 그런데 인제 그렇거든요… 자… 그가 '떠 ― ㄱ' 죽고 보니까 그의 가졌던 재산… 무엇 재산이라고까지는 할 것은 없을지는 몰라도 하여간 제게는 게서 더 큰 재산은 여태… 그렇게 말할 것까지는 없을지 몰라도 어쨌든 상당히 큰돈이니까요… 그게 어디로 가겠느냐 이렇게 될 것이 아니냐 그런 말이거든요…."

"그러니까 그것을 당신이… 슬쩍 이렇게 했다는 말인 것이요? 그려하… 따는… 참… 횡재는…."

"아… 천만에 제 생각에는 그것을 죄다 사회사업社會事業에 기부할 생각이었지요. 물론…."

"그런데 안했다는 말이지…."

"그런데 그가 죽기 전에 벌써 그가 저 죽을 날이 가까와 오는 것을 알고 그랬던지 다 저에게다 상속하도록 수속을 하여 놓고는 유서에 다가는 '떠 - ㄱ' 무엇이라고 써 놓았는고 하니."

"사회사업에 기부하라고 써…."

"아… 그게 아니거든요. 이것을 그대의 마음 같아서는 반드시 사회사업에 기부할 줄 믿는다. 그러나 죽는 사람의 소원이니 아무쪼록 그대로 가지고 고향으로 돌아가서 친척 친구와 함께 노후老後의 편안한 날을 맞고 보내도록 하라. 만일 그렇지 아니하고 내 말을 어기는 때에는 나의 영혼은 명도에서도 그대의 몸을 우려하여 안정安靜할 날이 없을 것이라고…."

"아… 대단히 편리한 유서로군! 당신 그 창작…."

신사는 말을 멈추었다. 그러나 그의 얼굴은 어디까지든지 냉소와 조롱의 빛으로 차 있었다.

"그래서 그의 죽은 혼령도 위로할 겸, 저도 좀 인제는 편안한 날을 좀 보내 보기도 할 겸해서 이렇게 돌아오는 길이오…."

"하… 그럴듯하거든. 그래 대체 그 돈은 얼마나 되며 무엇에다 쓸 모양이오."

"얼마요 많대야 실상 얼마 되지는 않습니다. 제게는… 무얼 하겠느냐… 먹고 살고 하는데 쓰지요."

"아 그래 그저 그 돈에서 자꾸 긁어다 먹기만 할 모양이란 말이오. 사회사업에 기부하겠다는 사람의 사람은 딴 사람인 모양이로군!"

"그저 자꾸 긁어다 먹기만이야 하겠습니까. 설마 하기는 시방 계획은 크답니다."

"제게 한 친구가 의사지요. 그 전에는 그 사람도 남부럽지 않게 상당히 살았건만 그 부친 되는 이가 미두米豆[31]라나요 그런 것을 해서 우리 친구 병원까지를 들어먹었지요. 그래 시방은 어떤 관립병원에 촉탁의囑託醫로 월급생활月給生活을 하고 있다고 그렇게 몇 해 전부터 편지거든요. 그래서 친구 좋은 일도 할 겸 또 세상에 나처럼 아픈 사람 병든 사람을 위하여 사회사업도 할 겸… 가서 그 친구와 같이 병원을 하나 내일까 생각인데요. 크기야 생각만은…."

"당신은 집이나 지키려오?"

"왜요, 저도 의사랍니다. 친구의 그 소식을 들었대서 그런 것은 아니지만 내 몸이 병신이니까 그런지 세상에 하고많은 불쌍한 사람 중에도 병든 사람 앓는 사람처럼 불쌍한 이는 없는 것 같아서 저도 의학을 좀 배워 두었지요."

신사는 가벼운 미소微笑를 얼굴에 떠우면서 '의학'을 배운 사람치고는 너무도 무식하고 유치하고 저급인 그의 말에 놀란다는 듯이 '쩍', '쩍' 혀를 몇 번 찼다.

"그래 당신이 '의학'을 안단 말이오?"

"네, 안다고 까지야… 그저 좀 뗑겼지요… 가갸거겨… 왜 그리십니까? 어디 편치 않으신 데가 있다면 제가 시방이라도 보아 드리겠습니다. 있습니까, 있으면…."

두 사람은 크게 소리치며 웃었다. 차창車窓밖은 어느 사이에 날이 저물어 흐린 하늘에 가뜩이나 음울딴 기분이 떠돌았다.

차안에는 전등까지도 켜졌다. 그러나 그들은 그것도 깨닫지 못하였었다. 그는 밖을 좀 내다 보려고 유리창의 성에를 또 닦았다. 닦기운 부분

---

31) 미두(米豆): 미곡의 시세를 이용하여 현물이 없이 투기적 약속으로만 팔고 사는 일.

에는 밖으로 수없는 물방울이 마치 말 못할 설움에 소리 없이 우는 사람의 뺨에 묻은 몇 방울 눈물처럼 여기저기에 붙어 있었다. 그것들은 차의 움직임으로 일순 후에는 곧 자취도 없이 떨어지고 그러면 또 새로운 물방울이 또 어느 사이엔지 와 붙고 하여 그 물방울은 늘 거의 같은 수효로 널려 있었다.

"눈이 오시는 게로군."

두 사람은 이야기를 멈추고 고개를 모아 창빡을 내어 보았다. 눈은 '너는 서울 가니? 나는 부산 간다' 하는 듯이 옆으로만 빠르게 지나가고 있다. 이야기에 팔리어 얼마 동안은 잊었던 외인편 다리는 여전히 아까보다도 더하게 아프고 쑤시었다 저렸다. 그는 그 다리를 옷 바깥으로 내리쓰다듬으며 순식간에 '씌-ㅅ' 소리를 내이며 입에 군침을 한 모금이나 꿀떡 삼켰다. 그 침은 몹시도 끈적끈적한 것으로 마치 '콘덴스트 밀크'나 엿을 삼키는 기분이었다. 신사는 양미兩眉간에 조고만 내 천川자를 그린 채 그 모양을 한참이나 내려다보고 앉았더니 별안간 쾌활한 어조語調로 바꾸어 입을 열었다.

"의사醫師가 다리를 앓는 것은 희괴한 일이로군!"

"제 똥 구린 줄 모른다고!"

두 사람은 이전보다도 더 크게 소리쳐 웃었다. 그 웃음은 추위에 원기를 지질리운 차안의 승객들의 멍멍한 귀에 벽력같은 파동을 주었음인지 그들은 이 웃음소리의 발원지를 향하여 일제히 고개를 돌렸다. 두 사람은 이 모든 시선의 화살에 살이 간지러웠다. 그리하여 고개를 다시 창 쪽을 향하여 보았다가 다시 또 숙여도 보았다.

얼마 만에 그가 고개를 돌렸을 때 통로通路 건너편에 그를 향하여 앉아 있는 젊은 여자 하나는 수건으로 얼굴을 가린 채 고개를 푹 수그리고 있는 것을 그는 발견할 수 있었다.

'우나…? 무슨 말 못할 사정이 있는 게지… 누구와 생이별이라도 한 게지!'

그는 이런 유치한 생각도 하여 보았다.

"그러면 그 돈을 시방 당신의 몸에 지니고 있겠구려. 그렇지 않으면!"

신사의 이 말소리에 그는 졸도할 듯이 나로 돌아왔다. 그 순간에 그의 머리에는 전광電光 같은 그 무엇이 떠도는 것이 있었다.

"아니요. 벌써 아우 친구에게 보냈세요. 그런 것을 이렇게 몸에다 지니고 다닐 수가 있나요."

하며 그는 그 수형에 들은 옷 포켓트의 것을 손바닥으로 가만히 어루만져 보았다. 한 장의 종이를 싸고 또 싸고 몇 겹이나 쌌던지 그의 손바닥에는 풍부한 질량의 쾌감이 느껴졌다. 그의 입안에는 만족과 안심의 미소가 맴돌았다.

차안은 제법 어두웠다.(그것은 더욱이 창밖이었을는지도 모르니 지금에 그의 세계는 이 차안이었으므로 이다) 생각 없이 그는 아까 그가 바라보던 젊은 여자의 앉아 있는 곳으로 머리를 돌려보았다. 그때에 여자는 들었던 얼굴을 놀랐 듯이 숙이고는 수건으로 가려 버리었다. 더욱 놀란 것은 그였다.

'흥… 원 도무지 별일이로군!'

그는 군입을 다셔 보았다. 창밖에는 희미한 가운데에도 수없는 전등이 우는 눈으로 보는 별들과도 같이 번쩍이고 있었다.

"서울이 아마 가까운 게로군요."

"가까운 게 아니라 예가 서울이오."

그는 이 빈약한 창밖 풍경에 놀랐다.

"서울! 서울! 기어코… 어디 내 이를 갈고…."

그는 이 '이를 갈고' 소리를 벌써 몇 번이나 하였는지 모른다. 그러나 자기도 또 듣는 사람도 그것이 무슨 뜻인지 어찌 하겠다는 소리인지 깨달을 수 없었다. 차안은 이제 극도로 식어온 것이었다. 그는 별안간 '시베리아' 철도를 타면 안이 어떠할까 하는 밑도 끝도 없는 생각을 하여 보기도 하였다.

사람들은 모두 부시럭 부시럭 일어났다. 그도 얼른 변소에를 안전하도록 다녀온 다음 신사의 조력을 얻어 '다나' 위의 가방을 내렸다. 그리고 그것을 바른 손아귀에 꽉 쥐고서 내릴 준비를 하였다. 차는 벌써 역 구내에 들어왔는지 무수한 검고 무거운 화물차 사이를 서서히 걷고 있는 것이었다.

차는 '치 - ㄱ' 소리를 지르며 졸도할 만치 큰 기적 소리를 한번 울리고는 '승강장'에 닿았다. 소란한 천지는 시작되었다.

그는 잊어버리지 아니하고 그 여자의 있던 곳을 또 한 번 돌아다보았다. 그러나 그 때에는 그 여자는 반대편 문으로 나갔었기 때문에 그는 여자의 등과 머리 뒷모양밖에는 볼 수 없었다.

'에… 그러나 도무지… 이렇게 기억 안 되는 얼굴은 처음 보겠어. 불 완전, 불 완전!'

그는 밀려 나가며 이런 생각도 하여보았다. 그 여자의 잠간 본 얼굴을 아무리 다시 그의 머릿속에 나타내어 보려 하였으나 종시 정돈되지 아니하는 채 희미하게 맴돌고 있을 뿐이었다. 아픈 다리, 차안의 추위에 몹시 식은 다리를 이끌고 사람 틈에 그럭저럭 밀려나가는 그의 머리는 이러한 쓸데없는 초조로 불끈 화가 나서 어지러운 것이었다.

승강대를 내릴 때에는 그는 그 신사 손목을 한 번 잡아보았다. 그러나 그것은 그가 무엇인지 유혹하여지는 것이 있었기 때문이었다. 쥐고 보았으나 그는 할 아무 말도 생각나지 아니하였다. 그는 잠깐 머뭇머뭇하였다.

"저 오늘이 며칠입니까?"

"십이월 십이일十二月 十二日."

"십이월 십이일! 네, 십이월 십이일!"

신사의 손목을 쥐인 채 그는 이렇게 중얼거려 보았다. 순식간에 신사의 모양은 잡다한 사람 속으로 사라졌다.

그는 찾고 또 찾았다. 그러나 누구인지 아지 못할 사람이 그의 손목을 달려 잡았을 때까지 그는 아무도 찾지는 못하였다. 희미한 전등 밑에 우쭐대는 사람들의 얼굴은 한결같이 다 똑같은 것만 같았다. 그는 그의 손목을 잡는 사람의 얼굴을 거의 저절로 내려다보았다. 그러나 눈… 코… 입….

'하… 두 개의 눈… 한 개씩의 코와 입!'

소리 안 나는 웃음을 혼자 웃었다. 눈을 뜬 채!

"X군 나를 못 알아보나 X군!"

한참 동안이나 두 사람의 시선은 그대로 눌어붙은 채 마구 매어달려 있었다.

"M군! 아! 하! 이거 얼마만이십니까… 얼마에 얼마만인가."

그의 눈에는 그대로 눈물이 괴었다.

"M군! 분명히 M군이시지요! 그렇지?"

침묵… 이 부득이한 침묵이 두 사람 사이를 아니 찾아올 수 없었다. - 입을 꽉 다문 채 그는 눈물을 흐린 눈으로 M군의 옷으로 신발로 또 옷으로 이렇게 보기를 오르내리었다. 그의 머리(?)에 가까운 곳에는 이상한 생각 같은 것이 떠올랐다.

'M군… 그 M군은 나의 친구였다. 분명히 역시.'

M군보다 키는 차라리 그가 더 컸다. 그러나 그가 군을 바라보는 것은 분명히 '치어다보는 것'이었다. 그의 이 모순된 눈에서는 눈물이 그대로

쏟아지기만 하였다. 어느 때까지라도….

　군중의 잡다한 소음은 하나도 그리 귀에 느껴지지 않았던 것은 물론이다…. 그리고 그뿐만 아니라 그의 눈이 초점을 잃어버렸던 것도,

　'차라리 아까 고 신사나 따라갈 것을.'

　전광 같은 생각이 또 떠올랐다. 그때 그는 그의 귀가 '형님' 소리를 몇 번이나 '들었던 기억'까지 쫓아 버렸다.

　'차라리… 아….'

　'이 사람들이 나를 기다리었던가… 아….'

　모든 것은 다 간다. 가는 것은 어언간 간 것이다. 그에게 있어도 모든 것은 벌써 다 간 것이었다.

　다만… 그리고는 오지 아니하면 아니 될 것이 그 뒤를 이어서 '가기 위하여' 줄대어 오고 있을 뿐이었다.

　'아… 갔구나. 간 것은 없는 것만도 못한 **없는 것**이다. 모든….'

　그는 M군과 T씨와 그리고 T씨의 아들 '업', 이 세 사람의 손목을 번갈아 한 번씩 쥐어 보았다. 어느 것이나 다 뻣뻣하고 핏기 없이 마른 것이었다.

　"아우야(T)… 조카(업)… 네가 업이지…."

　그들도 그의 눈물을 보았다. 그리고 어두운 낯빛에 아무 말들도 없었다. 간단한 해석을 내리운 것이었다.

　"바깥에는 눈이 오지?"

　"떨어지면 녹고… 떨어지면 녹고 그러니까 뭐."

　떨어지면 녹고… 그에게는 오직 눈만이 그런 것도 아닐 것 같았다…. 그리고 비유할 곳 없는 자기의 몸을 생각하여 보았다.

　네 사람은 걷기를 시작하였다. 어느 틈엔지 그는 '업'의 손목을 꽉 잡고 있었다.

'네 얼굴이 그렇게 잘 생긴 것은 최상의 행복이요 동시에 최하의 불행이다.'

그는 업의 붉게 익은 두 뺨부터 코 밑에 인중을 한참이나 훔쳐보았다. 그 곳은 그를 만든 신神이 마지막 새끼손가락을 떼인 자리인 것만 같았다.

도영倒映되는 가로등街路燈과 '헤드라이트'는 눈물에 젖은 그의 눈 속에 이중적二重的으로 재현되어 있는 것 같았다.

T씨의 집에서 이것저것 맛있는 음식을 시켜다 먹었다. 그 자리에 M군도 있었던 것은 물론이다.

자리는 어리석기 쉬웠다. 그래 그는 입을 열었다.

'오래간만에 오고 보니… 그것도 그래… 만나고 보면 할 말도 없거든… 사람이란 도무지 이상한 것이거든… 얼싸안고 한 두어 시간 뒹굴 것 같지… 하기야… 그렇게만 떡! 당하고 보면 그저 한량없이 반갑다 뿐이지 또 별 무슨….'

자기 말이 자기 눈에 띄울 때처럼 싱거운 때는 없다.

그는 이렇게 늘어놓는 동안에 '자기 말이 자긴 눈에 띄었'다. 자리는 또 어리석어 갔다.

'이 세상에 벙어리나 귀머거리처럼… 어쨌든 그런 병신이 차라리 나을 것이야….'

이런 말을 하고 나서 보니 너무 지나친 말인 것도 같았던 것이 눈에 띄었다. 그는 멈칫했다.

"X군… 말 끝에 말이지… 그래도 눈먼 장님은 아니니까 자네 편지는 자세 보아서 아네. 자네도 인제 고생 끝에 낙이 나느라고… 하기는 우리 같은 사람도 자네 덕을 입지 않나! 하…."

M군의 이 말끝에 웃음은 너무나 기교적技巧的이었다. 차라리 웃을만하

였다.

"웃을 만한 희극喜劇."

그는 누구의 이런 말을 생각하여 보았다. 그리고는 M군의 이 웃음이 정히 그것에 해당該當치 않는 것인가도 생각하여 보았다. 그리고 속으로 웃었다.

"형님 언제나 심평이 필까, **필까**했더니… 인제는 나도 기지개 좀 펴겠소. 허….."

이렇게도 모든 '웃을 만한 희극'은 자꾸만 일어났다.

"하…! 하….."

그는 나가는 데 맡겨서 그대로 막 웃어 버렸다. 눈 감고 칼쌈하는 세 사람처럼 관계도 없는 세 가지 웃음이 서로 어울어져서 스치고 부딪고 맞닥치는 꼴은 '웃을만한' 희극 중에서도 진기한 광경이었다.

열한 시 쯤 하여 M군은 돌아갔다. 그리고 나서 그는 곧 자리에 쓰러졌다. 곧 깊은 꿈속에서 떨어진 그는 여러 날 만에 극도로 피곤한 그의 몸을 처음으로 편안히 쉬이게 하였다.

얼마를 잤는지(그것은 하여간 그에게는 며칠 동안만 같았다) 귀가 그렇게 간지러웠던 까닭이 무엇이었던가를 찾아보았으나 어두컴컴한 방 안에는 아무것도 집어 내일 것이 없었다.

'꿈을 꾸었나… 그럼…'

꿈이었던가 아니었던가를 생각하여 보는 동안에 그의 의식은 일순간에 명료하여졌다. 따라서 그의 귀도 무엇인가를 구분해 내일만치 정확히 간지러움을 가만히 느끼고 있었다.

'시계소리… 밤夜 소리(그런 것이 있다면)… 그리고… 그리고 ….'

분명히 퉁소소리다.

'이럴 내가 아니다.'

그러나 그의 마음은 알 수 없이 감상적感傷的으로 변하여 갔다. 무엇이 이렇게 만들까를 생각하여 보았으나 알 수 없었다. 얼마 동안이나 어둠 침침한 공간 속에서 초점 잃은 두 눈을 유희시키다가 별안간 그는 '퉁소의 크기는 얼마나 될까'를 생각해 보았다. 그의 생각에는 퉁소의 크기는 그가 짚고 다니는 '스틱' 기러기만은 할 것 같았다. 그렇게 아니하면 저런 굵은 옅은 소리가 날 수가 없는 것 같았다. 이런 생각을 하여보고 나서 그는 혼자 웃었다.

'아까 그 신사나 따라갈 것을! 차라리!'

어찌하여 이런 생각이 들까, 그는 몇 번이나 생각하여 보았다. M군과 T는 나를 얼마나 반가와 하여 주었느냐… 나는 눈물을 흘리기까지 아니 하였느냐… 업의 손목을 잡지 아니 하였느냐… M군과 T는 나에게 얼마나 큰 기대를 가지고 있지 아니 하냐… 나는 그들을 믿고 오직 이곳에 돌아온 것이 아니냐….

'아… 확실히 그들은 나를 반가와 하고 있음에 틀림은 없을까? 나는 지금 어디로 들어가느냐.'

그는 지금 그윽한 곳으로 통하여 있는… 그 그윽한 곳에는 행복이 있을지 불행이 있을는지 모른다. 층계를 한 단 한 단 디디며 올라가고 있는 것만 같다.

그의 가슴은 아지 못할 것으로 꽉 차 있었다. 그것을 그가 의식할 때에 그는 그것이 무엇인가를 황황히 들여다본다. 그때에 그는 이때까지 무엇에인지 꽉 채워져 있는 것 같은 그의 가슴 속은 아무것도 없이 텅 비인 것으로 그의 눈앞에 나타난다.

'아무것도 없었구나… 역시.'

그가 다시 고개를 들었을 때에는 비인 것으로만 알아졌던 그의 가슴속은 역시 무엇으로인지 차 있는 것을 다시 느껴지는 것이었다.

모든 것이 모순이다. 그러나 모순된 것이 이 세상에 있는 것만큼 모순이라는 것은 진리이다. 모순은 그것이 모순된 것이 아니다. 다만 모순된 모양으로 되어져 있는 진리의 한 형식이다.

'나는 그들을 반가와 하여야만 한다. 나는 그들을 믿어 오지 아니하였느냐? 그렇다 확실히 나는 그들이 반가웠다. 아… 나는 그들을 믿어야 한다… 아니다. 나는 벌써 그들을 믿어 온지 오래다… 내가 참으로 그들을 반가와 하였던가… 그것도 아니다… 반갑지 아니하면 아니 될 이 경우에는 반가운 모양 외에 아무런 모든 모양도 나에게… 이 경우에… 나타날 수 없다 어쨌든 반가웠다.

시계는 가느단 소리로 네 시를 쳤다. 다음은 다시 끔찍끔찍한 침묵 속에 잠기도 만다. T씨의 코고는 소리와 업의 가냘픈 숨소리가 들려올 뿐이다. 그의 귀를 간지럽히던 통소 소리도 어느 사이에 인지 없어졌다.

'혹시 내가 속지나 않은 것일까. 사람은 모두 다 서로 속이려고 드는 것이니까. 그러나 설마 그들이… 나는 그들에게 진심을 바치리라….'

사람은 속이려 한다. 서로서로… 그러나 속이려는 자기가 어언간 속고 있는 것을 깨닫지 못하는 것이다. 속이는 것은 쉬운 일이다. 그러나 속는 것은 더 쉬운 일이다. 그 점에 있어 속이는 것이란 어려운 것이다. 사람은 반성反省한다. 그 반성은 이러한 토대위에 선 것이므로 그들은 그들이 속이는 것이고 속는 것이고 아무것도 반성치는 못한다.

이때에 그도 확실히 반성하여 보는 것이었다. 그러나 그는 아무것도 반성할 수 없었다.

'나는 아무도 속이지 않는다. 그 대신에 아무도 나를 속일 사람은 없을 것이다.'

그는 '반가와 하지 아니하면 안 된다… 사랑하지 아니하면 안 된다… 믿지 아니하면 안 된다.' 등의 '…지 아니하면 안 돼'는 의무를 늘 생각하고 있다. 그러나 이 '…지 아니하면 안 된다'라는 것이 도덕상에 있어 어떠한 좌표 위에 놓여 있는 것인가를 생각해 볼 수는 없었다. 따라서 이 그의 소위 '의무'라는 것이 참말 의미의 '죄악'과 얼마나한 거리에 떨어져 있는 것인가를 생각해 볼 수 없었는 것도 물론이다.

사람은 도덕의 근본성을 고구하기 전에 우선 자기의 일신을 관념 위에 세워놓고 주위의 사물에 당한다. 그러므로 그들의 최후적 실망과 공허를 어느 때이고 반드시 가져온다. 그러나 그것이 왔을 때에 그가 모든 근본 착오를 깨닫는다 하여도 때는 그에게 있어 이미 너무 늦어지고야 말고 하는 것이다.

인류의 역사가 시작될 때부터 사람은 얼마나 오류誤謬를 반복하여 왔던가. 이 점에 있어서 인류의 정신적 진보는 실로 가엾을 만치 지지遲遲[32] 한 것이라고 아니할 수 없다.

'주위를 나의 몸으로써 사랑함으로써 나의 일생을 바치자….'

그는 이 '사랑'이라는 것을 아무 비판도 없이 실행을 '결정'하여 버리고 말았다.

'그러나 내가 아까 그 신사를 따라갔던들? 나는 속는지도 모른다. 그러나 반드시 속을 것을 보증할 사람이 또 누구냐. 그 신사에게 나의 마음과 같은 참 마음이 없다는 것을 보증할 사람은 또 누구냐….'

이러한 자기 반역도 그에게 있어서는 관념에 상쇄相殺될 만큼도 없는 극히 소규모의 것이었다. 집을 떠나 천애를 떠다닌 저 십여 년, 그는 한 번도 이만큼이라도 깊이 생각해 본 적이 없었다. 그의 머리는 냉수에 담갔다 끄어낸 것같이 맑고 투명하였다. 모든 것은 이상하였다.

'밤이라는 것은 사람이 생각하여야 인할 시간으로 신이 사람에게 준 것

---

32) 지지(遲遲): 몹시 더딤. 더디고 더딤.

이다.'

그는 새삼스러이 이 밤의 신비를 느꼈다.

'그 여자는 누구며 지금쯤은 어디 가서 무엇을 생각하고는 울고 있을까?'

그의 눈앞에는 그 인상 없는 여자의 얼굴이 희미하게 떠올랐다. 얼굴의 평범이라는 것은 특히 못생긴 편으로라도 보다 얼마나 못한 것인가를 그는 그 여자의 경우에서 느꼈다.

'그 여자를 따라갔어도.'

이것은 그에게 탈선 같았다. 그리하여 그는 생각하기를 그쳤다. 그는 몸 괴로운 듯이 사실에 한번 자리 속에서 돌아누웠다. 방안은 여전히 단조로이 시간만 삭이고 있다. 그때 그의 눈은 건너편 벽에 걸린 조고마한 일력 위에 머물렀다.

DECEMBER12

이 숫자는 확실히 그의 일생에 있어서 기념하여도 좋을만한 그 이상의 것인 것 같았다.

'무엇하러 내가 여기를 돌아왔나.'

그러나 그 곳에는 벌써 그러한 '이유'를 캐어 보아야 할 아무 이유도 없었다. 그는 말 안 듣는 몸을 억지로 가만히 일으키었다. 그리하고는 손을 내어 밀어 일력의 '12'쪽을 떼어 내었다.

'벌써 간지 오래다.'

머리맡에 벗어놓은 웃옷의 '포켓' 속에서 꺼내어서는 그 일력 쪽을 집어넣었다. 마치 그는 정신을 잃은 사람이 무의식으로 하는 꼴로 천장을 향하여 눈을 꽉 감고 누웠다. 그의 혈관에는 인제 피가 한 방울씩 두 방울씩 돌기를 시작한 것 같았다. 완전히 편안한 상태였다.

주위는 침묵 속에서 단조로운 음악을 연주하고 있는 것 같았다.

'생명은 의지다.'

무의미한 자연 속에 오직 자기의 생명만이 넘치는 힘을 소유한 것 같은 것이 그에게는 퍽 기뻤다.

그때에 퍽 가까운 곳에서 닭이 홰를 '탁탁' 몇 번 겹쳐 치더니 청신한 목소리로 이튿날의 첫 번 울음을 울었다. 그 소리가 그에게는 얼마나 생명의 기쁨과 의지의 힘을 표상하는 것 같았었는지 몰랐다. 그는 소리 안 나게 속으로 마음껏 울었다.

조금 후에는 아까 그 소리 난 곳보다도 더 가까운 곳에서 더 한 층이나 우렁찬 목소리로의 '꼬끼오'가 들려왔다. 그는 더없이 기뻤다. 어찌 할 수도 없이 기뻤다. 그가 만일 춤출 수 있었다 하면 그는 반드시 일어나서 춤추었을 것이다. 그는 견딜 수 없었다.

'T… T집에서 닭을 치나?'

"T… 업아… 집에서…."

그러나 아무 대답도 없었다. 다만 T씨의 코고는 소리와 업의 가냘픈 숨소리가 전과 조금도 다름없이 계속되고 있을 뿐이었다. 그곳에는 다시 아무 일도 일어나지 아니한 때와 도로 마찬가지로 변하였다. 사실에 아무 일이고 일어나지는 않았으나

'승리! 승리!'

어언간 그는 또다시 괴로운 꿈속으로 들어가 버렸다. 해가 미닫이에 꽤 높았을 때까지….

아무리 그는 찾아보았으나 나무도 없는 마른 풀 밭에는 천 개나 만 개 나한 모양의 무덤들이 일면으로 널려 있기만 할 뿐이었다. 찾을 수 없으리라는 것을 나서기 전부터도 모르는 것은 아니었다. 그러나 그는 나섰다. 또 찾을 수가 있었대야 아무 소용도 없을 것이었으나 그러나 그의 마음 가운데는 무엇이나 영감이 있을 것만 같았다.

'반가이 맞아 주겠지! 적어도 반갑기는 하겠지!'

지팡이를 쥐인 손… 손등은 바람에 터져 새빨간 피가 흘렀으나 손바닥에는 축축이 식은땀이 베었다. 수건을 꺼내어 손바닥을 닦을 때마다 하염없는 눈물에 젖은 눈가와 뺨을 씻는 것도 잊지는 않았다. 눈물은 뺨에 흘러서 그대로 찬바람에 어느지 싸늘하였다… 두 줄기만이 더욱이나.

'왜 눈물이 흐를까 - 무엇이 설울까?'

그에게는 다만 찬바람 때문인 것만 같았다. 바람이 소리 지르며 불때마다 그의 눈은 더 한 층이나 젖었다. 키 작은 잔디의 벌판은 소리날것도 없이 다만 바람과 바람이 서로 어여드는 칼날 같은 비명이 있을 뿐이었다.

해가 훨씬 높았을 때까지 그는 그대로 헤매었다. 손바닥의 땀과 눈의 눈물을 한 번씩 더 씻어 내인 다음 그는 아무데이고 그럴 법한 자리에 가 앉았다.

그곳에도 한 개의 큰 무덤과 그 옆에 작은 무덤이 어깨를 마주대인 것처럼 놓여 있었다. 그는 한참 동안이나 물끄러미 그것을 내려다보았다.

'세상에 또 나와 같은 젊은 안해와 어린 자식을 한꺼번에 갖다 파묻은 사람이 또 있는가 보다.'

그는 그러한 남과 이러한 자기를 비교하여 보았다.

'그러딴 사람도 있다면 그 사람도 지금은 나같이 세상을 떠돌아다닐 터이지. 그리고 또 지금쯤은 벌써 그 사람도 죽어 세상에서 없어져 버렸는지도 모르지.'

그는 자기가 지금 무엇 하러 이곳에 와 있는지 몰랐다. 반가와 하여 주는 사람이 없는 것은 그래도 고사하고라도 그에게 반가운 것의 아무것을 찾을 수도 없다. 그렇게 마른 풀밭에 앉아 있는 그의 모양이 그의 눈으로도 '남이 보이듯이' 보이는 것 같았다.

'가자… 가… 이곳에 오래 있을 필요는 없다. 아니 처음부터 올 필요도 없다. 사람은 살아야만 한다. 그러다가 어느 날이고는 반드시 죽고야 말 것이다. 그러나 사람은 어디까지라도 살아야만 할 것이다.

죽는 것은 사람의 사는 것을 없이하는 것이므로 사람에게는 중대한 일이겠다. 죽는 것… 죽는 것… 과연 죽는 것이란 사람이 사는 가운데에는 가장 두려운 것이다. 그러나… 죽는 것은 사는 것의 크낙한 한부분이겠으나 그러나 죽는 것은 벌써 사는 것과는 아무 관계도 없는 것이다. 사람은 죽는 것에 철저하여야 할 것이다. 그러나 죽는 것에는 벌써 눈이라도 주어 볼 아무 값價도 없어지는 것이다.

죽는 것에 대한 미적지근한 미련은 깨끗이 버리자. 그리하여 죽는 것에 철저하도록 살아 볼 것이다.

인생은 결로 실험實驗이 아니다. 실행實行이다.

사람은 놀랄 만한 긴장 속에서 일각의 여유조차도 가지지 아니하였다.

'보아라 이 언덕에 널려 있는 수도 없는 무덤들을. 그들이 대체 무엇이냐, 그것들은 모든 짐에 있어서 무無 이하의 것이다.'

해는 비최일 땅을 가졌으므로 행복이다. 그러나 땅은 해의 비최임을 받는 것만으로는 행복되지 않다. 그곳에 무엇이 있을까.

'보아라, 해의 비최임을 받고 있는 저 무덤들은 무엇이 행복되랴. 해는 무엇이 행복되며!'

그것은 현상이 아니다. 존재도 아니다. 의의 없는 모양(?)이다. 만일 이러한 말이 통할 수 있다면….

'생성하고 자라나고 살고, 아… 그리하여 해도 땅도 비로소 행복된 것이 아니랴!'

그의 머리 위를 비스듬히 비최이고 있는 그가 사십년 동안을 낯 익히 보아오던 그 해가 오글에 있어서는 유달리도 숭엄하여 보였고 영광靈光에 빛나는 것만 같았다. 더욱이나 따뜻한 것만 같았고 더욱이나 밝은 것만 같았다.

십여 년 전에 M군과 함께 어린것을 파묻고 힘없는 몸이 다시 집을 향하여 걷던 이 좁고 더러운 길과 그리고 길가의 집들은 오늘 역시 조금도 변한 곳은 없었다.

'사람이란 꽤 우스운 것이야.'

그는 외식 없이 발길을 아무 데로나 죽은 것들을 피하여 옮기었다. 어디를 어느 곳으로 헤매었는지 그가 이 촌락(?)을 들어설 수가 있었을 때에는 세상은 벌써 어둠컴컴한 암흑 속에 잠긴 지 오래였다.

집에는 피곤한 사람들의 코고는 무거운 소리가 흐릿한 등광과 함께 찢어진 들창으로 새어 나왔다. 바람은 더 한 층이나 불고 그대로 찼다冷. 다 쓰러져 가는 집들이 작은 키로 늘어선 것은 그 곳이 빈민굴인 것을 말하는 것이었다. 그러나 그에게는 그래도 이곳이 얼마나 '사람 사는 것' 같고 따스해 보이는지 몰랐다.

그는 도무지 그들의 마음을 짐작할 수가 없었다. 어느 때에는 그에게 무한히 호의를 보여 주는 것같이 하다가도 또 어느 때에는 쓸쓸하기 짝이 없었다. 그는 도무지 갈피를 잡을 수도조차 없었다. 일로 보아 하여간 그들이 그에게 무엇이나 불평이 있는 것만은 분명하였다. 어느 날 밤에 그는 그들을 모두 불렀다. 이야기라도 같이 하여 보자는 뜻으로.

"T! 의가 좋으니 나쁘니 하여도 지금 우리에게 누가 있나. 다만 우리 두 형제가 있지 않나. 아주머니(T씨의 아내를 그를 이렇게 불렀다) 그렇지 않소. 또 그리고 업아, 너도 그렇지 않소. 또 그리고 업아, 너도 그렇지 아니하냐. 우리 외에 설령 M군이 있다 하더라도… 하기야 M군은 우리들 가족과 마찬가지로 친밀한 사이겠지만 그래도 M군은 '남'이 아닌가."

그는 여기에 말을 뚝 끊고 한 번 그들의 얼굴들을 번갈아 들여다보았다. 그들의 얼굴에는 기쁜 표정은 없었다. 그러나 적어도 근심스럽거나 어두운 표정은 아니었다. 그리고 그뿐만 아니라 무엇이나 그들은 그에게 요구하고 있는 듯한 빛도 어렴풋이 볼 수 있었다.

"자! 우리 일을 우리끼리 의논하지 아니하고 누구하고 의논하나… 나에게는 벌써 먹은 바 생각이 있어! 그것은 내 말하겠으되, 또 자네들에게도 좋은 생각이 있으면 나에게 말하여 주었으면 좋겠어. 하여간 이 돈은 남의 것이 아닌가. 남의 것을 내가 억지로(?) 얻은 것은… 죽은 사람의 뜻을 어기듯 하여 이렇게 내가 차지한 것은 다 우리들도 한번 남부럽지 않게 잘 살아 보자는 생각에서 그런 것이 아닌가. 지금 이 돈에 내 것 남의 것이 있을 까닭이 없어. 내 것이라면 제각기 다 내 것이 될 수 있겠고 남의 것이라면 다 각기 누구에게나 또 어떻게 하였으면 좋겠다든가 하는 생각이 있다든지 하거든 우리가 같이 서로 가르쳐 주며 의논하여 보는 것도 좋지 아니한가?"

그는 또 한 번 고개를 돌리어 가며 그들의 얼굴빛을 살펴보았다. 그러나 아무 변화도 찾아낼 수 없었다.

"그러면 내가 생각하고 있다는 것을 이야기하여 보자! 내 생각 같아서는… 이 돈을 반에 탁 갈라서 자네하고 나하고 반분씩 노놔 갖는 것도 좋을 것 같으나 기실 얼마 되지 않는 것을 또 반에 나누고 말면 더욱이나 적어지겠고 무슨 일을 해볼 수 없겠고 그럴 것 같아서! 생각다 생각 끝에 나는 이런 생각을 했어!"

그의 얼굴에는 무슨 이야기?! 못할 것을 이야기하는 것 같은 어려운 표정이 보였다.

"즉 반분하고 고만두기는 것보다는 그것을 그대로 가지고 같이 무슨 일이고 하여보자는 말이야. 그러는 데는 우리는 M군의 힘도 빌 수밖에는 없어. 또 우리 둘의 힘만으로는 된다 하더라도… 생각하면 우리는 옛

날부터 M군의 신세를 끔찍이 져왔으니까. 지금은 거의 가족과 마찬가지로 친밀한 사이가 되어 있지 않은가. 그러한 사람과 함께 협력해 보는 것도 좋지 아니할까 하는데… 또 M군은 요사이 자네들도 아다시피 매우 곤궁한 속에서 지내고 있지 않은가 말이야… 하면 여지껏 신세진 은혜도 갚아 보는 세음으로!"

"M군은 의사醫師이지. 하지는 나도 그 생각으로 그랬다는 것은 아니로되 어쨌든 의학공부를 약간 해둔 경력도 있고 하니… M군의 명의名義로 병원을 하나 내이는 것이 어떠할까 하는 말이거든!"

그는 이 말을 툭 떨어뜨린 다음 입안에 모인 굳은 침을 한 모금 꿀떡 삼켰다.

"그야 누구의 이름으로 하든지 상관이야 없겠지만… 그래도 M군은 그 방면에 있어서는 상당히 연조도 있고 또 이름도 있지 않은가. 즉 그것은 우리의 편리한 점을 취하는 방침 상 그리는 것이고… 무슨 그 사람이 반드시 전부의 주인이라는 것은 아니거든… 그래서는 수입이 얼마가 되든지 삼분하여 논키로! 어떤가? 의향이."

그들의 얼굴에는 여전히 아무 다른 표정도 찾아낼 수는 없었다. 꽉 다물어 있는 그들의 입을 아무리 들여다보아도 열릴 것 같지도 않았다.

"자… 좋으면 좋겠다고, 또 더 좋은 방책이 있으면 그것을 말하여 주게! 불만인가, 덜 좋은가."

방안은 고요하다. 밖에도 아무 소리도 나지 않았다. 버러지 소리의 한결같은 '리듬' 외에는 방안은 언제까지라도 침묵이 계속하려고만 들었다.

그날 밤에 그는 밤이 거의 밝도록 잠들지 못하였다. 끝없는 생각의 줄이 뒤를 이어서 새어 나오는 것이었다.

'모든 사람의 일들은 불행이다. 그러나 사람은 사람이 그렇게도 불행하므로 행복된 것이다.'

그에게는 불행의 쾌미快味가 알려진 것도 같았다.

'이대로 가자. 이대로 가는 수밖에는 아무 도리가 없다. 이제부터는 내가 여지껏 찾아오던 **행복**이라는 것을 찾기도 고만두고 다만 **삶**을 값있게 만들기에만 힘쓰자. 행복이라는 것은 없다. 있을 가능성이 없는 것이다. 나는 이 있을 수 없는 것을 여지껏 찾았다. 나는 그릇 **겨냥** 대었다. 그러므로 나는 확실히 **완전한 인간의 패배자**였다. 때는 이미 늦은 것 같다. 그러나 또 생각하면 때라는 것이 있을 것 같지도 않다. 나는 다만 삶에 대한 굳은 의지를 가질 따름이어야만 한다. 그 삶이라는 것이 싸움과 슬픔과 피로 투성이 된 것이라 할지라도… 그곳에는 불행도 없다. 다만 힘 세찬 **삶**의 의지가 그냥 그 힘을 내어휘두르고 있을 따름이다.'

인간은 실로 인간 외에는 아무것도 아니었다. 그들은 얼마나 애를 썼나 하늘도 쌓아보고 지옥도 파 보았다. 그리고 신神도 조각彫刻하여 보았다. 그러나 그들은 당 이외에 그들의 발 하나를 세울만한 곳을 찾아내이지 못하였고 사람 이외에 그들의 반려伴侶33)도 찾아내일수 없었다. 그들은 땅 위와 그리 사람들의 얼굴들을 번갈아 바라다보았다. 그리고는 결국 길게 한숨 쉬었다.

'벗도 갈 곳도 없다. 이 괴로운 몸을 그래도 이 험악한 싸움터에서 질질 끌고 돌아다녀야 할 것인가. 그밖에 도리가 없다면! 사람아 힘 풀린 다리라도 최후의 힘을 주어 세워보자. 서로서로 다 같이 또 다 각기 잘 싸우자! 이것이다. 그리고 이것이 있을 따름이고나….'

그는 그의 몸이 한 층이나 더 피곤한 듯이 자리 속에서 한 번 돌쳐 누웠다. 피곤함으로부터 오는 옅은 쾌감이 전신에 한꺼번에 스르르 기어 올라옴을 그는 느낄 수 있었다.

---

33) 반려(伴侶): 짝이 되는 것.

'하여간 나는 우선 T의 집에서 떨어지자離. 그것은 내가 T의 집에 머물러 있는 것이 피차에 고통을 가져온다는 이유로부터라느니 보다도 그까진 일로 마음을 귀찮게 굴어 진지한 인간투쟁을 방해시킬 수는 없다.'

밤이 거의 밝게쯤 되어서야 겨우 그는 최후의 결정을 얻었다. 설령 그가 T씨의 집을 떠난다 하여도 그는 지금의 형편으로 도저히 혼자 살아갈 수는 없다. 그리하여 그는 M군과 함께 있기로 결정하였다. 그리고 T씨가 좋아하든지 그의 방침대로 병원을 낸 다음 수입은 삼분할 것도 결정하였다.

지금 M군의 집은 전 일의 대가를 대신하여 눈에 띄우지도 아니할 만한 오막살이였다. 모든 것이 결정되는 대로 병원 가까이 좀 큰 집을 하나 산 다음 M군의 명의로 자기도 M군의 가족이 될 것도 결정하였다. 또 병원을 신축하기에 넉넉하다면 아주 그 건물 한 모퉁이에다 주택까지 겸할 수 있도록 하여 볼까도 생각하였다. 그러나 그것은 그에게는 될 것 같지도 않게 생각키웠다.

새해는 왔다. 그의 생활도 한층 새로운 활기를 띠어오는 것 같았다. 즐겁지도 슬프지도 않은 새해였으나 그에게는 다시 몹시 의미 깊은 새해였던 것만은 사실이었다. - (1930. 5. 於 義州通工事場) -

생물은 다 즐거웠다. 적어도 즐거운 것같이 보였다. 그가 봄을 만났을 때 봄을 보았을 때 죽을힘을 다 기울여 가며 긍정肯定하였던 '생'이라는 것에 대한 새로운 회의와 그에 좇는 실망이 그를 찾았다訪. 진행하며 있는 온갖 물상 가운데에서 그 하나만이 뒤에 떨어져 남아있는 것만 같았다. '벌써 도태되었을' 그를 생각하고 법칙이라는 것의 때로의 기발한 예외를 자신에서 느꼈다. 그러나 그에게는 아직도 여력餘力이 있었다. 긍정에서 부정에 항거하는 투쟁… 최후의 피투성이의 일전—戰이 남아 있었다. 그것은 '용납되지 않는 애愛', '눈먼盲 애' 그것을 조건 없이 세상에 헌상하는 그것이었다.

인간 낙선자落選者의 힘은 오히려 클 때도 있다. 봄을 보았을 때, 지상에 엉키는 생生을 보았을 때, 증대되는 자아 이외自我以外의 열락을 보았을 때 찾아오는 자살적 절망에 충돌 당하였을 때 그래도 그는 의연히 차라리 더 한층 생에 대한 살인적 집착과 살신성인적殺身成仁的 애愛를 지불키 용감하였다. 봄을 아니 볼 수 없이 볼 수밖에 없었을 때 그는 자신을 혜성慧星이라 생각하여도 보았다. 그러나 그가 혜성이기에는 너무나 광채가 없었고 너무나 무능하였다. 다시 한 번 자신을 일평범 이하의 인간에 내려뜨려 보았을 때 그가 그렇기는 너무나 열락과 안정이 없었다. 이 중간적(실로 아무것도 아닌) 불만은 더욱이나 그를 광란에 가깝게 심술내이도록 하는 것이었다.

T씨에 관한 그의 관심은 그가 그의 생에 대한 신조의 안으로 깊이 들어가면 들어갈수록 커가기만 하는 것이었다. 그 원인이 어느 곳에 있든지는 하여간 그가 T씨의 집을 나온 것은 한낱 도의적으로만 생각할 때에는 한 '잘못'이라고도 할 수 있겠으나 그의 그러한 결정적 일이 동인動因[34]에 있어서는 추호의 '잘못'도 섞이지 아니하였다는 것은 그가 변명할 수 있을 뿐만 아니라 나아가 역설할 수 까지 있는 것이었다. 그의 인상人相이 몹시 나빠서 그랬던지 M군의 가족으로부터도 그는 환영받지 못하였을 뿐만 아니라 M군의 어린아이들까지도 딸치는 않았다. 그러나 그는 그 때문에 자신의 불복을 느끼거나 혹은 M군의 집을 떠날 생각이나 다시 T

---

34) 동인(動因): 어떤 사물을 발동하여 일으키는 원인. 동기가 된 원인. 계기.

씨의 집으로 들어갈 생각 같은 것은 하지도 아니하였다. 그까짓 것들은 그에게 있어 별로 문제 안 되는 자기는 그 이상 더 크나큰 문제에 조우하여 있는 것으로만 여겼다. 밤이면 밤마다 자신의 실추失墜된 인생을 명상하고 멀지 아니한 병원을 아침마다 또 저녁마다 오고가는 것이 어찌 그다지 단조할 것 같았으나 그에게 있어서는 실로 긴장 그것이었다. 언제나 저는 다리를 이끌고서 홀로 그 길과 그 길을 오르내리는 것은 부근 사람들에게 한 철학적 인상까지 주는 것 같았다. 그러나 누구 하나 그에게 말 한마디나 한 번의 주의를 베풀어 보려는 사람은 없었다.

그는 그러한 똑같은 모양으로 가끔 T씨의 집을 방문한다. 그것은 대개는 밤이었다. 그가 넉 달 동안 T씨의 문지방을 넘어 다녔으나 T씨를 설복할 수는 없었다.

"오너라, 같이 가자!"

"형님에게 신세 끼치고 싶이 않소."

그들의 회화는 일상에 이렇게 간단하였다. 그리고는 그 뒤에 반드시 길다란 침묵이 끝까지 끼기우고 말고는 하였다. 때로는 그가 눈물까지 흘리어 가며 T씨의 소매에 매어달려 보았으나 T씨의 따뜻한 대답은 얻어들을 수는 없었다.

늦은 봄의 저녁은 어지러웠다. 인간과 온갖 물상과 그리고 그런 것들 사이에 끼기워 있는 공기까지도 느른한 난무亂舞를 하고 싶은 대로 하고 있는 것만 같았다. 젖빛 하늘은 달을 중심으로 하여 타기만만墮氣滿滿한 폭죽爆竹을 계속하여 방사하고 있으며 마비된 것 같은 별들은 조잡한 회화會話를 계속하고 있는 것 같았다. 온갖 것들은 한참 동안만의 광란에 지쳐서 고요하다. 그러나 대지는 넘치는 자기 열락을 이기지 못하여 몸 비트는 것같이 저음低音의 아우성 소리를 그대로 단조로이 헤뜨리고만 있는 것도 같았다. 그 속에 지팡이를 의지하여 T씨의 집으로 걸어가는 그의 모양은 전연히 세계에 존재할 만한 것이 아닌 만치 타계에서 꾸어 온 괴 존재라도 같았다. 물론 그 자신은 그런 것을 인식할 수 없었으나 또 없었어야 할 것이다. 만일 그가 그런 것을 인식할 수 있었던들 그가 첫째 그대로 살아 있을 수가 없는 것이니까 때로 맹렬한 기세로 그의 가슴을 습격하는 치명적 적요는 반드시 그것을 상중한 것이거나 적어도 그런 것에 원인되는 것이었다. 보는 것과 듣는 것과 그리고 생각하는 것에 피곤한 그의 이마 위에는 그의 마음과 살을 한데 쥐어 짜내어 놓은 것과도 같은 무색투명의 땀이 몇 방울인가 엉키었었다. 그는 보기 싫게 절며 움직이는 다리를 잠시 동안 멈추고 땀을 씻어가며 '후…' 한숨을 쉬었다.

'아… 인생은 극도로 피로하였다.'

T씨의 문지방을 그는 그날 밤에 또한 넘어섰다. 그리고는 세상의 모든 것을 다… 사양하는 듯한 옅은 목소리로

"업이야… 업이야"를 불렀다.

T씨는 아직 일터에서 돌아오지 아니하였었다. 업이도 어디를 나갔는지 보이지 아니하였다. T씨의 아내만이 희미한 불 밑에서 헐어빠진 옷자락을 주무르고 앉아 있었다. 편리하지 아니한 침묵이 어디까지라도 두 사람의 사이에 심연을 지었다. 그는 생각과 생각 끝에 준비하였던 주머니의 돈을 꺼내어 T씨의 아내의 앞에 놓았다.

"자… 그만하면… 그만큼이나 하였으면 나의 정성을 생각해 주실게요. 자…."

몇 번이었던가 이러한 그의 피와 정성을 한데 뭉치어(그 정성은 오로지 T씨 한 사람에 향하여 바치는 정성이었다느니 보다도 그가 인간 전체에게 눈물로 헌상하는 과연 살신적 정성이었다) T씨들의 앞에 드린 이 돈이

그의 손으로 다시금 쫓기어 돌아온 것이 헤아려서 몇 번이었던가. 그 여러 번 가운데 T씨들이 그것을 받기만이라도 한 일이 단 한 번이라도 있었던가. 그러나 참으로 개✶와같이 충실한 그는 이것을 바치기를 잊어버리지는 아니하였다. 일어나는 반감의 힘보다도 자기의 마음이 부족하였음과 수만의 무능하였음을 회오하는 힘이 도리어 더 컸던 것이다.

T씨의 아내는 주물르던 옷자락을 한편에 놓고 핏기 없는 두 팔을 아래로 축 처뜨리었다. 그러나 입은 열릴 것 같기도 하면서 한 마디의 말은 없었다.

"자… 그만하였으면… 자…."

두 사람의 고개는 말없는 사이에 수그러졌다. 그의 눈에서 굵다란 눈물이 더 뚝뚝 떨어졌을 때에 T씨의 아내의 눈에서도 그만 못지 아니 한 눈물이 흘렀다. 대기는 여전히 단조로이 울었다.

"자… 그만하면…."

"네…."

그대로 계속되는 침묵이 그들의 주위의 모든 것을 점령하였다.

그가 일어서자 T씨가 들어왔다. 그는 나가려던 발길을 멈칫하였다. 형제의 시선은 마주친 채 잠시 동안 계속하였다. 그 사이에 그는 T씨의 안면 전체에서부터 퍼져 나오는 강한 술의 취기를 인식 할 수 있었다.

"T! 내 마음이 그르지 않은 것을 알아다고!"

"하… 하…."

T씨는 그대로 얼마든지 웃고만 서 있었다. 몸의 땀내와 입의 술내를 맡을 수 없이 퍼뜨리면서!

"T야… 네가 내 말을 이렇게나 안 들을 것은 무엇이냐? T! 나의….."

"자 이것을 좀 보시오! 형님! 이 팔뚝을!"

"본다면!"

"아직도 내 팔로 내가… 하… 굶어 죽을꺼봐 그리 근심이오? 하…."

T씨가 팔뚝을 걷어든 채 그의 얼굴을 뚫어질 듯이 들여다볼 때 그의 고개는 아니 수고러질 수 없었다.

"T! 나는 지금 집으로 도로 가는 길이다. 어쨌든 오늘 저녁에라도 좀 더 깊이 생각하여 보아라.

아직도 초저녁 거리로 그가 나섰을 때에 그는 T씨의 아직도 선웃음 소리를 그의 뒤에서 들을 수 있었다. 걷는 사이에 그는 무엇인가 이제껏 걸어오던 길에서 어떤 다른 터진 길로 나올 수 있었던 것과 같은 감을 느꼈다. 그러나 또한 생각하여 보면 그가 새로 나온 그 터진 길이라는 것도 종래의 길과는 그다지 다름없는 협착하고 괴벽한 길이라는 것 같은 느낌도 느껴졌다.

C라는 간호부에게 대하여 그는 처음부터 적지 않게 마음을 이끌리어 왔다. 그가 C간호부에게 대하여 소위 호기심이라는 것은 결코 이성적 그 어떤 것이 아닐 것은 말할 것도 없다. 그가 C간호부의 얼굴을 마주 할 때마다 그는 이상한 기분이 날 적도 있었다.

'도무지 어디서… 본 듯해….'

C는 일상 그와 가까이 있었다. 일상에 맡이 없이 침울한 기분의 여자였다. 언제나 축축히 젖은 것 같은 눈이 아래로 깔리어서는 무엇인가 깊은 명상에 잠기어 있다. 그리다가는 묵묵히 잡고만 있던 일거리도 한데로 제쳐놓고는 곱게 살 속으로 분이 스며들어간 얼굴을 두 손으로 가리우고는 그대로 고개를 숙여 버리고는 하는 것이다. 더욱 그 두 손으로 얼굴을 가리울 때,

'어디서 본 듯해… 도무지.'

생각날 듯 날 듯 하면서도 종시 그에게는 생각나지 아니하였다. 다른

사람들에게 생소한 C가 그에게 많은 친밀의 뜻을 보여주고 있는 것도 같았으나 각별히 회화 한번이라도 바꾸어 본 일은 없다. 늘 그의 앞에서 가장 종순하고 머리 숙이고 일하고 있었다.

첫여름의 낮은 땅 위의 초목들까지도 피곤의 빛을 보이고 있었다. 창밖으로 나려다 보이는 종횡으로 불규칙하게 얽히운 길들을 축축한 생기라고는 조곰도 찾아 볼 수는 없고 메마른 먼지가 '포플라' 머리의 흔들릴 적마다 일고 일고하는 것이 마치 극도로 쇠약한 병자가 병상위에서 가끔 토하는 습기 없는 입김과도 같이 보였다. 고색창연한 늙은 도시都市의 부정연한 건축물 사이에 소밀도疎密度로 껑기어 있는 공기까지도 졸음 졸고 있는 것 같이 벙… 하니 보였다. C는 건너편 책상에 의지하여 무슨 책인지 열심히 읽고 있었다. 그는 신문조각을 뒤적거리다 급기 졸고 앉아 있었다. 피곤해빠진 인생을 생각할 때 그의 졸음 조는 것도 당연한 일이었다.

"선생님! 좋으십니까? 아… 저도!"

그 목소리도 역시 피곤한 한 인생의 졸음 조는 목소리에 지나지 않았다.

"선생님! 선생님! 선생님! 선생님!"

최면술사가 어슴푸렷한 푸른 전등 밑에서 한 사람에게 무슨 한 마디이고를 무한히 시진하도록

'리피트' 시키고 있는 것과도 같이 꿈속같이 고요하고 어슴푸레하였다.

"선생님! 선생님! 저도 한때는 신이라는 것을 믿었던 일이 있답니다!"

"…"

"선생님 신은 있는 것입니까? 있을 수 있는 것입니까? 있어도 관계치 않는 것입니까?"

"… 흥… C씨! …소설에 그런 말이 있습니까?"

"여기서도! 그들은 신을 믿으려고 애를 쓰고 있습니다 그려! 한때의 저와 같이!"

"…."

또한 졸음 조는 것 같은 침묵이 그 사이에 한참이나 놓여 있었다.

'앵도지리… 뼈찌….' 어린 장사의 목소리가 자꾸만… 그들의 쉬이려는 귀를 귀찮게 굴고 있었다.

"선생님! 저를 선생님의 곁에다… 제가 있고 싶어 하는 때까지 두어 주시지요."

"그것은? 그러면? 그렇다면?"

"선생님! 선생님은 저를 전연 모르서도 저는 선생님을 잘 알고 있습니다."

그의 들려는 잠은 일시에 냉수 끼얹은 것같이 깨어거 버리고 말았다.

"즉! 안다면!"

"선생님! 팔년! 어쨌든 그전… 명고옥의 생활을 기억 하십니까?"

"명고옥? 하…명고옥?"

"선생님! 제가… 죽은 xx의 아우올습니다."

"응! xx? 그… 아!"

고향을 떠나 두 형매는 오랜 동안 유랑의 생활을 계속하였다. 죽음으로만 다가가는 그들을 찾아오는 극도의 곤궁은 과연 그들에게는 차라리 죽음만 같지 못한 바른正 삶이었다. 차차 움돋기 시작하는 세상에 대한 조소嘲笑와 증오는 드디어 그들의 인간성까지도 변형시키어 놓지 않고는 마지 아니하였다. xx는 그의 본명은 아니었다. 그가 이십이 조곰 넘었을 때 그는 극도의 주림을 이기지 못하여 남의 대야 한 개를 훔친 일이 있었다. 물론 일순간 후에는 무한히 참회의 눈물을 흘렸으나 한 번 엎질러 놓은 물은 다시 어찌할 수도 없었다. 첫째로 법의 눈을 피한다느니 보다도 여지껏의 자기를 깨끗이 장사지낸다는 의미 아래에서 자기의 본명을 버린 다음 지금의 xx라는 이름을 가지게 된 것이다. 청정된 새로운 생활을 영위營爲하여 나아가기 위하여 어린 누이의 C를 이끌고 그의 발길이 돌아 들어선다는 곳이 곧 명고옥… X… 그냥 삼년 외국생활을 겪어 보던 그 식당이었다. 우연한 인연으로 만난 이 두 신생에 발길들이어 놓은 인간들은 곧 가장 친밀한 우인이 되었었다.

'참회! 자기가 자기의 과거에 대하여 참으로 참회의 눈물을 흘렸다 하면 그는 그의 지은 죄에 대하여 속죄 받을 수 있을까?'

그는 xx로부터 일상에 이러한 말을 침울한 얼굴로 하고는 하는 것을 들었다.

'만인의 신은 없다. 그러나 자기의 신은 있다.'

그는 늘 이러한 대답을 하여 왔었다.

'지금이라도 내가 그 대야를 가지고 그 주인 앞에 엎드리어 울며 사죄한다면 그 주인은 나를 용서할 것인가? 신까지도 나를 용서할 것인가.'

어느 밤에 xx는 자기가 도적하였었다는 것과 같은 모양이라는 대야를 한 개 사가지고 돌아온 일까지도 있었다. xx의 얼굴에는 취소할 수 없는 어둔 구름이 가득히 끼어 있는 것을 그는 볼 수 있었다.

"아무리 생각하여도… 이 상처를 두고두고 앓는 것보다는… x! 내일은 내가 그 주인을 찾아가겠소. 그리고는 그 앞에서 울어 보겠소?"

그는 죽을힘을 다하여 xx를 말리었다.

'이왕 이처럼 새로운 생활을 하기 시작하여 놓은 이상 이렇게 하는 것은 자기를 옛날 그 죄악의 속으로 다시 돌려보내는 것이 되지 않을까! 참회가 있는 사람에게는 그 순간에 벌써 모든 것으로부터 용서 받았어! 지난날을 추억하느니보다는 새 생활을 근심 할 것이야!'

xx의 친구 중에 A라는 대학생이 있었다. C는 A에게 부탁되어 있었다.

A는 아직도 나이 어린 C였으나 은근히 장래의 자기의 아내 만들 것까지도 생각하고 있었다. C도 A를 극히 많고 존경하여 인륜의 깊은 정의를 맺고 있었다.

늦은 가을 하늘이 맑게 개인 어느 날 xx와 A는 엽총獵銃을 어깨에… 즐거운 수렵의 하루를 어느 깊은 산중에서 같이 보내게 되었다. 운명은 악희라고만은 보아 버릴 수 없는 악희를 감히 시작하였으니 A의 겨냥대인 탄환은 xx외 급처에 명중하고 말았다. 모든 일은 꿈이 아니었다. 기막힌 현실일 뿐이랴!! 어떻게 할 수도 없는 엄연한 과거였다. A는 며칠의 유치장 생활을 한 다음 머리 깎은 채 어디로인지 종적을 감춘 후 이 세상에서 그의 소식을 아는 사람은 한 사람도 없게 그의 자취는 이 세상에서 사라져 버리고 말았다. 일시에 두 사람을 잃어버린 C는 A가 우편으로 보내준 얼마의 돈을 수중에 한 다음 그대로 넓은 벌판에 발길을 들여 놓았다.

"그 동안 칠년… 팔년의 저의 삶에 대하여서 어련 국어로 이야기할 수 있겠습니까."

이곳까지 이야기만 C의 눈에는 몇 방울의 눈물이 분 먹은 뺨에 가느다란 두 줄의 길을 내어놓고 까지 있었다.

"제가 선생님을 뵈옵기는 오라버님을 뵈오러 갔을 때 몇 번밖에는 없었습니다. 그러나 제가 생각해도 이상히 선생님의 얼굴만은 저의 기억에 가장 인상 깊은 그이였나 보아요!"

이곳까지 들은 그는 여지껏 꼼짝할 순도 없이 막히었던 그의 호흡을 비로소 회복한 듯이 길다란 심호흡을 한 번 쉬었다.

"C씨… 그래 그 A씨는 그 후 한 번도 만나지 못하셨소?"

"선생님! 제가 누가 있겠습니까! 이렇게 천하를 헤매이는 것도 A씨를 찾아보겠다는 일념입니다. A씨는 벌써 죽었는지도 모릅니다. 다행히 오늘… 돌아가신 오라버님의 기념처럼 X선생님을 이렇게 만나 모시게 되니… 선생님이 아무쪼록 죽은 오라버님을 생각하시고 저를 선생님 곁에 제가 싫증나는 날까지 두어 주세요. 제가 싫증이 났을 때에는 또… 선생님, 가엾은 이 새鳥를 저 가고 싶은 데로 가게 내버려 두어 두세요. 저는….”

수그러지는 고개에 두 손이 올라가 가리워질 때에

‘도무지 어디서 본 듯해!’

그 기억은 아무리 생각하여도 명고옥에서의 기억은 아니었고 분명히 다른 어느 곳에서의 기억에 틀림없는 것이었다. 그러나 종시 그의 기억에 떠올라오지는 아니하였다.

“선생님! A씨나 오라버님이나 고들을 위하여서라도 저는 죽을힘을 다하여 신을 믿어 보려고 하였습니다. 그러나 지금은 신의 존재 커녕은 신의 존재의 가능성까지도 의심 합니다.”

“만인을 위한 신은 없습니다. 그러나 자기 한 사람의 신은 누구나 있습니다.”

창밖의 길 먼지 속에서는 구세군 행려도의 복음과 찬미가 소리가 가장 저음으로 들려왔다.

사람들은 놀래어 T씨를 둘러쌌다. 그리고 떠들었다. 인사불성된 T씨의 어깨와 팔 사이로는 붉은 선혈이 옷 바깥으로 베어 흘어 떨어지고 있었다.

“이 사람 형님이 병원을 한답디다.”

“어딘고? 누구 아는 사람 있나.”

“내 알아… 어쨌든 메고들 갑시다.”

폭앙은 대지를 그대로 불살라 버릴 듯이 내려 쪼이고 있었다. 목 쉬인 지경 노래와 목도 소리가 무르녹은 크낙한 공사장 한 귀퉁이에서는 자그마한 소동이 일어났었다. 그러나 잠시 후에는 '그까짓 것이 다 무엇이 냐'는 듯이 도로 전 모양으로 돌아가 버렸다.

　T씨는 거의 일주야 만에야 의식이 회복되었다. 상처는 그다지 큰 것이 아니었으나 높은 곳에서 떨어지노라고 몹시 놀래인 것인 듯하였다. T씨 의 아내는 곧 달려와서 마음껏 간호하였다. 그러나 업의 자태는 나타나 지 아니하였다. 그가 T씨의 병실 문을 열었을 때 T씨 부부의 무슨 이야 기 소리를 들었다. 그러나 그의 얼굴을 보자마자 곧 그치어 버린 듯한 표 정을 그는 읽을 수 있었다. T씨의 아내의 아래로 숙인 근심스러운 얼굴 에는 '적빈' 두 글자가 새긴 듯이 뚜렷이 나타나 있었다.

　"T야! 상처는 대단치 않으니 편안히 누워 있어라. 다… 염려는 말 고…."

　"…."

　그는 자기 방에서 또 무엇인가 깊이 깊은 것을 생각하고 있었다. 그 생 각하고 있는 자기조차 무엇을 생각하고 있는지 모를 만큼 그의 두뇌는 혼란, 쇠약 하였다.

　'아… 극도로 피곤한 인생이여!'

　세상에 바치려는 자기의 '목'의 가는 곳… 혹 이제는 이 목을 비록 세상 이 받아라도 하여 주는 때가 돌아왔나 보다… 하는 생각도 떠올랐다. 험 상스러운 손가락 사이에 끼기워 단조로운 곡선으로 피어 올라가고 있는 담배 연기와도 같이 그의 피곤해빠진 뇌수에서도 피비린내 나는 흑색의 연기가 엉기어 올라오는 것 같았다.

　'오냐. 만인을 위한 신이야 없을망정 자기 하나를 위한 신이 왜… 없겠 느냐?'

　그의 손은 책상 위의 신문을 집었다. 그리고 그의 눈은 무의식적으로

지면위의 활자를 읽어 내려가고 있는 것이었다.

"교회당에 방화! 범인은 진실한 신자!"

그의 가슴에서는 맺히었던 화산이 소리 없이 분화하기 시작하였다. 그러나 그는 아무 뜨거운 느낌도 느낄 수는 없었다. 다만 무엇인가 변형 된 혹은 사각형의 태양적갈색의 광선을 방사하며 붕괴되어 가는 역사의 때 아닌 여명을 고하는 것을 그는 볼 수 있는 것도 같았다….

T씨는 저녁때 드디어 병원을 나서서 그의 집으로 돌아갔다. T씨의 아내만이 변명 못할 신세의 눈초리를 그에게 보여 주며 쓸쓸히 T씨의 인력거 뒤를 따라갔다. 그는 모든 것을 이해하여 버렸다.

"T야… T야…."

그는 그 뒤의 말을 이을 수 있는 단어單語를 찾아 내일 수 없었다. T씨의 얼굴에는 전연 표정이 없었다. 그저 병원을 의식이 회복되자 형의 병원인 줄을 알은 다음에 있을 곳이 아니니까 나간다는 그것이었다.

세상 사람들은 그를 비웃기도 하였고 욕하는 이까지도 있었다.

"그 형인지 무엇인지 전 구두쇤가 봅디다."

"이 염천에 먹고 사는 것은 고사하고 하도 집에서 아무리 한 대야 상처가 낫기는 좀 어려울걸!"

그의 귀는 이러한 말들에 귀머거리였다.

"그저 그렇게 내보내면 어떻게 사노? 굶어죽지."

그 뒤로도 그의 발길이 T씨의 집 문지방을 아니 넘어선 날은 없었다. 또 수입의 삼분의 일을 여전히 T씨의 아내에게 전하는 것도 게을리 하지는 아니하였다. 뿐만 아니라 다른 의사를 대이게 하여(그와 M군은 T씨로부터 거절하였으므로) 치료는 나날이 쾌유의 쪽으로 진척되어 가고 있었다.

수입의 삼분의 일이 무조건으로 T씨의 손으로 돌아가는 데 대하여 M군은 적지 않게 불평을 가졌었다. 그러나 물론 M군이 그러한 불평을 입밖에 내일리는 없었다. 그가 또한 이러한 것을 눈치 못 채일 리는 없었다. 그러나 그 역시 어찌할 수도 없는 일이었다. 어떤 때에는 이러한 것을 터놓고 M군의 앞에 하소하여 볼까도 한 적까지 있었으나 그러지 못한 채로 세월에게 질질 끌리어가고 있었다.

'다달이 나는 분명히 T의 아내에게 그것을 전하여 주었거늘! 그것이 다시 돌아오지 아니하기 시작한 지가 이미 오래거든… 그러면 분명히 T는 그것을 자기 손에 다달이 넣고 써왔을 것을… T의 태도는 너무 과하다… 극하다….'

그는 더 참을 수 없는 것을 느꼈다. 그러나 더 참을 수 없는 것을 참아넘기는 것이 그가 세상에 바치고자 하는 그의 참마음이라는 것을 깊이 자신하고 모든 유지되어 오던 현상을 게을리 아니할 뿐이랴. 한층 더 부지런 하였다.

오늘도 또한 그의 절름발이의 발길은 T씨의 집 문지방을 넘어섰다. T씨의 아내만이 만면한 수색으로 그를 대하여 주었다. 물론 이야기 있을 까닭이 없었다. 비스듬히 열린 어둠컴컴한 방문 속에서는 T씨의 앓는 소리 섞인 코고는 소리가 들렸다.

"좀 어떤가요!"

"차차 나아가는 것 같습니다."

"의사는?"

"다녀갔습니다."

"무어라고 그럽니까요?"

"염려할 것 없다고."

그만하여도 그의 마음은 기뻤다. 마루 끝에 걸터앉아 이마에 맺힌 땀을 씻으려 할 때 그의 머리 위 하늘은 시커멓게 흐리어 들어오고 있었다. 그런가보다 하는 사이에 주먹 같은 빗방울이 마당의 마른 먼지를 폭발시키기 시작하였다. 서늘한 바람이 한번 휙 불어 스치더니 지구를 싸고 있는 대기는 별안간 완연 전쟁을 일으킨 것 같았다. T씨의 초가지붕에서는 물이라고 생각할 수도 없는 더러운 액체가 줄줄 쏟아지기 시작하였다. 그는 고개를 들어 하늘을 치어다보았다. 그저 무한히 검기만 하였다. 다만 가끔 번쩍거리는 번개가 푸른빛의 절선을 큰 소리와 함께 그리고 있을 뿐이었다. 세상 사람들에게 이 기다리고 기다리던 비가 얼마나 새롭고 감사의 것일 것 이었으랴마는… 그에게는 다만 그의 눈과 귀에 감각되는 한 현상에 지나지 않는 것이었다. 새로울 것도 감사할 것도 아무것도 없었다. 피곤한 인생… 그는 얼마 동안이나 멀거니 앉아 있다가 정말 인간들이 내어다버린 것 모양으로 앉아 있는 T씨의 앞에 예의 것을 내어밀었다. T씨의 아내는 그저 고개를 숙이었을 뿐이었고 여전히 아무 말도 없었다. 그는 또 거북한 거분 속에서 벗어나려고,

"업이는 어딜 갔나요 요새는 도무지 볼 수가 없으니… 더러 들어앉아서 T간병도 좀 하고 하지."

"벌써 나간 지가 닷새… 도무지 말을 할 수도 없고."

"에… 못된 자식… 애비가 죽어 들어 누웠는데."

그는 비 오는 속으로 그대로 나섰다. 머리위에는 우레와 번개가 여전히 끊이지 아니하고 일었다.

'신은 이제 나를 징벌하려 드는 것인가.'

'나는 죄가 없다. 자… 내가 무슨 죄가 있는가 좀 보아라… 나는 죄가 없다!'

그는 작의 선인임을 나아가 역설하기에는 너무나 약한 인간이었다. 자

기의 오직 죄 없음을 죽어가며 변명하는데 그칠 줄밖에 몰랐다.

'만인의 신! 나의 신! 아! 무죄!'

모든 것은 걷어잡을 수 없이 뒤죽박죽이었다. 자동차의 '헤드라이트' 빗속에서 번개와 어울어져서 번쩍이었다.

그것이 벌써 찌근듯한 여름 어느 날의 일이었다면 세월은 과연 빠른 것이다. 축 늘어진 나무에는 윤택이랄 것이 없었다. 영원이 윤택이 나지 못할 투명한 수증기가 세계에 차 있는 것 같았다.

꼬박꼬박 오는 졸음을 참을 수 없어 그는 창밖을 바라보았다. 사람들은 여전히 무거운 발길을 옮기어 놓으며 있었다. 서로 만나는 사람은 담화를 하는 것도 같았다. 장사도 지나갔다. 무엇이라고 소리높이 외쳤을 것이다. 그러나 모든 사람들은 입만 뻥긋거리는 데에 그치는 것같이 소리나지 아니하였다. '고요한 담화인가' 그에게는 그렇게 생각이 되었다. 벽돌집의 한 덩어리는 구름이 해를 가렸다 터놓을 때마다 흐렸다 개였다 하였다. 그러나 그것도 지극히 고요한 이동移動이었다. 그의 윗눈썹은 차차 무게를 늘리는 것 같았다. 얼마 가지 아니 하여는 아랫눈썹 위에 가만히 얹혔다. 공기가 겨우 통할만한 작은 그 틈에서는 참을 수 없는 졸음이… 그것도 소리 없이… 새어나왔다.

병원은 호흡呼吸을… 불규칙不規則한 호흡을 무겁게 계속하고 있었다. 그 불규칙한 호흡은 그의 졸음에 혼화되어 저으기 얼마간 규칙적인 것 같이 보였다.

어린아이 울음소리가 아래층에서 들렸다. 그러나 그것도 그의 엿가락처럼 늘어진 졸음의 줄을 건드려 볼 수도 없었다. 한번 지나가는 바람과 같았다. 그 뒤에는 또 피곤한 그의 졸음이 그대로 계속되어 갔을 뿐이다.

그가 있는 방 '도어(문)'가 이상딴 음향을 내이며 가만히 열렸다. 둔鈍한 '슬리퍼' 소리가 둘, 셋, 넷 하고 하나가 끝나기 전에 또 하나가 났다.

저절로 돌아가는 '도어'의 장식蝶番은 '도어'를 '도어' 틀 틈 사이에… 무거운 짐을 내려놓는 모양으로 갖다 낑끼웠다. 그리고는 가느다란 숨소리… 혹 전연 침묵이었는지도 모를… 남아날 듯한 비중比重 늘은 공기가 실내室內에 속도 더딘 파도를 장난하고 있었다.

일분… 이분… 삼분.

"선생님! 선생님! 주무세요? 선생님."

C간호부看護婦는 몇 번이나 그의 어깨를 흔들어 보았다. 그의 어깨에 닿은 C간호부의 손은 젊디 젊은 것이었다. 그는 쾌감 있는 탄력을 느꼈는지도 모른다. 그러나 그것은 그 때문에 더욱이나 졸음은 두께 두꺼운厚 것이 되어갔다.

"선생님! 잠에 취하셨세요? 선생님!"

구르마 바퀴 도는 소리… 매암이 잡으러 몰려다니는 아이들의 소리… 이런 것들은 아직도 그대로 그의 귓바퀴에 붙어 남아 있어서 손으로 몰래 훑으면 우수수 떨어질 것도 같았다. 그렇게 그의 잠! 졸음! 은 졸음 그것만으로 단순한 것이었다.

장주莊周35)의 꿈과 같이… 눈을 비비어 보았을 때 머리는 무겁고 무엇인가 어둡기가 짝이 없는 것이었다. 그 짧은 동안에 지나간 그의 반생의 축도를 그는 졸음 속에서도 피곤한 날개로 한 번 휘거쳐 날아 보았는지도 몰랐다. 꿈을 기억할 수는 없었으나 꿈을 꾸었는지도 혹은 안 꾸었는지도 그것까지도 알 수는 없었다. 그는 어디인가 풍경 없는 세계에 가서 실컷 울다 그 울음이 다하기 전에 깨워진 것만 같은 모든 그의 사고思考의 상태는 무겁고 어두운 것이었다.

"선생님! 그리기에 저는 선생님께 아무런 짓을 하여도 관계치 않지요!

---

35) 장주(莊周): 장자(莊子).

다 용서해 주세요.”

“그야!”

“선생님 졸리셔서 단잠이 푹 드신 걸 깨워 놓아서 그래도 선생님은 저를 용서해 주시지요.”

“글쎄!”

“용서하여 주시고 싶지 않으세요? 선생님.”

“혹시!”

“선생님 오늘 일은 용서하여 주시지 않으셔도 좋습니다. 그렇지마는 한 가지 청이 있습니다. 더위에 괴로우신 선생님을 잠깐만 버려도 그것은 정말 선생님 용서해 주실는지요.”

“즉 그렇다면!”

“며칠 동안만 선생님 곁을 떠나 더위의 선생님을 내어버리고 저만 선선한 데를 찾아서 정말 잠깐 며칠 동안만… 선생님 혹시 용서해 주실 수가 있을는지요? 정말 며칠 동안만!”

“선선한 데가 있거든 가오. 며칠 동안만이랄 것이 아니라 선선한 것이 싫어질 때까지 있다 오오. 제 발로 걷겠다 용서 여부가 붙겠소? 하하.”

그의 얼굴에서는 웃을 때에 움직이는 근육이 확실히 움직이고는 있었다. 그러나 평상시에 아니 보이던 뭇 줄기의 혈관이 뚜렷이 새로 보였다.

“선생님 그렇게 하시는 것은 싫습니다. 선생님 저를 미워하십니까? 저를 미워하시지는 않으시지요. 절더러 어디로 가라고 그러시는 것입니까? 그러시는 것은 아니시겠지요?”

“그 회화에는 나는 관계가 없는 것 같소 하하, 그러나 다 천만의 말씀이오.”

“그러시면 못 가게 하시는 걸 제가 졸르다 졸르다 겨우 허락… 용서를 받게… 이렇게 하셔야 저도 가는 보람이 계시지 않습니까?"

"허락할 것은 얼른 허락하는 것이 질질 끄으는 것보다 좋지."

"그것은 그렇지만 재미가 없습니다."

"나는 늙어서 아마 그런 재미를 모르는 모양이오."

"선생님은!"

"늙어서! 하하…."

돌아앉는 C간호부는 품속에서 손바닥보다도 작은 원형의 거울을 끄집어내어 또 무엇으로인지 뺨, 이마를 싹싹 문지르고 있었다. 잊지 않은 동안 같이 있던 그들 사이였건마는 그로서는 실로 처음 보는 일이오. 그의 눈에는 한 이상한 광경으로 비치었다.

미목수려眉目秀麗[36]한 한 청소년이 이리로 걸어오는 것이 보였다. 양편 손에는 여러 개의 상자가 매어 달려 있었다. 흑黑과 백白으로만 장속한 그 청소년의 몸에서는 거의 광채를 발하다시피 눈부시었다. 들창에 매어달려 바깥만을 내어다보고 있던 C간호부는 그때에 그의 방에서 나갔다. 거의 의식意識을 잃은 그는 C간호부의 풍부한 발이 층계를 내려가는 여러 음절의 소리 가운데의 몇 토막을 들었을 뿐이었다. 아래층에서는 가벼운 - 그러나 퍽 짤막한 담화 소리에 섞여 들려왔다. 쿵… 쿵… 쿵쿵 분명히 네 개의 발이 층계를 올라오고 있었다.

"큰아버지!"

"선생님!"

고개를 숙인 채 그의 앞에 나란히 서 있는 이 두 청춘青春을 바라 볼 때

---

36) 미목수려(眉目秀麗): 눈썹과 눈이 수려하다는 뜻으로, 얼굴이 빼어나게 아름다움을 이르는 말.

에 그의 눈에서는 번개가 났다. 혹은 어린 양들에게 백년의 사색思索의 배를 파선시키려는 듯이

"업아, 내가 너를 본지 몇 달이 되는지?"

고개를 숙인 업의 입술은 떨어질 것 같지도 아니하였다.

"업아 네가 입은 옷衣服은 감도 좋거니와 꼭 맞는다."

그의 시선은 푸른빛을 내며 업의 입상立像을 오르내렸다.

"업아 네가 가지고 온 이 상자 속에 든 것은 무슨 좋은 물건이냐 혹시 그 가운데에는 나에게 줄 선물도 섞여 있는지 하나, 둘, 셋, 넷, 다섯…."

그의 시선은 다시금 판자 위에 나란히 놓여 있는 여러 개의 상자 위를 하나 둘 거쳐 가며 산보하였다.

"업아 아버지의 상처는 좀 나은가? 아니 너 최근에 너의 집을 들른 일이 혹 있는가?"

"내가 보는 대로 말하고 보면 아마 지금 여행의 길을 떠나는 모양이지 아마."

"…."

방안에는 찬바람이 돌았다. 들창을 새어 들어오는 훈훈한 바람도 다 이 방안에 들어오자마자 바깥 온도를 잃어버리는 것과 같았다.

"C씨! C씨는 언제부터 나의 업이와 친하였는지 모르겠으나… 두 사람에게 내가 물을 말은 이렇게 두 사람이 내 앞에 함께 나타난 뜻은 무슨 뜻인지? 이야기할 것이 있는지 혹 나에게 무엇을 줄 것이 있는지…."

C간호부는 고개를 숙인 채 좌우를 두어 번 둘러보더니 무슨 생각이 급히 떠올랐는지 황황히 그 방을 나갔다. 남아 있는 업 한 사람만이 교의에 걸터앉은 그 앞에 깎아 세운 장승과 같이 부동자세不動姿勢로 서 있었다. 그는 교의에서 몸을 일으키며 담배를 한 개 피워 물었다. 연기의 빛은 신선한 청색이었다.

"업아… 이리 와서 앉아라. 큰 아버지는 결코 너에게 악의를 가지지 아니하였다. 나의 묻는 말을 속이지 말고 대답하여라."

"네가 돈이 어디서 생기니? 네가 버는 것은 아니겠지."

"어머님이 주십니다."

"아범에게서는 얻어 본 일이 없니?"

"없습니다."

"그만하면 알았다."

업은 처음으로 그의 얼굴을 한번 치어다 보았다.

"C양은 어떻게 언제부터 알았니?"

"우연히 알았습니다. 사귀인지는 아직 한 달도 못 됩니다."

"저것들은 다 무엇이냐."

"해수욕에 쓰는 것입니다. 옷… 그런 것."

"해수욕… 그러면 해수욕을 가는 데 하하… 작별을 하러 온 것이로군. 물론 C양과 둘이서?"

"네. 제 생각은 큰 아버지를 뵈옵고 가지 않으려 하였습니다마는 C간호부의 말이 우리 둘이서 그 앞에 나가 간곡懇曲히 용서를 빌면 반드시 용서하여 주시리라고… 그 말을 제가 믿은 것은 아닙니다. 그러나 저는 아니 올수 없었습니다. 또 C간호부는 큰 아버지께서는 우리 두 사람의 사이도 반드시 이해하여 주시리라는 말도 하였습니다마는 물론 그 말도 저는 믿지 않았습니다."

"잘 알았어. 나는… 그러면 나로서는 혹 용서하여 줄 점도 있겠고 혹 용서하지 아니할 점도 있을 테니까."

"그럼 무엇을 용서하시고 무엇은 용서하지 아니하실 터인지요?"

"그것은 보면 알 것 아닌가."

그의 말끝에는 가벼운 경련이 같이 따랐다. 책상위에 끄집어내어 쌓아

놓은 해수욕 도구道具는 꽤 많은 것이었다. 그는 자그마한 산山위에 '알콜'의 소낙비를 내리었다. 성냥 끝에서 옮겨 붙은 불은 검붉은 화염火焰을 발하며 그의 방 천장을 금시로 시꺼멓게 그슬려 놓았다. 소리 없이 타오르는 직물류, 고무류의 그 자그마한 산은 보는 동안에 무너져 가고, 무너져 가고 하였다. 그 광경은 마치 꿈이 아니면 볼 수 없는 동작이 있고 음향이 없는 반 환영半幻影과 같았다. 벽 위의 시계가 가만히 새로 한 시를 쳤다. 업의 얼굴은 초 일초 분 일분 새파랗게 질리어 갔다.

입술은 파래지며 심히 떨었다. 동구瞳球[37]를 싸고 있는 눈윗두덩도 떨었다. 눈의 흰자위는 빛깔을 잃으며 회갈색으로 변하고 검은자위는 더욱 더욱 칠흑漆黑으로 변하며 전광電光같은 윤택을 방사하였다. 그러나 동상銅像 같은 업의 부동자세는 조곰도 변형되려고 하지 안하였다.

'푸지직' 소리를 남기고 불은 꺼졌다. 책상을 덮어 쌌던 '크로드'도 책상의 '봐니스'도 나타나고 눌었다. 그 위에 해수욕 도구들의 타고 남은 몇 줌의 검은 재가 엉기어 있었다. 꼭 닫은 '도어'가 바깥으로부터 열렸다.

"선생님!"

오직 한 마디… 잠시 나붓거리는 그 입술이 달려있는 C간호부의 얼굴은 심야의 정령精靈의 그것과도 같이 창백蒼白하고도 가련可憐하였다. 그뿐만 아니었다. 그러한 C간호부의 서 있는 등 뒤에 부동명왕의 얼굴과 같이 흑연 화염 속에 인쇄되어 있는 T씨의 그것도 그는 볼 수 있었다.

일순 후에는 그의 얼굴도 창백화하지 아니할 수 없었고 그의 입술도 조곰씩 조곰씩 그리하여 커다랗게 떨리기 시작하였다.

흐르는 세월이 조락凋落의 가을을 이 땅위에 방문시키었을 때는 그가 나뭇잎 느껴 우는 수림을 산보하고 업의 병세病勢를 T씨의 집 대문간에

---

37) 동구(瞳球): 눈동자.

물어 버릇하기 시작하였은지도 이미 오래인 때였다.

업은 절대로 그를 만나지 아니하려는 것이었다. 그는 업의 병세를 부득이 T씨의 집 대문간에서 묻지 아니하면 아니 되었다. 오직 T씨의 아내가 근시와 친절을 함께 하여 그를 맞아 주었다.

"좀 어떻습니까? 그 떠는 증세가 조곰도 낫지 않습니까?"

"그거 마찬가지예요. 어떡하면 좋을지요."

"무엇 먹고 싶다는 것 가지고 싶다는 것은 없습니까? 하고 싶다는 것은 또 없습디까?"

"해수욕복을 사주랍니다. 또 무슨 아루꼬(알콜)?"

"네네, 알았습니다."

천 가지 만 가지 궁리를 가슴 가운데에 왕래시키려 그는 병원으로 돌아왔다. 필요 이외의 회화를 바꾸어 본 일이 없는 사이쯤 된 M군에게 그는 간곡한 어조로 말을 붙이어 보았다.

"M군 도무지 모를 일이야. 모든 죄가 결국은 내게 있다는 것이 아닐까? M군 자네가 아무쪼록 좀 힘을 써 주게."

"힘이야 쓰고 싶지마는 자네도 마찬가지로 나도 만나지 않겠다는 환자의 고집을 어떻게 하느냐는 말일세. 청진기 한 번이라도 대어 보아야 성의 무성의 여부가 생기지 않겠나."

"내 생각 같아서는 그 업에게는 청진기의 필요도 없을 것 갈건만…."

"그것은 자네가 밤낮 하는 소리 마찬가지 소리."

그에게는 이 이상 더 말을 계속시킬 용기조차도 힘조차도 없었다. 책상 위에 놓인 한 장의 편지 - 발신인 주소도 성명도 그 겉봉에는 씌어 있지마는 - 가 있었다.

"선생님! 가을바람이 부니 인생이라는 더욱이나 어두운 것이라는 것이 생각됩니다.

표연히 야속만 마음을 가슴에 품은 채 선생님의 곁을 떠난 후 벌써 철 하나가 바뀌었습니다. 이처럼 홀로는 광음 속에서 우리는 무엇을 속절 없이 찾고만 있을까요. 그동안 한 장의 글월을 올리지 않다가 이제 새 삼스러이 이 펜을 날려 보는 저의 심사를 혹은 선생님은 어찌나 생각 하실는지는 저도 모르겠습니다. 그렇습니다. 세상은 즉 오해誤解속에 서 오해로만 살아가는 것인가 합니다. 선생님이 우리들을 이해하셨기 에 우리들은 선생님의 거룩한 사랑까지도 오해하였습니다. 그리하여 병상에 누워있는 '업'씨를… 그리고 또 표연히 선생님의 곁을 떠난 저 도 선생님께서 오해하셨습니다. 제가 드리고자 하는 이 그다지 짧지 않은 글도 물론 전부가 다 오해 투성이겠지요. 그러니 선생님께서 제 가 이 글을 드리는 태도나 또는 그 글의 내용을 오해하실 것도 물론이 겠지요. 아… 세상은 어디까지나 오해의 갈고리로 연쇄되어 있는 것이 겠습니까? 저의 오라버님의 최후도 또 고이(대학생 – C간호부의 내 면)도 그때의 일도 그 후의 일도 모든 것이 다 오해 때문에가 아니었습 니까? 제가 저의 신세를 이 모양으로 만든 것도, 이처럼 세상을 집 삼 아 표랑漂浪의 삶을 영위營爲하게 된 것도 전부 다 – 그 기인起因은 오해 – 우리 어리석은 인간들의 무지로부터 출발된 오해 때문이 아니었으 면 무엇이었던가 합니다.(어폐를 관대히 보아주세요)

(中略)

선생님이 저에게 끼쳐 주신 하해河海같은 은혜恩惠에 치하의 말씀이 어 찌 이에서 다하겠습니까마는 덧없는 붓끝이 오직 선생님의 고명高名과 종이의 백색을 더럽힐 따름입니다.

선생님, 이제 저는 과거에 제가 가졌던 모든 오해를 오해 그대로 적어 올려 보겠습니다. 그것은 제가 지금도 그 오해를 그 오해 채 그대로 가지고 있는 까닭이겠습니다.

선생님! 선생님께서는 '업'씨와 저 두 사람 사이를 과연 어떠한 색채로 관찰하시었는지요.(어폐를 아은쪼록 관대히 보아 주십시오) 아닌 것이 아니라 저는 '업'씨를 마음으로 사랑하였습니다. 또 '업'씨도 저를 좀 더 무겁게 사랑하여 주었습니다. 이제 생각하여 보면, 업씨의 나이 이제 스물한 살, 저 스물여섯… 과연 우리 두 사람의 사랑이 철저한 사랑이었다 할지라도 이와 같은 연령의 상태의 아래에서는 그 사랑이란 그래도 좀 더 좀 더 빛 다른 그 무엇이 있지 아니하면 아니 되지 않겠습니까?

두 사람의 만남 – 무엇이라 할까 – 하여간 우연 중에도 너무 우연이겠습니다. 그것은 말씀 올리기 꺼립니다. 혹시 병상에 누워 계신 '업'씨의 신상에 어떠한 이상이라도 있지나 아니할까 하여 다만 저희들 두 사람의 사랑의 내용을 불구자적不具者的 병적이면 불구자적 병적 그대로라도 사뢰어 볼까 합니다.

(아… 끝없는 오해 아직도… 아직도)선생님! 제가 업씨를 사랑한 이유는 업씨의 얼굴… 면영面影38)이 세상에서 자취를 감추고 만 그이의 면영과 흡사하였다는… 다만 그 한 가지에 지나지 않습니다. 그이는… 지금쯤은 퍽 늙었겠지요! 혹 벌써 이 세상 사람이 아닌지도 모릅니다. 그러나 저의 기억에 남아 있는 그이의 면영은 그이와 제가 갈리지 아니하면 아니 되었던 그 순간의 그것 채로 신선하게 남아 있습니다.

남의 사랑을 받는 것은 행복幸福입니다. 남을 사랑하는 것은 적어도 기쁨입니다. 남을 사랑하는 것이나 남의 사랑을 받는 것이나 인간의 아름다움의 극치極致이겠습니다.

---

38) 면영(面影): 기억에 남아 있는 옛날의 모습.

저는 생각하였습니다. 저의 업씨에게 대한 사랑도 과연 인간의 아름다움의 하나로 칠 수 있을까를 고러나 저는 저로도 과연 저의 업씨에게 대한 사랑에는 너무나 많은 아욕我慾이 품겨 있는 것을 발견하였습니다. 그리하여 곧 저는 저의 업씨에게 대한 사랑을 주저하였습니다.

그러나 또 한 가지 아뢰올 것은 업씨의 저에게 대한 사랑입니다. 경조부박39)한 생활 부피 없는 생활을 하여 오던 업씨는 저에게서 비로소 처음으로 인간의 내음 나는 역량力量있는 사랑을 느낄 수 있었다 합니다. 업씨의 말을 들으면 업씨의 저에게 대한 사랑은 적극적으로 업씨가 저에게 제공하는 그러한 사랑이라느니 보다도 저의 사랑이 깃이 있다면 업씨는 업씨 자신의 저에게 대한 사랑을 신선한대로 그대로 소지所持한 채 그 깃 밑으로 기어들고 싶은 그러한 사랑이었다고 합니다.

하여간 업씨의 저에게 대한 사랑도 우리가 항상 볼 수 있는 시정 간市井間의 사랑보다는 무엇인가 좀 더 깊이가 있었던 듯하며 성스러운 것이었던가 합니다. 여러 가지 점으로 주저하던 저는 업씨의 저에게 대한 사랑의 피로 말미암아 무던한 용기를 얻을 수 있었습니다. 선생님… 저희들은 어쨌든 이제는 원인을 고구考究40)할 것 없이 서로 사랑하여 자유로 사랑하여 가기로 하였습니다. 이만큼 저희들은 삽시간 동안에 눈멀어 버리고 말았습니다. 선생님… 저희들의 사꼴은 생리적으로도 한 불구자적 현상에 속하겠지요. 더욱, 사회적으로는 한 가련한 탈선이겠지요. 저희들도 이것만은 어렴풋이나마 느꼈습니다. 그러나 사람이 자기의 심각한 추억의 인간과 면영이 같은 사람에게 적어도 호의를 갖는 것은 사람의 본능本能의 하나가 아닐까요. 생리학生理學에나

---

39) 경조부박: 가볍고 방정맞으며 물 위에 뜰 만큼 행동이 가벼움. **輕佻浮薄**

40) 고구(**考究**): 자세히 살펴 연구함.

혹은 심리학에나 그런 것이 어디 없습니까. 또 사회적社會的으로도 영
(靈과 靈)끼리만이 충돌하여 발생되는 신성神聖한 사랑의 결합체結合體
존재할 수 있다는 것이 그다지 해괴한 사건에 속할까요!(中略)

선생님! 해수욕장도 저의 제의提議였습니다. 해수욕 도구도 제 돈으로
산 것입니다. 업씨는 헤엄도 칠 줄 모른다 합니다. 또 물을 그다지 즐
기는 것도 아니었습니다. 그러나 저의 말이라면 어디라도 가고 싶다
하였습니다. 그것을 한 계집의 간사한 유혹이라느니 보다도 모성母性
의 갸륵한 애무愛撫와도 같은 느낌이었다합니다.

선생님! 너무나 가혹하시지나 아니하셨던가요. 그것을 왜 살라버리셨
습니까? 업씨에게도 기쁨이 있었습니다. 저도 모성애母性愛와 같은 사
랑을 업씨에게 베푸는 것이 또 사랑을 달게 받아주는 것이 무한한 기
쁨이었습니다.

그 기쁨을 선생님은 검붉은 화염 속에 불살라 버리시었습니다. 그 이
상한 악취를 발하며 타오르는 불길은 오직 그 책상 위에 목면과 고무
만을 태운 데 그친 줄 아십니까? '도어' 뒤에서 있던 저의 심장도 확실
히 또 그리고 업씨의 그것도, 업씨의 아버님의 그것도 다 살라 버린 것
이었을 것입니다.

저의 등 뒤에 사람이 있는지 알 길이 있었겠습니까? 하물며 그 사람이
누구인가를 알 길은 더욱이나 있었겠습니까. 얼마 후에 참으로 긴 동
안의 얼마 후에 그이가 업씨 아버님인 것을 알 수 있었습니다. 저는 업
씨의 아버님을 모릅니다. 그러나 그때에 처음으로 알았습니다. 선생님
께서도 의외이셨겠지요. 업씨의 아버님이 그곳에 와 계신데 대하여
는… 그러나 저는 업씨의 아버님이 그곳에 와 계신데 대하여서 업씨의
아버님 자신으로부터 그 전말을 자세히 들었습니다. 그것은 이곳에서
아뢰일 만한 것은 못됩니다.(中略)

병석에서도 늘 해수욕복을 원한다는 소식을 저는 업씨의 친구되는 이들께서 얻어들을 수 있었습니다. 선생님도 물론 잘 아시겠지요. 선생님! 감상이 어떠십니까? 무엇을 의미함이었든지 저는 업씨의 원을 풀어 드리고자 합니다.

선생님! 나머지 저의 월급이 몇 푼 있을 줄 생각합니다. 좌기 주소로 송부하여 주십시오.

오해 속에서 나온 오해의 글인 만큼 저는 당당히 닥쳐오는 오해를 인수引受할만한 준비를 갖추어 가지고 있습니다. 너무 길다란 글이 혹시 선생님께 폐를 끼치지 아니하였나 합니다. 관대하신 용서와 선생님의 건강을 빌며.

xx통 x정목 OO C변명 △△올림"

그는 어디까지라도 자신을 비판하여 보았고 반성하여 보았다.

그는 다달이 잊지 않고 적지 않은 돈을 T씨의 아내 손에 쥐어 주었다. T씨의 아내는 그것을 차마 T씨의 앞에 내놓지 못하였으리라. T씨의 아내는 그것을 업에게 그대로 내어주었으리라. 업은 그것을 가지고 경조부박한 도락道樂에 탐하였으리라. 우연히 간호부를 만나 해수욕 행까지 결정하였으리라. 애비 T씨가 다쳐서 드러누웠건마는 집에는 한 번도 들르지 않는 자식, 그 돈을… 그 피가 나는 돈을 그대로 철없고 방탕한 자식에게 내어주는 어머니… 그는 이런 것들이 미웠다. C간호부만 하더라도 반드시 유혹의 팔 길을 업의 위에 내리밀었을 것이다. 그는 이것이 괘씸하였다.

그러나 한 장 C간호부의 그 편지는 모든 그의 추측과 단안을 전복시키고도 오히려 남음이 있었다.

'역시 모든 죄는 나에게 있다.'

그의 속주머니에는 적지 아니한 돈이 들어 있었다. C간호부는 삼층 한 귀퉁이 조고만 '다다미' 방에 누워 있었다. 그 품에 전에 볼 수 없던 젖먹이 간난아이가 들어 있었다.

"C양! 과거는 어찌되었든 지금에 이것은 도무지 어찌된 일이오?"

"선생님! 아무것도 저는 말하고 싶지는 않습니다. 사람의 일생은 이렇게 죄악만으로 얽어서 놓지 아니하면 안 되는 것입니까?"

"C양! 나는 그 말에 대답할 아무 말도 가지지 못하오. 오해와 용서! 그리기에 인류사회人類社會는 그다지 큰 풍파가 없이 지지되어 가지 않소?"

"선생님! 저는 지금 아무것도 후회하지 않습니다. 모든 것을 다 후회하지 아니하면 아니 될 것이니까요. 선생님! 이것을 부탁합니다."

C간호부의 눈에서는 맑은 눈물방울이 흘렀다. 그는 C간호부의 내어미는 젖먹이를 의식 없이 두 손으로 받아 들었다. 따뜻한 온기가 얼고 식어빠진 그의 손에서 전하여 왔다. 그때에 그는 누워있는 C간호부의 초췌한 얼굴에서 십여 년 전에 저 세상으로 간 아내의 면영을 발견하였다. 그는 기쁨, 슬픔 교착된 무한한 애착을 느꼈다. 그리고 C간호부의 그 편지 가운데의 어느 구절을 생각 내어 보기도 하였다. 그리고는 모든 C간호부의 일들에 조건 없는 용서라느니 보다도 호의를 붙였다.

"선생님! 오늘 이곳을 떠나가시거든 다시는 저를 찾지는 말아 주세요. 이것은 제가 낳은 것이라 생각하셔도 좋고, 안 낳은 것이라 생각하셔도 좋고, 아무쪼록 선생님 이것을 부탁합니다."

하려던 말도 시키려던 계획도 모두 허사로 다만 그는 그의 '포켓' 속에 들었던 돈을 C간호부 머리 밑에 놓고는 뜻도 아니 한 선물을 품에 안은 채 첫눈 부실거리는 거리를 나섰다.

'사람이란 그 추억의 사람과 같은 면영의 사람에게서 어떤 연연한 정서를 느끼는 것인가.'

이런 것을 생각하여도 보았다.

업의 병세는 겨울에 들어서 오히려 점점 더하여 가는 것이었다. 전신은 거의 뼈만 남고 살아 있다고 볼 수 있는 것은 눈과 입 이 둘뿐이었다. 그 방에는 윗목에는 철 아닌 해수욕 도구로 차 있었다. 업은 앉아서나 누워서나 종일토록 눈이 빠지게 그것만 바라보고 앉아 있었다.

"아버지… 말쑥한 새 기와집 안방에서 가 누워서 앓았으면 병이 나을 것 같애… 아버지 기와집 하나 삽시다. 말쑥하고 정결한…."

업의 말이었다는 이 말이 그의 귀에 들자 어찌 며칠이라는 날짜가 갈 수 있으랴. 즉시 업의 유원은 풀릴 수 있었다. 새 집에 간 지 이틀, 업은 못 먹던 밥도 먹었다. 집안사람들과 그는 기뻐하였다. 그저 한없이….

그러나 이미 때는 늦아왔다. 사흘 되던 날 아침(그 아침은 몹시 추운 아침이었다) 업은 해수욕을 가겠다는 출발이었다. 새 옷을 갈아입고 방문을 죄다 열어 놓고 방 윗목에 쌓여있는 해수욕 도구를 모두 다 마당으로 끄집어내게 하였다. 그리고는 그 위에 적지 않은 해수욕 도구의 산에 '알콜'을 들어부으라는 업의 명령이었다.

"큰아버지께 작별의 인사를 드리겠으니 좀 오시라고 그래 주시오. 어서 어서 곧… 지금 곧."

그와 업의 시선이 오래… 참으로 오래간만에 서로 마주치었을 때 쌍방에서 다 창백색의 인광을 발사하는 것 같았다.

"불! 인제 게다가 불을 지르시오."

몽몽만 흑연黑煙이 둔한 음향을 반주시키며 차고 건조한 천공을 향하여 올라갔다. 그것은 한 괴기怪奇를 띄운 그다지 성聖스럽지 않은 광경이었다.

가련한 백부의 그를 입회시킨 다음 업은 골수에 사무친 복수를 수행하였다.(이것은 과연 인세의 일이 아닐까? 작자의 한 상상의 유희에서만 나올 수 있는 것일까?) 뜰 가운데에 타고 남아 있는 재 부스러기와 조곰도 못함이 없을 때까지 그의 주름살 잡힌 심장도 아주 새까맣도록 다 탔다.

그날 저녁때 업은 드디어 운명運命하였다. 동시에 그의 신경의 전부도 다 죽었다. 지금의 그에게는 아무것도 없었다.

다만 아득하고 캄캄한 무한대의 태허太虛가 있을 뿐이었다.

여… 요에헤… 요. 그리고 종소리 상두군의 입 고운 소리가 차고 높은 하늘에 울렸다.

그의 발은 마치 공중에 떠서 옮겨지는 것만 같았다. 심장이 타고 전신의 신경이 운전을 정지하고… 고의 그 힘없는 발은 아름다운 생기에 충만한 지구地球표면에 부착될 만한 자격도 없는 것 같았다.

그의 눈앞에서는 그 몽롱한 흑연… 업의 새 집 마당에서 피어오르던 그 몽롱한 흑연의 일상이 언제까지라도 아른거려 사라지려고는 하지 않았다.

뼈만 남은 가로수街路樹도 넘어가고 나머지 빈약한 석양夕陽에 비추어 가며 기운 시진해 하는 건축물들도 공중을 횡단하는 헐벗은 참새의 떼들도 - 아니 가장 창창蒼蒼하여야만 할 대공大空 그것까지도 - 다… 한 가지 흑색으로밖에는 그의 눈에 보이지 아니하였다. 그의 호흡하고 있는 산소酸素와 탄산와사의 몇 '리틀'도 그의 모세관毛細管을 흐르는 가느다란 핏줄의 그 어느 한 방울까지도 다 흑색 그 몽롱한 흑연과 조곰도 다름이 없는 - 이 아니라고는 그에게 느끼지 않았다.

'나는 지금 어디를 항하여 가고 있는 것일까.'

'아니 아니… 이것이 나일까… 이것이 무엇일까. 나일까, 나일 수가 있을까.'

가로등 건축물 자동차 피곤한 마차와 짐 구루마… 하나도 그의 눈에 이상치 아니 한 것은 없었다.

'저것들은 다 무슨 맛에 저 짓들이람!'

그러나 그의 본기를 상실치는 아니한 일신의 제 기관들은 그로 하여금 다시 그의 집으로 돌아가게 하지 않고는 두지 않았다.

손을 들어 그의 집 문을 밀어 열려 하여 보았으나 팔뚝의 관절은 굳었는지 조곰도 들리지는 않았다. 소리를 질러 집안사람들을 불러보려 하였으나 성대는 진동관성振動慣性을 망각忘却 하였는지 음성音聲은 나오지 아니하였다.

'창조의 신創造神은 나로부터 그 조종操縱의 실줄絲線을 이미 거두었는가?'

눈썹 밑에는 굵다란 눈물방울이 맺혀 있었다. 그러나 그 자신도 그것을 감각할 수 없었다. 그 위 등 뒤에 웬 사람인지 외투에 내려앉은 눈을 터느라고 옷자락을 흔들고 있었다.

"무엇을 그렇게 생각하고 있나?"

"응? 누구… 누구요."

"왜 그렇게 놀라나? 날세 나야."

"업이가 갔어."

"응? 기어코?"

두 사람은 이 이상 더 이야기하지 않았다. 어둠침침한 그의 방 안에는 몇 권의 책이 시체屍體와 같이 이곳 저곳에 조리 없이 산재하여 있을 뿐이었다.

위풍이 반자를 울리며 휙 스쳤다.

"으아!"

"하하 잠이 깨였구나. 잘 잤느냐, 아아 울지 마라. 울 까닭은 없지 않느냐. 젖 달라고, 아이 '고무' 젖꼭지가 어디 갔을까. 우유牛乳를 뎁히어 놓았는지 웬… 아아아 울지 마라, 울지 말아야 착한 아이이지. 아… 이런 이런!"

가슴에 끓어오르는 무량한 감개를 그는 억제할 수 없었다. 그저 쏟아져 흐르기만 하는 그 뜨거운 눈물을 그 어린 것의 뺨에 부비며 씻었다. 그리고 힘껏 힘껏 그것을 껴안았다. 어린것은 젖을 얻어먹을 수 있을 때까지는 염치없는 울음을 그치지는 않았다.

T씨는 그대로 그 옆에 쓰러졌다. 구덩이는 벌써 반이나 팠다. 그때 T씨는 그 옆에 쓰러졌다.

언 땅을 깨쳐 가며 파는 곡괭이 소리… 이리 뒤치적, 저리 뒤치적 나가 덜어지는 얼어 굳은 흙덩어리 다시는 모두 어질 길 없는 만가輓歌의 토막과 더 같이 처량한 것이었다.

사람들은 달려들어 T씨를 일으키었다. T씨의 콧구멍과 입속으로는 속도 빠른 허 - 연 입김이 드나들었다. 그 옆에 서 있는 그의 서 있는 그의 모양… 그 부동자세는 이 북망산 넓은 언덕에 헤어져 있는 수많은 묘표나 그렇지 아니하면 까막까치 앉아 날개 쉬이는 헐벗은 마른 나무의 그 모양과도 같았다.

관은 내려갔다. T씨와 그 아내와 그리고 그의 울음은 이때 일시에 폭발하였다. 북망산 석양천에는 곡직착종曲直錯綜된 곡성이 처량히 떠올랐다. 업의 시체를 이 모양으로 갖다 파묻고 터덜터덜 가던 그 길을 돌아들어오는 그들의 모양은 창조주에게 가장 저주받은 것과도 같았고 도주하던 '카인'의 일행들의 모양과도 같았다.

그는 잊지 아니하고 T씨의 집을 찾았다. 그러나 업이 죽은 뒤의 T씨의 집에는 한 바람이 하나 불고 있었다. 또 그러나 그가 T씨의 집을 찾기는 결코 잊지는 않았다.

T씨는 무엇인가 깊은 명상에 빠져서는 누워 있었다. T씨는 일터에도

나가지 아니하였다. 다만 누워서 무엇을 생각하고 있을 뿐이었다.

"T…!"

"…."

그는 T씨를 불러보았다, 그러나 T씨는 대답이 없었다. 또 그러나 그에게도 무슨 할 말이 있어서 부른 것은 아니었다. 그는 쓸쓸히 그대로 돌아오기는 하였다. 그러나 이러한 방문이나마 그는 결코 게을리 하지 아니하였다.

북부에는 하룻밤에 두 곳… 거의 동시에 큰 화재火災가 있었다. 북풍은 집집의 풍령風鈴을 못 견디게 흔드는 어느 날 밤은 이 뜻하지 아니한 두 곳의 화재로 말미암아 일면의 불바다로 화하고 말았다. 바람차게 불고 추운 밤임에도 불구하고 사람들은 원근에서 몰려 들어와서 북부 시가의 모든 길들은 송곳 한 개를 들어 세울 틈도 없을 만치 악마구리 끓듯 야단이었다. 경성의 소방대는 비상의 경적을 난타하며 총동원으로 두 곳에 나누어 모여 들었다. 그러나 충천의 화세는 밤이 깊어갈수록 점점 더하여 가기만 하는 것이었다. 소방수들은 필사의 응기를 다하여 진화에 노력하였으나 연소 외 구역은 각각으로 넓어만 가고 있을 뿐이었다. 기와와 벽돌은 튀고 무너지고 나무는 뜬 숯이 되고 우지직 소리는 끊일 사이 없이 나고 기둥과 들보를 잃은 집들은 착착으로 무너지고 한 채의 집이 무너질 적마다 불똥은 천길 만길 튀어 오르고 완연히 인간세계에 현출된 활화지옥活火地獄이었다. 잎도 붙지 아니만 수목들은 헐벗은 채로 그대로 다 타죽었다.

불길이 삽시간에 자기 집으로 옮겨 붙자 세간기명은 꺼낼 사이도 없이 행길로 뛰어나온 주민들은 어디로 갈 곳을 알지 못하고 갈팡질팡 방황하였다.

"수길아!"

"복동아!"

"금순아!"

다 각기 자기 자식을 찾았다. 그 무리들 가운데에는

"업아! 업아!"

이렇게 소른 높여 외치며 쏘다니는 한 사람도 있었다. 그러나 정신의 조리를 상실한 그들 무리는 그 소리 하나쯤은 귓등에 담을 여지조차도 없었다. 두 구역을 전멸시킨 다음 이튿날 새벽에 맹렬하던 그 불도 진화되었다. 게다가 고닭이 울던 이 두 동리는 검은 재의 벌판으로 변하고 말았다.

이같이 큰일에 이르기까지 한 그 불의 출화원인에 대하여는 아무도 아는 사람이 없었다. 다만 그날 밤에는 북풍이 심하였던 것 수개의 소화전은 얼어붙어서 물이 나오지 아니하였던 까닭에 많은 소방수의 필사적 노력도 허사로 수수방관치 아니하면 아니 되었던 곳이 있었던 것 등을 말할 수 있을 뿐이었다.

M군과 그 가족은 인명이야 무사하였지마는 M군은 세간기명을 구하러 드나들다가 다리를 다쳤다.

이재민들은 가까운 곳 어느 학교 교사에 수용되었다. M군과 그 가족도 그 곳에 수용되었다.

M군이 병들어 누운 옆에는 거의 전신이 허물이 벗다시피 된 그가 말뚝 모양으로 서 있었다. 초췌한 그들의 안모에는 인세의 괴로운 물질이 주름살저 있었다.

그가 그 맹화 가운데에서 이리저리 날뛰었을 때,

'무엇을 찾으러… 무슨 목적으로 내가 이러나.'

물론 자기도 그것을 알 수는 없었다. 첨편에 불이 붙어도 오히려 부동자세로 저립하고 있는 전신주電信柱와 같이 그는 멍멍히 서 있었다. 그때에 그의 머리에 벽력같이 떠오르는 그 무엇이 있었다. 얼마 전에 그간 간호부를 마지막 찾았을 때 C간호부의

"이것을 잘 부탁합니다."

하던 그것이었다. 그는 그대로 먹진적으로 맹렬히 붙어 오르는 화염 속을 헤치고 뛰어 들어갔다.

그리하여 그 젖먹이를 가슴에 꽉 안은 채 나왔다. 어린 것은 아직 젖이 먹고 싶지는 않았던지 잠은 깨어 있었으나 울지는 않았다. 도리어 그의 가슴에 이상히 힘차게 안기었을 제 놀라서 울었다.

'그렇지. 네 눈에는 이 불길이 이상하게 보이겠지.'

그러나 그의 옷은 눌었다. 그의 얼굴과 팔뚝 손을 데었다. 그러나 그는 뜨거운 것을 느낄 사이도 없었고 신경도 없었다. 타오르는 M군과 그의 집, 병원 그것들에 대하여는 조고만 애착도 없었다. 차라리 그에게는

'벌써 타 버렸어야 옳을 것이 여지껏 남아 있었지.'

이렇게 그의 가슴은 오래오래 묵은 병을 떠나 버리는 것과 같이 그 불길이 시원하게 느껴졌다.

다만 한 가지 생명과도 바꿀 수 없는 보배를 건진 것과 같은 쾌감을 그 젖먹이에게서 맛볼 수 있었다.

한 사람 중년 노동자가 자수自씁하였다. 대화재에 쌓여있던 중첩한 의문은 일시에 소멸 되었다.

"희유의 방화범!"

신문의 이 기사를 읽고 있는 그의 가슴 가운데에는 그 대화에 못지아니한 불길이 별안간 타오르고 있었다.

"T야! T야."

T씨는 그날 밤 M군과 그의 집, 병원 두 곳에 그 길로 불을 놓았다. 타오르지 않을까를 염려하여 병원에서 많은 '알콜'을 훔쳐내어 부었다. 불을 그어 대인 다음 그 길로 자수하려 하였으나 타오르는 불길이 나무도 재미있는 데 취하였고 또 분주 수선한 그때에 경찰에 자수를 한대야 신통할 것이 조곰도 없을 것 같아서 그 이튿날하기로 하였었다.

날이 새자 T씨는 곧 불 터를 보러갔다. 그것은 T씨의 마음 가운데 상상한 이상 넓고 큰 것이었다.

T씨는 놀라지 아니할 수 없었다. 하루 이틀… T씨는 차츰차츰 평범한 인간의 궤도로 복구하지 아니하면 아니 되게 되었다. 그러나 이대로 언제까지라도 끌고 갈 수는 없었다.

"희유의 방화범!"

모든 사건이라는 이름 붙을 만한 것들은 다… 끝났다. 오직 이제 남은 것은 '그'라는 인간의 갈 길을 그리하여 갈 곳을 선택하며 지정하여 주는 일뿐이다. '그'라는 한 인간은 이제 인간의 인간에서 넘어야만 할 고개의 최후의 첨편에 저립하고 있다. 이제 그는 그 자신을 완성하기 위하여 인간의 한 단편으로서의 종식終熄을 위하여 어느 길이고 걷지 아니하면 아니 될 단말마斷末魔[41]다.

작가는 '그'로 하여금 인간세계에서 구원받게 하여 보기 위하여 있는 대로 기회와 사건을 주었다. 그러나 그는 구조되지 않았다. 작자는 영혼을 인정한다는 것이 아니다. 작자는 아마 누구보다도 영혼을 믿지 아니하는 자에 속하는지도 모른다.

---

41) 단말마(斷末魔): 임종(臨終)시를 말함. 숨이 끊어질 때의 고통(苦痛). 숨이 끊어질 때 내뱉는 짧은 비명(悲鳴).

그러나 그에게 영혼이라는 것을 부여賦與치 아니하고는… 즉 다시 하면 그를 구하는 최후에 남은 한 방책은 오직 그에게 영혼靈魂이라는 것을 부여라는 것 하나가 남았다.

황막한 벌판에는 흰 눈이 일면으로 덮이어 있었다. 곳곳에 떨면서 있는 왜소한 마른 나무는 대지의 동면을 수호守護하는 가련한 패잔병敗殘兵과도 같았다. 그 위를 하늘은 쉬일 사이도 없이 함박눈을 떨구고 있다. 소와 말은 오직 외양간에서 울었다. 사람은 방 안으로 이렇게 축소시키고 있었다.

길을 걷는 사람이 있다. 다른 사람들이 걷기를 그친 황막한 이 벌판길을 걷는 사람이 있다.

그는 지금 어디로 가는지, 어디로부터 왔는지 알 길이 없었다. 벌판 가운데 어디로부터 어디까지나 늘어서 있는지 전신주의 전신은 찬바람에 못 견디겠다는 듯이 '윙' 소리를 지르며 이 나라의 이 끝에서 이 나라의 저 끝까지라도 방 안에 들어앉아 있는 사람과 음신을 전하고 있다.

'기쁜 일도 있겠지. 그러나 또 생각하여 보면 몹시 급한 일도 있으렷다. 아무런 기쁜 일도 아무런 쓰라린 일도 다… 통과시키어 전할 수 있는 전신주에 늘어져 있는 전신이야말로 나의 혈관이나 모세관과도 같다고나 할까?

까마귀는 날았다. 두어 조각 남아있는 마른 잎은 두서너 번 조고만 재주를 넘으며 떨어졌다.

"깍! 깍!"

"왜 우느냐?"

그는 가슴을 내려다보았다. 어린 것은 어느 사이엔지 그 품안에 잠이 들었었다.

"배나 고프지 않은지 웬!"

도홍색 그 조고마한 일면 피부에는 두어 송이 눈이 떨어져서는 하잘 것 없이 녹아 버렸다. 그러나 어린 것은 잠을 깨이려고도 차갑다고 아니 하는 채 숱한 눈썹은 아래로 덮이어 추잡한 안계眼界를 폐쇄閉鎖시켰고 두 조고만 콧구멍으로는 찬 공기가 녹아서 드나들고 있었다.

선로가 나타났다. 잠들은 대지의 무장과도 같았다. 희푸르게 번쩍이는 기 쌍줄의 선로는 대지가 소유한 예리銳利한 칼이 아니라고는 볼 수 없었다. 그는 선로를 건너서서 단조로이 뻗쳐 있는 그 칼날을 좇아서 한없이 걸었다.

"꽝! 꽝!"

수많은 곡괭이가 언 땅을 내리 찍는 소리였다. 신작로[42] 한편에는 모닥불이 피어서 있었다. 푸른 연기는 건조 투명한 하늘로 뭉겨 올랐다. 추위는 별안간 몸을 엄습하는 것 같았다.

"꽝! 꽝!"

청둥한 금속의 음향은 아직도 계속되었다. 그 소리는 이쪽으로 점점 가까이 들려온다. 그리고 그는 그 소리 나는 곳을 향하여 걷고 있었다. 그는 모닥불에 가 섰다. 확 끼치는 온기가 죽은 사람을 살릴 것같이 훈훈하였다.

'우선 살 것 같다….'

오므라들었던 전신의 근육이 조곰씩 조곰씩 풀어지는 것 같았다.

'불! 흥! 불… 내 심장을 태우고 내 전신의 혈관과 신경을 불사르고 내 집 내 세간 내 재산을 불살라 버린 불! 이 불이 지금 나의 몸을 이 얼어 죽게 된 나의 몸을 뎁히어 주다니! 장작을 하나씩 뜬숯을 만들고 있는 조

---

42) 신작로: 새로 만든 길이라는 뜻으로, 자동차가 다닐 수 있을 정도로 넓게 새로 낸 길을 이르는 말. 新作路.

고만 화염들! 장래에는 또 무엇 무엇을 살라 뜬숯을 만들려는지! 그것은 한 물체가 탄소로 변하는 현상에는 그칠까… 산화작용? 아하 좀 더 의미가 있지나 않을까? 그렇게 단순한 것인가?'

그의 눈앞에는 이제 한 새로운 우주가 전개되고 있었다. 그곳은 여지껏 그가 싸여 있던 그 검은 빛의 분위기를 대신하여 밝은 빛의 정화된 공기가 있었다. 차디찬 무관심을 대신하여 동정이 있었고 사랑이 있었다. 그는 지금 일보, 일보 그 세계를 향하여 전진을 계속하고 있는 것이었다.

"이리 오너라. 그대 배고픈 자여!"

이러한 소리가 들려왔다.

"이리 오너라, 그대 심혈의 노력에 보수 받지 못하는 자여!"

이러한 소리도 들렸다.

"그대는 노력을 버리지 말 것이야. 보수가 있을 것이니!"

이러한 소리도 또 들려오기도 하였다.

"꽝! 꽝!"

그때 이 소리는 그의 귀 밑까지 와서 뚝 그쳤다. 그리하고는 와자지껄 하는 소리와 함께 많은 사람들의 그의 서 있는 모닥불 가에 모여들었다.

"불이 다… 꺼졌네!"

"장작을 좀 더 가져오지!"

굵은 장작이 징겨졌다. 마른 장작은 푸지직 소리를 지르며 타올랐다. 그리하여 검푸른 연기가 부근을 흐리어 놓았다.

"에… 추워, 에… 뜨시다."

모든 사람들의 곱은 입술에서는 이런 소리가 흘러나왔다.

연기는 나타났던 새로운 우주는 어느 사이에인지 소멸되고 해수욕 도구道具를 불사르던 어느 장면이 환기 되었다.

'불이냐! 불이냐!'

그의 심장은 높이 뛰었다. 그 고동은 가슴에 안기어 있는 어린 것을 눌러 죽일 것 같았다. 그는 품안의 것을 끌러서는 모닥불 곁에 내려놓았다. 그리고는 가슴을 확 풀어 헤치고 마음껏 그 불에 안기어 보았다. 새로이 끼쳐오는 불기운은 그의 뛰는 가슴을 한 층이나 더 건드리어 놓는 것 같았다.

　무슨 동기로인지 그의 머리에는 '알콜'이라는 것이 연상 되었다.

　'에 - ㅅ 불? 불이냐?'

　어린것을 모닥불 곁에 놓은 채 그는 일직선으로 그 선로를 밟아 뛰어 달아나기를 시작하였다. 그의 시야를 속속으로 스쳐 지나가는 선로 침목枕木이 끝없이 늘여 놓여 섰을 뿐이었다. 그의 전신의 혈관은 이제 순환을 시작한 것 같았다.

　"누구야, 누구야."

　"앗!"

　"누구야 어디 가는 거야."

　"아… 저 불! 불!"

　"하…!"

　그의 전신은 사시나무 떨리듯 떨렸다.

　"아… 인제 죽을 때가 돌아왔나 보다! 아니 참으로 살아야 할 날이 돌아왔나 보다!"

　그는 이렇게 생각하였다. 그 사람은 그의 그 모양을 조소와 경멸의 표정으로만 내려다보고 있었다. 그러나 이제야 최후로 새 우주가 그의 앞에는 전개되었던 것이다.

　"여보십시오!"

　그는 수작하기 곤란한 이 자리에서 이렇듯 입을 열어 보았으나 별로 그 사람에게 대하여 할 말은 없었다. 그는 몹시 머뭇머뭇하였다.

"왜 그리오?"

"저 오늘이 며칠입니까?"

"오늘? 십이월 십이일?"

"네!"

기적일성과 아울러 부근의 '시그낼'은 내려졌다. 동시에 남행열차의 기다란 장사長蛇가 그들의 섰는 곳으로 향하여 달려왔다.

"여보, 여보 여보 기차! 기차!"

"…."

"여보, 저거! 이리 비켜!"

"…."

"앗!"

그는 지금 모든 세상에 끼치는 많은 노력에도 불구하고 보수 받지 못하였던 모든 거룩한 성도聖徒들과 함께 보조를 맞추어 새로운 우주의 명랑한 가로를 걸어가고 있는 것이었다.

그의 눈에는 일상에 볼 수 없었던 밝고 신선한 자연과 상록수常綠樹가 보였고 그의 귀에는 일상에 들을 수 없었던 유량 우아한 음악이 들려왔다. 그리고 그가 호흡하는 공기는 맑고 따스하고 투명하였고 그가 마시는 물은 영겁을 상징하는 영험의 생명수였다. 그는 지금 논공행상論功行賞에 선택되어 심판의 궁정宮廷을 향하여 걷고 있는 것이었다.

순간 후에 그의 머리에 얹혀질 월계수의 황금관을 생각할 때에 피투성이가 된 그의 일신은 기쁨에 미쳐 뛰었다. 대 자유를 찾아서 우주애宇宙愛를 찾아서 그는 이미 선택된 길을 걷고 있는 데 다름없었다.

그러나 또한 생각하여 보면 불을 피하여 선로 위에 떨고 섰던 그는 과연 어디로 갔던가.

그는 확실히 새로운 우주의 가로를 보행하였을 것이다. 그러나 또 그의 영락한 육체 위로는 무서운 '에너지'의 기관차의 차륜이 굴러 넘어갔는지도 모른다. 그리하여 그의 피곤한 뼈를 분쇄시키고 타고 남은 근육을 산산이 저며 놓았는지도 모른다. 그리하여 기관차의 '피스톤'은 그의 해골을 이끌고 그의 심장을 이끌고 검붉은 핏방울을 칼날로 희푸르러 있는 선로 위에 뿌리며 십리나 이십 리 밖에 있는 어느 촌락의 정거장까지라도 갔는지도 모른다. 모닥불을 쪼이던 철로공사의 인부들도, 부근 민가의 사람들도 황황히 그곳으로 달려들었다. 그러나 아까에 불을 피하여 달아나던 그의 면영은 찾을 수도 없었다. 떨어진 팔과 다리, 동구瞳球, 간장肝臟, 이것들을 차마 볼 수 없다는 가애로운 표정으로 내려다보며 새로운 우주의 가로를 걸어가는 그에게 전별의 마지막 만가輓歌를 쓸쓸히 들려주었다.

그 사람은 그가 십유여 년 방랑생활 끝에 고국의 첫 발길을 실었던 그 기관차 속에서 만났던 그 철도국에 다닌다던 사람인지도 모른다. 사람은 이 너무나 우연한 인과因果를 인식치 못하는지도 모른다. 그러나 사람이 알거나 모르거나 인과는 그 인과의 법칙에만 충실스러이 하나에서 둘로, 그리하여 셋째로 수행되어 가고만 있는 것이었다.

"오늘이 며칠입니까?" 이 말을 그는 그 같은 사람에게 우연히 두 번이나 물었는지도 모른다.

따라서 "십이월 십이일!" 이 대답을 그는 같은 사람에게서 두 번이나 들었는지도 모른다. 그러나 모든 것은 다 그들에게 다만 모를 것으로만 나타나기도 하였다.

인과에 우연히 되는 것이 있을 수 있을까? 만일 인과의 법칙 가운데에서 우연이라는 것을 찾을 수 없다 하면 그 바퀴가 그의 허리를 넘어간 그 기관차 가운데에는 C간호부가 타 있었다는 것을 어떻게나 사람은 설명하려 하는가? 또 그 C간호부가 와자지껄한 차창 밖을 내어다보고 그리고 그 분골쇄신된 검붉은 피의 지도地圖를 발견하였을 때 끔찍하다하여 고개를 돌렸던 것은 어떻게나 설명하려하는가? 그리고 C간호부가 닫힌 차창에는 허연 성에가 슬어 있었다는 것은 어찌나 설명하려는가? 이뿐일까, 우리는 더욱이나 근본적 의아에 봉착逢着할 수도 있다는 것이다.

만일 지금 이 C간호부가 타고 있는 객차의 고간이 그저께 그가 타고 오던 그 고간뿐만 아니라 그 자리까지도 역시 그 같은 자리였다 하면 그 것은 또한 어찌나 설명하려느냐?

북풍은 마른 나무를 흔들며 불어 왔다. 먹을 것을 찾지 못한 참새들은 전선 위에서 배고픔으로 추운 날개를 떨며 쉬이고 있었다.

그가 피를 남기고 간 세상에는 이다지나 깊은 쇠락의 겨울이었으나 그러나 그가 논공행상을 받으려 행진하고 있는 새로운 우주는 사시장춘43)이었다.

한 영혼이 심판의 궁정을 향하여 걸어가기를 이미 출발한 지 오래니 인생의 어느 한 구절이 끝난 것인지도 모른다. 그러나 사람들 다 몰켜 가고 난 아무도 없는 모닥불 가에는 그가 불을 피하여 달아날 때 놓고 간 그 어린 젖먹이가 그대로 놓여 있었다.

끼쳐오는 온기가 퍽 그 어린것의 피부에 쾌감을 주었던지 구름 한 점 없이 맑게 개어 있는 깊이 모를 창공을 그 조고마한 눈으로 뜻있는 듯이 쳐다보며 소리 없이 누워있었다. 강보襁褓 틈으로 새어나와 흔들리는 세상에도 조고맣고 귀여운 손은 일 년만의 인류역사가 일찍이 풀지 못하고 고만둔 채의 대우주의 철리를 설명하고 있는 것인지도 모른다.

그러나 그 부근에는 그것을 알아들을 수 있는 "파우스트"의 노철학자

---

43) 사시장춘: 사철의 어느 때나 늘 봄과 같음. 늘 잘 지냄을 비유하여 일컫는 말. 四時 長春.

도 없었거니와 이것을 조소할 범인凡人들도 없었다.

어린것은 별안간 사람이 그리웠던지 혹은 배가 고팠던지 "으아" 울기를 시작하였다. 그것은 동시에 시작되는 인간의 백팔번뇌를 상징하는 것인지도 몰랐다.

"으아!"

과연 인간세계에 무엇이 끝났는가. 기막힌 한 비극이 그 종막을 내리우기도 전에 또 한 개의 비극을 다른 한 쪽에서 벌써 그 막을 열고 있지 않은가?

그들은 단조로운 이 비극에 피곤하였을 것이나 그러나 그들은 그것을 연출하기도 결코 잊지는 아니하여 또 그것을 구경하기에도 결코 배부르지는 않는다.

"으아!"

어떤 사람은 이 소리를 생기에 충만하였다 일컬을는지도 모른다. 또한 그리 할런지도 모른다. 그러나 이것이 확실히 인생극의 첫 막을 여는 '사이렌'인 것에도 틀림은 없다.

"으아!"

한 인간은 또 한 인간의 뒤를 이어 또 무슨 단조로운 비극의 각본을 연출하려 하는고. 그 소리는 오늘에만 '단조'라는 일컬음을 받을 것인가.

"으아!"

여전히 그 소리는 그치지 아니하려는가.

"으아!"

너는 또 어느 암로闇路를 한 번 걸어보려느냐. 그렇지 아니하면 일찍이 이곳을 떠나려는가. 그렇다. 그 모닥불이 다 꺼지고 그리고 맹렬한 추위가 너를 엄습할 때에는 너는 아마 일찌감치 행복의 세계를 향하여 떠날 수 있을는지도 모른다.

"으아!"

"으아!"

이 소리가 약하게 그리하여 점점 강하게 들려오고 있을 뿐이었다.

《『조선(朝鮮)』, 1930년》

날개

'박제剝製가 되어 버린 천재'를 아시오? 나는 유쾌하오. 이런 때 연애까지가 유쾌하오.

육신이 흐느적흐느적하도록 피로했을 때만 정신이 은화처럼 맑소. 니코틴이 내 횟배 앓는 뱃으로 스미면 머릿속에 으례 백지가 준비되는 법이오. 그 위에다 나는 위트와 파라독스를 바둑 포석처럼 늘어놓소. 가공할 상식의 병이오.

나는 또 여인과 생활을 설계하오. 연애기법에마저 서먹서먹해진 지성의 극치를 흘깃 좀 들여다 본 일이 있는, 말하자면 일종의 정신분일자(정신이 제멋대로 노는 사람)말이오. 이런 여인의 반 - 그것은 온갖 것의 반이오 - 만을 영수(받아들이는)하는 생활을 설계한다는 말이오. 그런 생활 속에 한 발만 들여놓고 흡사 두 개의 태양처럼 마주 쳐다보면서 낄낄거리는 것이오. 나는 아마 어지간히 인생의 제행諸行(일체의 행위)이 싱거워서 견딜 수가 없게끔 되고 그만둔 모양이오. 굿바이.

굿바이. 그대는 이따금 그대가 제일 싫어하는 음식을 탐식하는 아이러니를 실천해 보는 것도 놓을 것 같소. 위트와 파라독스와….

그대 자신을 위조하는 것도 할 만한 일이오. 그대의 작품은 한 번도 본 일이 없는 기성품에 의하여 차라리 경편輕便하고가뜬하여 쓰기에 손쉽고 편하고 고매하리다.

19세기는 될 수 있거든 봉쇄하여 버리오. 도스토예프스키 정신이란 자칫하면 낭비일 것 같소. 위고를 불란서의 빵 한 조각이라고는 누가 그랬는지 지언至言지당한 말인 듯싶소. 그러나 인생 혹은 그 모형에 있어서 '디테일' 때문에 속는다거나 해서야 되겠소?

화를 보지 마오. 부디 그대께 고하는 것이니….

"테이프가 끊어지면 피가 나오. 생채기도 머지않아 완치될 줄 믿소. 굿바이." 감정은 어떤 '포우즈'. 그 '포우즈'의 원소만을 지적하는 것이 아닌지 나도 모르겠소. 그 포우즈가 부동자세에 까지 고도화할 때 감정은 딱 공급을 정지합네.

나는 내 비범한 발육을 회고하여 세상을 보는 안목을 규정하였소.

여왕봉과 미망인… 세상의 하고 많은 여인이 본질적으로 이미 미망인이 아닌 이가 있으리까? 아니, 여인의 전부가 그 일상에 있어서 개개 '미망인'이라는 내 논리가 뜻밖에도 여성에 대한 모험이 되오? 굿바이.

그 33번지라는 것이 구조가 흡사 유곽이라는 느낌이 없지 않다.

한 번지에 18가구가 죽 어깨를 맞대고 늘어서서 창호가 똑같고 아궁이 모양이 똑같다. 게다가 각 가구에 사는 사람들이 송이송이 꽃과 같이 젊다.

해가 들지 않는다. 해가 드는 것을 그들이 모른 체하는 까닭이다. 턱살 밑에다 철줄을 매고 얼룩진 이부자리를 널어 말린다는 핑계로 미닫이에 해가 드는 것을 막아 버린다. 침침한 방안에서 낮잠들을 잔다. 그들은 밤에는 잠을 자지 않나? 알 수 없다. 나는 밤이나 낮이나 잠만 자느라고 그런 것을 알 길이 없다. 33번지 18 가구의 낮은 참 조용하다.

조용한 것은 낮뿐이다. 어둑어둑하면 그들은 이부자리를 걷어 들인다. 전등불이 켜진 뒤의 18가구는 낮보다 훨씬 화려하다. 저물도록 미닫이 여닫는 소리가 잦다. 바빠진다. 여러 가지 냄새가 나 기 시작한다. 비 웃[1] 굽는 내, 탕고도오랑[2]내, 뜨물내,비눗내.

그러나 이런 것들보다도 그들의 문패가 제일로 고개를 끄덕이게 하는 것이다.

이 18 가구를 대표하는 대문이라는 것이 일각이 져서 외따로 떨어지기는 했으나, 있다. 그러나 그것은 한 번도 닫힌 일이 없는, 한길이나 마찬가지 대문인 것이다. 온갖 장사치들은 하루 가운데 어느 시간에라도 이 대문을 통하여 드나들 수 있는 것이다. 이네들은 문간에서 두부를 사는 것이 아니라, 미닫이를 열고 방에서 두부를 사는 것이다. 이렇게 생긴 33번지 대문에 그들 18가구의 문패를 몰아다 붙이는 것은 의미가 없다. 그들은 어느 사이엔가 각 미닫이 위 백인당이니 길상당이니 써 붙인 한

---

1) 비웃: 식료품인 생선으로서의 청어.

2) 탕고도오랑: 식민지시대 때 많이 쓰던 화장품 이름. 오늘날의 파운데이션보다 빛깔이 더 짙은 것으로 고체.

곁에다 문패를 붙이는 풍속을 가져 버렸다.

내 방 미닫이 위 한 곁에 칼표 딱지를 넷에다 낸 것 만한 내… 아니! 내 아내의 명함이 붙어 있는 것도 이 풍속을 좇은 것이 아닐 수 없다.

나는 그러나 그들의 아무와도 놀지 않는다. 놀지 않을 뿐만 아니라 인사도 않는다. 나는 내 아내와 인사하는 외에 누구와도 인사하고 싶지 않았다. 내 아내 외의 다른 사람과 인사를 하거나 놀거나 하는 것은 내 아내 낯을 보아 좋지 않은 일인 것만 같이 생각이 되었기 때문이다. 나는 이만큼 까지 내 아내를 소중히 생각한 것이다. 내가 이렇게까지 내 아내를 소중히 생각한 까닭은 이 33번지 18 가구 속에서 내 아내가 내 아내의 명함처럼 제일 작고 제일 아름다운 것을 안 까닭이다. 18 가구에 각기 빌어 들은 송이송이 꽃들 가운데서도 내 아내가 특히 아름다운 한 떨기의 꽃으로 이 함석지붕 밑 볕 안 드는 지역에서 어디까지든지 찬란하였다. 따라서 그런 한 떨기 꽃을 지키고… 아니 그 꽃에 매어달려 사는 나라는 존재가 도무지 형언할 수 없는 거북살스러운 존재가 아닐 수 없었던 것은 물론이다.

나는 어디까지든지 내 방이 - 집이 아니다. 집은 없다. - 마음에 들었다. 방안의 기온은 내 체온 을 위하여 쾌적하였고, 방안의 침침한 정도가 또한 내 안력을 위하여 쾌적하였다. 나는 내 방 이상 의 서늘한 방도 또 따뜻한 방도 희망하지 않았다. 이 이상으로 밝거나 이 이상으로 아늑한 방은 원하지 않았다. 내 방은 나 하나를 위하여 요만한 정도를 꾸준히 지키는 것 같아 늘 내 방에 감사하였고, 나는 또 이런 방을 위하여 이 세상에 태어난 것만 같아서 즐거웠다.

그러나 이것은 행복이라든가 불행이라든가 하는 것을 계산하는 것은 아니었다. 말하자면 나는 내가 행복되다고도 생각할 필요가 없었고, 그렇다고 불행하다고도 생각할 필요가 없었다. 그냥 그날을 그저 까닭 없이 편둥편둥 게으르고만 있으면 만사는 그만이었던 것이다.

내 몸과 마음에 옷처럼 잘 맞는 방 속에서 뒹굴면서, 축 처져 있는 것은 행복이니 불행이니 하는 그런 세속적인 계산을 떠난, 가장 편리하고 안일한 말하자면 절대적인 상태인 것이다. 나는 이런 상태가 좋았다.

이 절대적인 내 방은 대문간에서 세어서 똑 일곱째 칸이다. 럭키 세븐의 뜻이 없지 않다. 나는 이 일곱이라는 숫자를 훈장처럼 사랑하였다. 이런 이 방이 가운데 장지로 말미암아 두 칸으로 나뉘어 있었다는 그것이 내 운명의 상징이었던 것을 누가 알랴? 아랫방은 그래도 해가 든다. 아침결에 책보만한 해가 들었다가 오후에 손수건만 해지면서 나가 버린다. 해가 영영 들지 않는 윗방이 즉 내 방인 것은 말할 것도 없다. 이렇게 볕드는 방이 아내 방이요, 볕 안 드는 방이 내 방이요 하고 아내와 나 둘 중에 누가 정했는지 나는 기억하지 못한다.

그러나 나에게는 불평이 없다.

아내가 외출만 하면 나는 얼른 아랫방으로 와서 그 동쪽으로 난 들창을 열어 놓고 열어놓으면 들이비치는 햇살이 아내의 화장대를 비쳐 가지각색 병들이 아롱이 지면서 찬란하게 빛나고, 이렇게 빛나는 것을 보는 것은 다시없는 내 오락이다. 나는 조그만 돋보기를 꺼내가지고 아내만이 사용하는 지리가미를 꺼내 가지고 그을려 가면서 불장난을 하고 논다. 평행광선을 굴절시켜서 한 촛점에 모아가지고 그 촛점이 따근따근해지다가, 마지막에는 종이를 그을리기 시작하고, 가느다란 연기를 내면서 드디어 구멍을 뚫어 놓는 데까지 이르는, 고 얼마 안 되는 동안의 초조한 맛이 죽고 싶을 만큼 내게는 재미있었다.

이 장난이 싫증이 나면 나는 또 아내의 손잡이 거울을 가지고 여러 가지로 논다. 거울이란 제 얼굴을 비칠 때만 실용품이다. 그 외의 경우에는 도무지 장난감인 것이다. 이 장난도 곧 싫증이 난다.

나의 유희심은 육체적인 데서 정신적인 데로 비약한다. 나는 거울을 내던지고 아내의 화장대 앞으로 가까이 가서 나란히 늘어 놓인 그 가지각색의 화장품 병들을 들여다본다. 고것들은 세상의 무엇보다도 매력적이다. 나는 그 중의 하나만을 골라서 가만히 마개를 빼고 병 구멍을 내 코에 가져다 대고 숨죽이듯이 가벼운 호흡을 하여 본다. 이국적인 센슈얼한 향기가 폐로 스며들면 나는 저절로 스르르 감기는 내 눈을 느낀다. 확실히 아내의 체취의 파편이다.

나는 도로 병마개를 막고 생각해 본다. 아내의 어느 부분에서 요 냄새가 났던가를… 그러나 그것은 분명하지 않다. 왜? 아내의 체취는 여기 늘어 섰는 가지각색 향기의 합계일 것이니까.

아내의 방은 늘 화려하였다. 내 방이 벽에 못 한 개 꽂히지 않은 소박한 것인 반대로, 아내 방에는 천장 밑으로 쫙 돌려 못이 박히고, 못마다 화려한 아내의 치마와 저고리가 걸렸다. 여러 가지 무늬가 보기 좋다. 나는 그 여러 조각의 치마에서 늘 아내의 동체와, 그 동체가 될 수 있는 여러 가지 포우즈를 연상하고 연상하면서 내 마음은 늘 점잖지 못하다.

그렇건만 나에게는 옷이 없었다. 아내는 내게 옷을 주지 않았다. 입고 있는 골덴 양복 한 벌이 내 자리옷이었고 통상복과 나들이옷을 겸한 것이었다. 그리고 하이넥의 스웨터가 한 조각 사철을 통한 내 내의다. 그것들은 하나같이 다 빛이 검다. 그것은 내 짐작 같아서는 즉 빨래를 될 수 있는 데까지 하지 않아도 보기 싫지 않게 하기 위한 것이 아닌가 한다. 나는 허리와 두 가랑이 세군데 다… 고무 밴드가 끼어 있는 부드러운 사루마다3)를 입고 그리고 아무 소리 없이 잘 놀았다.

어느덧 손수건만 해졌던 볕이 나갔는데 아내는 외출에서 돌아오지 않는다. 나는 요만 일에도 좀 피곤하였고 또 아내가 돌아오기 전에 내 방으로 가 있어야 될 것을 생각하고 그만 내 방으로 건너간다. 내 방은 침침하다. 나는 이불을 뒤집어쓰고 낮잠을 잔다. 한 번도 걷은 일이 없는 내 이부자리 는 내 몸뚱이의 일부분처럼 내게는 참 반갑다. 잠은 잘 오는 적도 있다. 그러나 또 전신이 까칫까칫하면서 영 잠이 오지 않는 적도 있다. 그런 때는 아무 제목으로나 제목을 하나 골라서 연구하였다. 나는 내 좀 축축한 이불속에서 참 여러 가지 발명도 하였고 논문도 많이 썼다. 시도 많이 지었다. 그러나 그것들은 내가 잠이 드는 것과 동시에 내 방에 담겨서 철철 넘치는 그 흐늑흐늑한 공기에다 비누처럼 풀어져서 온데간데없고, 한잠 자고 깨인 나는 속이 무명헝겊이나 메밀껍질로 띵띵 찬 한 덩어리 베개와도 같은 한 벌 신경이었을 뿐이고 뿐이고 하였다.

그러기에 나는 빈대가 무엇보다도 싫었다. 그러나 내 방에서는 겨울에도 몇 마리의 빈대가 끊이지 않고 나왔다. 내게 근심이 있었다면 오직 이 빈대를 미워하는 근심일 것이다. 나는 빈대에게 물려서 가려운 자리를 피가 나도록 긁었다. 쓰라리다. 그것은 그윽한 쾌감에 틀림없었다. 나는 혼곤히 잠이 든다.

나는 그러나 그런 이불 속의 사색 생활에서도 적극적인 것을 궁리하는 법이 없다. 내게는 그럴 필요가 대체 없었다. 만일 내가 그런 좀 적극적인 것을 궁리해내었을 경우에 나는 반드시 내 아내와 의논하여야 할 것이고, 그러면 반드시 나는 아내에게 꾸지람을 들을 것이고… 나는 꾸지람이 무서웠다느니 보다는 성가셨다. 내가 제법 한 사람의 사회인의 자격으로 일을 해 보는 것도 아내에게 사설 듣는 것도 나는 가장 게으른 동

---

3) 사루마다: 팬티보다 좀 긴 속옷의 일본말.

물처럼 게으른 것이 좋았다. 될 수만 있으면 이 무의미한 인간의 탈을 벗어 버리고도 싶었다.

나에게는 인간 사회가 스스러웠다. 생활이 스스러웠다. 모두가 서먹서먹할 뿐이었다.

아내는 하루에 두 번 세수를 한다.

나는 하루 한 번도 세수를 하지 않는다.

나는 밤중 세 시나 네 시쯤 해서 변소에 갔다.

달이 밝은 밤에는 한참씩 마당에 우두커니 섰다가 들어오곤 한다. 그러니까 나는 이 18 가구의 아무와도 얼굴이 마주치는 일이 거의 없다. 그러면서도 나는 이 18 가구의 젊은 여인네 얼굴들을 거반 다 기억하고 있었다. 그들은 하나같이 내 아내만 못하였다.

열한 시쯤 해서 하는 아내의 첫 번 세수는 좀 간단하다. 그러나 저녁 일곱 시쯤 해서 하는 두 번째 세수는 손이 많이 간다. 아내는 낮에 보다도 밤에 더 좋고 깨끗한 옷을 입는다. 그리고 낮에도 외출하고 밤에도 외출하였다.

아내에게 직업이 있었던가? 나는 아내의 직업이 무엇인지 알 수 없다. 만일 아내에게 직업이 없었다면 같이 직업이 없는 나처럼 외출할 필요가 생기지 않을 것인데… 아내는 외출한다. 외출할 뿐만 아니라 내객이 많다. 아내에게 내객이 많은 날은 나는 온종일 내 방에서 이불을 쓰고 누워 있어야만 된다.

불장난도 못한다. 화장품 냄새도 못 맡는다. 그런 날은 나는 의식적으로 우울해 하였다. 그러면 아내는 나에게 돈을 준다. 오십 전짜리 은화다. 나는 그것이 좋았다.

그러나 그것을 무엇에 써야 옳을지 몰라서 늘 머리맡에 던져두고 두고 한 것이 어느 결에 모여서 꽤 많아졌다. 어느 날 이것을 본 아내는 금고처럼 생긴 벙어리를 사다 준다.

　나는 한 푼씩 한 푼씩 그 속에 넣고 열쇠는 아내가 가져갔다. 그 후에도 나는 더러 은화를 그 벙어리에 넣은 것을 기억한다. 그리고 나는 게을렀다. 얼마 후 아내의 머리 쪽에 보지 못하던 누깔잠4)이 하나 여드름처럼 돋았던 것은 바로 그 금고형 벙어리의 무게가 가벼워졌다는 증거일까. 그러나 나는 드디어 머리맡에 놓았던 그 벙어리에 손을 대지 않고 말았다. 내 게으름은 그런 것에 내 주의를 환기시키기도 싫었다.

　아내에게 내객이 있는 날은 이불 속으로 암만 깊이 들어가도 비오는 날만큼 잠이 잘 오지 않았다. 나는 그런 때 나에게 왜 늘 돈이 있나 왜 돈이 많은가를 연구했다. 내객들은 장지 저쪽에 내가 있는 것을 모르나보다. 내 아내와 나도 좀 하기 어려운 농을 아주 서슴지 않고 쉽게 해 던지는 것이다. 그러나 내 아내를 찾은 서너 사람의 내객들은 늘 비교적 점잖았다고 볼 수 있는 것이, 자정이 좀 지나면 으레 돌아들 갔다.

　그들 가운데에는 퍽 교양이 얕은 자도 있는 듯싶었는데, 그런 자는 보통 음식을 사다 먹고 논다.

　그래서 보충을 하고 대체로 무사하였다. 나는 우선 아내의 직업이 무엇인가를 연구하기에 착수하였으나 좁은 시야와 부족한 지식으로는 이것을 알아내기 힘이 든다. 나는 끝끝내 내 아내의 직업이 무엇인가를 모르고 말려나보다.

　아내는 늘 진솔 버선5)만 신었다. 아내는 밥도 지었다. 아내가 밥을 짓는 것을 나는 한 번도 구경한 일은 없으나 언제든지 끼니때면 내 방으로

───────────

4) 누깔잠: 눈깔비녀. 비녀의 일종.
5) 진솔 버선: 한 번도 빨지 않은 새 버선.

내 조석밥을 날라다 주는 것이다. 우리 집에는 나와 내 아내 외의 다른 사람은 아무도 없다. 이 밥은 분명 아내가 손수 지었음에 틀림없다.

그러나 아내는 한 번도 나를 자기 방으로 부른 일은 없다. 나는 늘 윗방에서나 혼자서 밥을 먹고 잠을 잤다.

밥은 너무 맛이 없었다. 반찬이 너무 엉성하였다. 나는 닭이나 강아지처럼 말없이 주는 모이를 넓적넓적 받아먹기는 했으나 내심 야속하게 생각한 적도 더러 없지 않다.

나는 안색이 여지없이 창백해가면서 말라 들어갔다. 나날이 눈에 보이듯이 기운이 줄어들었다. 영양부족으로 하여 몸뚱이 곳곳의 뼈가 불쑥불쑥 내어 밀었다. 하룻밤 사이에도 수십 차를 돌쳐 눕지 않고는 여기저기가 배겨서 나는 배겨낼 수가 없었다.

그렇기 때문에 나는 내 이불 속에서 아내가 늘 흔히 쓸 수 있는 저 돈의 출처를 탐색해 내는 일변 장지 틈으로 새어나오는 아랫방의 음성은 무엇일까를 간단히 연구하였다.

나는 잠이 잘 안 왔다.

깨달았다. 아내가 쓰는 그 돈은 내게는 다만 실없는 사람들로밖에 보이지 않는 까닭 모를 내객들이 놓고 가는 것이 틀림없으리라는 것을 깨달았다.

그러나 왜 그들 내객은 돈을 놓고 가나? 왜 내 아내는 그 돈을 받아야 되나? 하는 예의 관념이 내게는 도무지 알 수 없는 것이었다.

그것은 그저 예의에 지나지 않는 것일까? 그렇지 않으면 혹 무슨 대가일까? 보수일까? 내 아내가 그들의 눈에는 동정을 받아야만 할 한 가엾은 인물로 보였던가? 이런 것들을 생각하노라면 으레 내 머리는 그냥 혼란하여 버리고 버리고 하였다. 잠들기 전에 획득했다는 결론이 오직 불쾌하다는 것뿐이었으면서도 나는 그런 것을 아내에게 물어 보거나 한 일이 참 한 번도 없다. 그것은 대체 귀찮기도 하려니와 한잠 자고 일어나는 나는 사뭇 딴 사람처럼 이것도 저것도 다 깨끗이 잊어버리고 그만 두는 까닭이다.

내객들이 돌아가고, 혹 외출에서 돌아오고 하면 아내는 간편한 것으로 옷을 바꾸어 입고 내 방으로 나를 찾아온다. 그리고 이불을 들치고 내 귀에는 영 생동생동한 몇 마디 말로 나를 위로하려든다. 나는 조소도 고소도 홍소도 아닌 웃음을 얼굴에 띠고 아내의 아름다운 얼굴을 쳐다본다. 아내는 방그레 웃는다. 그러나 그 얼굴에 떠도는 일말의 애수를 나는 놓치지 않는다.

아내는 능히 내가 배고파하는 것을 눈치 챌 것이다. 그러나 아랫방에서 먹고 남은 음식을 나에게 주려 들지는 않는다. 그것은 어디까지든지 나를 존경하는 마음일 것임에 틀림없다. 나는 배가 고프면서도 적이 마음이 든든한 것을 좋아했다. 아내가 무엇이라고 지껄이고 갔는지 귀에 남아 있을 리 가 없다. 다만 내 머리맡에 아내가 놓고 간 은화가 전등불에 흐릿하게 빛나고 있을 뿐이다.

고 금고형 벙어리 속에 은화가 얼마만큼이나 모였을까? 나는 그러나 그것을 쳐들어 보지 않았다. 그저 아무런 의욕도 기원도 없이 그 단추 구멍처럼 생긴 틈바구니로 은화를 떨어뜨려 둘 뿐이었다.

왜 아내의 내객들이 아내에게 돈을 놓고 가나 하는 것이 풀 수 없는 의문인 것같이, 왜 아내는 나에게 돈을 놓고 가나 하는 것도 역시 나에게는 똑같이 풀 수 없는 의문이었다.

내 비록 아내가 내게 돈을 놓고 가는 것이 싫지 않았다 하더라도 그것은 다만 고것이 내 손가락 닿는 순간에서부터 고 벙어리 주둥이에서 자취를 감추기까지의 하잘 것 없는 짧은 촉각이 좋았달 뿐이지 그 이상 아무 기쁨도 없다.

어느 날 나는 고 벙어리를 변소에 갖다 넣어 버렸다. 그 때 벙어리 속
에는 몇 푼이나 되는지 모르겠으나 고 은화들이 꽤 들어 있었다.

나는 내가 지구 위에 살며 내가 이렇게 살고 있는 지구가 질풍신뢰의
속력으로 광대무변의 공간을 달리고 있다는 것을 생각했을 때 참 허망
하였다. 나는 이렇게 부지런한 지구 위에서는 현기증도 날 것 같고 해서
한시바삐 내려 버리고 싶었다.

이불 속에서 이런 생각을 하고 난 뒤에는 나는 고 은화를 고 벙어리에
넣고 넣고 하는 것조차 귀찮아졌다. 나는 아내가 손수 벙어리를 사용하
였으면 하고 생각하였다.

벙어리도 돈도 사실은 아내에게만 필요한 것이지 내게는 애초부터 의
미가 전연 없는 것이었으니까 될 수만 있으면 그 벙어리를 아내는 아내
방으로 가져갔으면 하고 기다렸다.

그러나 아내는 가져가지 않는다. 나는 내가 아내 방으로 가져다 둘까
하고 생각하여 보았으나 그 즈음에는 아내의 내객이 워낙 많아서 내가
아내 방에 가 볼 기회가 도무지 없었다. 그래서 나는 하는 수 없이 변소
에 갖다 집어넣어 버리고 만 것이다.

나는 서글픈 마음으로 아내의 꾸지람을 기다렸다. 그러나 아내는 끝내
아무 말도 하지 않았다. 않았을 뿐 아니라 여전히 돈은 돈대로 머리맡에
놓고 가지 않나! 내 머리맡에는 어느덧 은화가 꽤 많이 모였다.

내객이 아내에게 돈을 놓고 가는 것이나 아내가 내게 돈을 놓고 가는
것이나 일종의 쾌감… 그 외의 다른 아무런 이유도 없는 것이 아닐까 하
는 것을 나는 또 이불 속에서 연구하기 시작하였다.

쾌감이라면 어떤 종류의 쾌감일까를 계속하여 연구하였다. 그러나 그

것은 이불 속의 연구로는 알 길이 없었다. 쾌감, 쾌감, 하고 나는 뜻밖에도 이 문제에 대해서만 흥미를 느꼈다.

아내는 물론 나를 늘 감금하여 두다시피 하여 왔다. 내게 불평이 있을리 없다. 그런 중에도 나는 그 쾌감이라는 것의 유무를 체험하고 싶었다.

나는 아내의 밤 외출 틈을 타서 밖으로 나왔다. 나는 거리에서 잊어버리지 않고 가지고 나온 은화를 지폐로 바꾼다. 오 원이나 된다. 그것을 주머니에 넣고 나는 목적지를 잃어버리기 위하여 얼마든지 거리를 쏘다녔다. 오래간만에 보는 거리는 거의 경이에 가까울 만큼 내 신경을 흥분시키지 않고는 마지않았다. 나는 금시에 피곤하여 버렸다.

그러나 나는 참았다. 그리고 밤이 이슥하도록 까닭을 잃어버린 채 이 거리 저 거리로 지향 없이 헤매었다. 돈은 물론 한 푼도 쓰지 않았다. 돈을 쓸 아무 엄두도 나서지 않았다. 나는 벌써 돈을 쓰는 기능을 완전히 상실한 것 같았다.

나는 과연 피로를 이 이상 견디기가 어려웠다. 나는 가까스로 내 집을 찾았다. 나는 내 방을 가려면 아내 방을 통과하지 않으면 안 될 것을 알고, 아내에게 내객이 있나 없나를 걱정하면서 미닫이 앞에서 좀 거북살스럽게 기침을 한 번 했더니, 이것은 참 또 너무도 암상스럽게 미닫이가 열리면서 아내의 얼굴과 그 등 뒤에 낯 설은 남자의 얼굴이 이쪽을 내다보는 것이다. 나는 별안간 내어 쏟아지는 불빛에 눈이 부셔서 좀 머뭇머뭇했다.

나는 아내의 눈초리를 못 본 것은 아니다. 그러나 나는 모른 체하는 수밖에 없었다.

왜? 나는 어쨌든 아내의 방을 통과하지 아니하면 안 되니까….

나는 이불을 뒤집어썼다. 무엇보다도 다리가 아파서 견딜 수가 없었다.

이불 속에서는 가슴이 울렁거리면서 암만해도 까무러칠 것만 같았다. 걸을 때는 몰랐더니 숨이 차다. 등에 식은땀이 쭉 내 베인다. 나는 외출한 것을 후회하였다. 이런 피로를 잊고 어서 잠이 들었으면 좋았다. 한잠 잘 자고 싶었다.

얼마동안이나 비스듬히 엎드려 있었더니 차츰차츰 뚝딱 거리는 가슴 동계가 가라앉는다. 그만해도 우선 살 것 같았다. 나는 몸을 들쳐 반듯이 천장을 향하여 눕고 쭈욱 다리를 뻗었다.

그러나 나는 또 다시 가슴의 동계를 피할 수 없게 되었다. 아랫방에서 아내와 그 남자의 내 귀에도 들리지 않을 만큼 낮은 목소리로 소곤거리는 기척이 장지 틈으로 전하여 왔던 것이다. 청각을 더 예민하게 하기 위하여 나는 눈을 떴다. 그리고 숨을 죽였다.

그러나 그 때는 벌써 아내와 남자는 앉았던 자리를 툭툭 털고 일어섰고 일어서면서 옷과 모자 쓰는 기척이 나는 듯하더니 이어 미닫이가 열리고 구두 뒤축 소리가 나고 그리고 뜰에 내려서는 소리가 쿵 하고 나면서 뒤를 따르는 아내의 고무신 소리가 두어 발짝 찍찍나고 사뿐사뿐 나나하는 사이에 두 사람의 발소리가 대문 쪽으로 사라졌다.

나는 아내의 이런 태도를 본 일이 없다. 아내는 어떤 사람과도 결코 소곤거리는 법이 없다. 나는 윗방에서 이불을 쓰고 누웠는 동안에도 혹 술이 취해서 혀가 잘 돌아가지 않는 내객들의 담화는 더러 놓치는 수가 있어도 아내의 높지도 낮지도 않은 말소리는 일찍이 한마디도 놓쳐 본 일이 없다.

더러 내 귀에 거슬리는 소리가 있어도 나는 그것이 태연한 목소리로 내 귀에 들렸다는 이유로 충분히 안심이 되었다.

그렇던 아내의 이런 태도는 필시 그 속에 여간하지 않은 사정이 있는 듯 시피 생각이 되고 내 마음은 좀 서운했으나 그보다도 나는 좀 너무 피로해서 오늘만은 이불 속에서 아무것도 연구하지 않기로 굳게 결심하고 잠을 기다렸다. 낮잠은 좀처럼 오지 않았다. 대문간에 나간 아내도 좀처럼 들어오지 않았다. 그러는 동안에 흐지부지 나는 잠이 들어 버렸다. 꿈이 얼쑹덜쑹 종을 잡을 수 없는 거리의 풍경을 여전히 헤매었다.

　나는 몹시 흔들렸다. 내객을 보내고 들어온 아내가 잠든 나를 잡아 흔드는 것이다. 나는 눈을 번쩍 뜨고 아내의 얼굴을 쳐다보았다. 아내의 얼굴에는 웃음이 없다. 나는 좀 눈을 비비고 아내의 얼굴을 자세히 보았다. 노기가 눈초리에 떠서 얇은 입술이 바르르 떨린다. 좀처럼 이 노기가 풀리기는 어려울 것 같았다. 나는 그대로 눈을 감아 버렸다. 벼락이 내리기를 기다린 것이다. 그러나 쌔근 하는 숨소리가 나면서 부스스 아내의 치맛자락 소리가 나고 장지가 여닫히며 아내는 아내 방으로 돌아갔다.
　나는 다시 몸을 돌쳐 이불을 뒤집어쓰고는 개구리처럼 엎드리고 엎드려서 배가 고픈 가운데도 오늘 밤의 외출을 또 한 번 후회하였다.

　나는 이불 속에서 아내에게 사죄하였다. 그것은 네 오해라고… 나는 사실 밤이 퍽으나 이슥한 줄만 알았던 것이다. 그것이 네 말마따나 자정 전인지는 정말이지 꿈에도 몰랐다. 나는 너무 피곤하였다. 오래간만에 나는 너무 많이 걸은 것이 잘못이다.
　내 잘못이라면 잘못은 그것 밖에 없다. 외출은 왜 하였더냐고? 나는 그 머리맡에 저절로 모인 오 원 돈을 아무에게라도 좋으니 주어보고 싶었던 것이다. 그 뿐이다. 그러나 그것도 내 잘못이라면 나는 그렇게 알겠다. 나는 후회하고 있지 않나? 내가 그 오 원 돈을 써 버릴 수가 있었던들 나는 자정 안에 집에 돌아올 수 없었을 것이다. 그러나 거리는 너무

복잡하였고 사람은 너무도 들끓었다. 나는 어느 사람을 붙들고 그 오 원 돈을 내어 주어야할지 갈피를 잡을 수가 없었다. 그러는 동안에 나는 여지없이 피곤해 버리고 말았던 것이다.

나는 무엇보다도 좀 쉬고 싶었다. 눕고 싶었다. 그래서 나는 하는 수 없이 집으로 돌아온 것이다. 내 짐작 같아서는 밤이 어지간히 늦은 줄만 알았는데, 그것이 불행히도 자정 전이었다는 것은 참 안된 일이다. 미안한 일이다. 나는 얼마든지 사죄하여도 좋다. 그러나 종시 아내의 오해를 풀지 못하였다 하면 내가 이렇게까지 사죄하는 보람은 그럼 어디 있나? 한심하였다.

한 시간 동안을 나는 이렇게 초조하게 굴지 않으면 안 되었다. 나는 이불을 확 젖혀 버리고 일어나서 장지를 열고 아내 방으로 비칠비칠 달려갔던 것이다. 내게는 거의 의식이라는 것이 없었다.

나는 아내 이불 위에 엎드러지면서 바지 포켓 속에서 그 돈 오 원을 꺼내 아내 손에 쥐어 준 것을 간신히 기억할 뿐이다.

이튿날 잠이 깨었을 때 나는 내 아내 방 아내 이불 속에 있었다. 이것이 이 33번지에서 살기 시작한 이래 내가 아내 방에서 잔 맨 처음이었다.

해가 들창에 훨씬 높았는데 아내는 이미 외출하고 벌써 내 곁에 있지는 않다. 아니! 아내는 엊저녁 내가 의식을 잃은 동안에 외출한 것인지도 모른다. 그러나 나는 그런 것을 조사하고 싶지 않았다. 다만 전신이 찌뿌드드한 것이 손가락 하나 꼼짝할 힘조차 없었다. 책보보다 좀 작은 면적의 볕이 눈이 부시다. 그 속에서 수없이 먼지가 흡사 미생물처럼 난무한다. 코가 콱 막히는 것 같다. 나는 다시 눈을 감고 이불을 푹 뒤집어쓰고 낮잠을 자기에 착수하였다. 그러나 코를 스치는 아내의 체취는 꽤 도발적이었다. 나는 몸을 여러번 여러번 비비꼬면서 아내의 화장대에 늘어선 고 가지각색 화장품 병들의 마개를 뽑았을 때 풍기는 냄새를 더듬느라고 좀처럼 잠은 들지 않는 것을 나는 어찌하는 수도 없었다.

건디다 못하여 나는 그만 이불을 걷어차고 벌떡 일어나서 내 방으로 갔다. 내 방에는 다 식어빠진 내 끼니가 가지런히 놓여 있는 것이다. 내 방에는 다 식어 빠진 내 끼니가 가지런히 놓여 있는 것이다. 아내는 내 모이를 여기다 두고 나간 것이다. 나는 우선 배가 고팠다. 한 숟갈을 입에 떠 넣었을 때 그 촉감은 참 너무도 냉회와 같이 써늘하였다. 나는 숟갈을 놓고 내 이불 속으로 들어갔다. 하룻밤을 비웠던 내 이부자리는 여전히 반갑게 나를 맞아 준다. 나는 내 이불을 뒤집어쓰고 이번에는 참 늘어지게 한잠 잤다. 잘….

내가 잠을 깬 것은 전등이 켜진 뒤다. 그러나 아내는 아직도 돌아오지 않았나보다.

아니! 돌아왔다 또 나갔는지 알 수 없다. 그러나 그런 것을 상고하여 무엇하나? 정신이 한결 난다. 나는 밤일을 생각해 보았다. 그 돈 오 원을 아내 손에 쥐어 주고 넘어졌을 때에 느낄 수 있었던 쾌감을 나는 무엇이라고 설명할 수가 없었다. 그러나 내객들이 내 아내에게 돈 놓고 가는 심리며 내 아내가 내게 돈 놓고 가는 심리의 비밀을 나는 알아낸 것 같아서 여간 즐거운 것이 아니다.

나는 속으로 빙그레 웃어 보았다.

이런 것을 모르고 오늘까지 지내온 내 자신이 어떻게 우스꽝스럽게 보이는지 몰랐다.

따라서 나는 또 오늘 밤에도 외출하고 싶었다. 그러나 돈이 없다. 나는 또 엊저녁에 그 돈 오 원을 한꺼번에 아내에게 주어 버린 것을 후회하였다. 또 고 벙어리를 변소에 갖다 처 넣어 버린 것도 후회하였다. 나는 실없이 실망하면서 습관처럼 그 돈 오 원이 들어 있던 내 바지 포켓에 손을 넣어 한번 휘둘러보았다. 뜻밖에도 내 손에 쥐어지는 것이 있었다. 이 원 밖에 없다. 그러나 많아야 맛은 아니다. 얼마간이고 있으면 된다. 나는 그만한 것이 여간 고마운 것이 아니었다.

나는 기운을 얻었다. 나는 그 단벌 다 떨어진 골덴 양복을 걸치고 배고픈 것도 주제 사나운 것도 다 잊어버리고 활갯짓을 하면서 또 거리로 나섰다. 나서면서 나는 제발 시간이 화살 닫듯해서 자정 이어서 홱 지나 버렸으면 하고 조바심을 태웠다. 아내에게 돈을 주고 아내 방에서 자 보는 것은 어디까지든지 좋았지만 만일 잘못해서 자정 전에 집에 들어갔다가 아내의 눈총을 맞는 것은 그것은 여간 무서운 일이 아니었다.

나는 저물도록 길가 시계를 들여다보고, 들여다보고 하면서 또 지향 없이 거리를 방황하였다. 그러나 이날은 좀처럼 피곤하지는 않았다. 다만 시간이 좀 너무 더디게 가는 것만 같아서 안타까웠다.

경성역京城驛 시계가 확실히 자정을 지난 것을 본 뒤에 나는 집을 향하였다. 그날은 그 일각 대문에서 아내와 아내의 남자가 이야기하고 섰는 것을 만났다. 나는 모른 체하고 두 사람 곁을 지나서 내 방으로 들어갔다. 뒤이어 아내도 들어왔다. 와서는 이 밤중에 평생 안 하던 쓰레질을 하는 것이었다. 조금 있다가 아내가 눕는 기척을 엿보자마자 나는 또 장지를 열고 아내 방으로 가서 그 돈 이 원을 아내 손에 덥석 쥐어 주고 그리고… 하여간 그 이 원을 오늘 밤에도 쓰지 않고 도로 가져 온 것이 참 이상하다는 듯이 아내는 내 얼굴을 몇 번이고 엿보고… 아내는 드디어 아무 말도 없이 나를 자기 방에 재워 주었다. 나는 이 기쁨을 세상의 무엇과도 바꾸고 싶지는 않았다.

나는 편히 잘 잤다.

이튿날도 내가 잠이 깨었을 때는 아내는 보이지 않았다. 나는 또 내 방으로 가서 피곤한 몸이 낮잠을 잤다. 내가 아내에게 흔들려 깨었을 때는 역시 불이 들어온 뒤였다. 아내는 자기 방으로 나를 오라는 것이다. 이런 일은 또 처음이다. 아내는 끊임없이 얼굴에 미소를 띠고 내 팔을 이끄는 것이 다. 나는 이런 아내의 태도 이면에 엔간치 않은 음모가 숨어 있지나 않은가 하고 적이 불안을 느끼지 않을 수 없었다.

나는 아내의 하자는 대로 아내의 방으로 끌려갔다. 아내 방에는 저녁 밥상이 조촐하게 차려져 있는 것이다. 생각하여 보면 나는 이틀을 굶었다. 나는 지금 배고픈 것까지도 긴가민가 잊어버리고 어름어름하던 차다.

나는 생각하였다. 이 최후의 만찬을 먹고 나자마자 벼락이 내려도 나는 차라리 후회하지 않을 것을. 사실 나는 인간 세상이 너무나 심심해서 못 견디겠던 차다. 모든 것이 성가시고 귀찮았으나 그러나 불의의 재난이라는 것은 즐겁다.

나는 마음을 턱 놓고 조용히 아내와 마주 이 해괴한 저녁밥을 먹었다.

우리 부부는 이야기하는 법이 없었다. 밥을 먹은 뒤에도 나는 말이 없이 부스스 일어나서 내 방으로 건너가 버렸다. 아내는 나를 붙잡지 않았다. 나는 벽에 기대어 앉아서 담배를 한 대 피워 물고 그리고 벼락이 떨어질 테거든 어서 떨어져라 하고 기다렸다.

오 분! 십 분!

그러나 벼락은 내리지 않았다. 긴장이 차츰 풀어지기 시작한다. 나는 어느덧 오늘 밤에도 외출할 것을 생각하고 있었다. 돈이 있었으면 하고 생각하고 있었다.

그러나 돈은 확실히 없다. 오늘은 외출하여도 나중에 올 무슨 기쁨이 있나? 내 앞이 그저 아뜩하였다. 나는 화가 나서 이불을 뒤집어쓰고 이리 뒹굴 저리 뒹굴 굴렀다. 금시 먹은 밥이 목으로 자꾸 치밀어 올라온다. 메스꺼웠다.

하늘에서 얼마라도 좋으니 왜 지폐가 소낙비처럼 퍼붓지 않나? 그것이 그저 한없이 야속하고 슬펐다.

나는 이렇게 밤에 돈을 구하는 아무런 방법도 알지는 못했다. 나는 이불 속에서 좀 울었나 보다.

왜 없느냐면서….

그랬더니 아내가 또 내 방에를 왔다. 나는 깜짝 놀라 아마 이제서야 벼락이 내리려나보다 하고 숨을 죽이고 두꺼비 모양으로 엎드려 있었다. 그러나 떨어진 입을 새어나오는 아내의 말소리는 참 부드러웠다. 정다웠다. 아내는 내가 왜 우는지를 안다는 것이다. 돈이 없어서 그러는 게 아니란다.

나는 실없이 깜짝 놀랐다. 어떻게 사람의 속을 환하게 들여다보는고 해서 나는 한편으로 슬그머니 겁도 안 나는 것은 아니었으나 저렇게 말하는 것을 보면 아마 내게 돈을 줄 생각이 있나보다. 만일 그렇다면 오죽이나 좋은 일일까. 나는 이불 속에 뚤뚤 말린 채 고개도 들지 않고 아내의 다음 거동 을 기다리고 있으니까 "옜소" 하고 내 머리맡에 내려뜨리는 것은 그 가뿐한 음향으로 보아 지폐에 틀림없었다. 그리고 내 귀에다 대고 오늘일랑 어제보다도 늦게 돌아와도 좋다고 속삭이는 것이다.

그것은 어렵지 않다. 우선 그 돈이 무엇보다도 고맙고 반가웠다.

어쨌든 나섰다. 나는 좀 야맹증이다. 그래서 될 수 있는 대로 밝은 거리로 돌아다니기로 했다.

그리고는 경성역 일 이등 대합실 한 겹 티이루움에를 들렀다. 그것은 내게는 큰 발견이었다. 거기는 우선 아무도 아는 사람이 안 온다. 설사 왔다가도 곧 돌아가니까 좋다. 나는 날마다 여기 와서 시간을 보내리라 속으로 생각하여 두었다. 제일 여기 시계가 어느 시계보다도 정확하리라는 것이 좋았다. 섣불리 서투른 시계를 보고 그것을 믿고 시간 전에 집에 돌아갔다가 큰 코를 다쳐서는 안 된다.

나는 한 복스에 아무것도 없는 것과 마주 앉아서 잘 끓은 커피를 마셨다. 총총한 가운데 여객들은 그래도 한 잔 커피가 즐거운가보다. 얼른얼른 마시고 무얼 좀 생각하는 것같이 담벼락도 좀 쳐다보고 하다가 곧 나가 버린다. 서글프다. 그러나 내게는 이 서글픈 분위기가 거리의 티이루움들의 그 거추장스러운 분위기보다는 절실하고 마음에 들었다. 이따금 들리는 날카로운 혹은 우렁찬 기적 소리가 모오짜르트보다도 더 가깝다.

나는 메뉴에 적힌 몇 가지 안 되는 음식 이름을 치읽고 내리읽고 여러 번 읽었다. 그 것들은 아물아물하는 것이 어딘가 내 어렸을 때 동무들 이름과 비슷한 데가 있었다.

거기서 얼마나 내가 오래 앉았는지 정신이 오락가락하는 중에 객이 슬며시 뜸해지면서 이 구석 저 구석 걷어치우기 시작하는 것을 보면 아마 닫는 시간이 된 모양이다. 열 한 시가 좀 지났구나. 여기도 결코 내 안주의 곳은 아니구나, 어디 가서 자정을 넘길까? 두루 걱정을 하면서 나는 밖으로 나섰다. 비가 온다.

빗발이 제법 굵은 것이 우비도 우산도 없는 나를 고생을 시킬 작정이다. 그렇다고 이런 괴이한 풍모를 차리고 이 홀에서 어물어물하는 수도 없고 에이 비를 맞으면 맞았지 하고 그냥 나서 버렸다.

대단히 선선해서 견딜 수가 없다. 골덴 옷이 젖기 시작하더니 나중에는 속속들이 스며들면서 추근거린다. 비를 맞아 가면서라도 견딜 수 있는 데까지 거리를 돌아다녀서 시간을 보내려 하였으나, 인제는 선선해서 이 이상은 더 견딜 수가 없다. 오한이 자꾸 일어나면서 이가 딱딱 맞부딪는다. 나는 걸음을 늦추면서 생각하였다. 오늘 같은 궂은 날도 아내에게 내객이 있을라구? 없겠지, 하는 생각이 드는 것이다.

집으로 가야겠다. 아내에게 불행히 내객이 있거든 내 사정을 하리라. 사정을 하면 이렇게 비가 오는 것을 눈으로 보고 알아주겠지.

부리나케 와 보니까 그러나 아내에게는 내객이 있었다. 나는 너무 춥고 척척해서 얼떨김에 노크하는 것을 잊었다. 그래서 나는 보면 아내가 덜 좋아할 것을 그만 보았다.

나는 감발자국 같은 발자국을 내면서 덤벙덤벙 아내 방을 디디고 내 방으로 가서 쭉 빠진 옷을

활활 벗어 버리고 이불을 뒤썼다. 덜덜덜덜 떨린다. 오한이 점점 더 심해 들어온다. 여전 땅이 꺼져 들어가는 것만 같았다. 나는 그만 의식을 잃어버리고 말았다.

이튿날 내가 눈을 떴을 때 아내는 내 머리맡에 앉아서 제법 근심스러운 얼굴이다.

나는 감기가 들었다. 여전히 으스스 춥고 또 골치가 아프고 입에 군침이 도는 것이 씁쓸하면서 다리, 팔이 척 늘어져서 노곤하다. 아내는 내 머리를 쓱 짚어 보더니 약을 먹어야지 한다. 아내 손이 이마에 선뜻한 것을 보면 신열이 어지간한 모양인데 약을 먹는다면 해열제를 먹어야 하고 속생각을 하자니까 아내는 따뜻한 물에 하얀 정제 약 네 개를 준다. 이것을 먹고 한잠 푹 자고 나면 괜찮다는 것이다. 나는 널름 받아먹었다. 쌉싸름한 것이 짐작 같아서는 아마 아스피린인가 싶다.

나는 다시 이불을 쓰고 단번에 그냥 죽은 것처럼 잠이 들어 버렸다.

나는 콧물을 홀쩍홀쩍 하면서 여러 날을 앓았다. 앓는 동안에 끊이지 않고 그 정제 약을 먹었다.

그러는 동안에 감기도 나았다. 그러나 입맛은 여전히 소태처럼 썼다.

나는 차츰 또 외출하고 싶은 생각이 났다. 그러나 아내는 나더러 외출

하지 말라고 이르는 것이다. 이 약을 날마다 먹고 그리고 가만히 누워 있으라는 것이다. 공연히 외출을 하다가 이렇게 감기가 들어서 저를 고생시키는 게 아니란다. 그도 그렇다. 그럼 외출을 하지 않겠다고 맹세하고 그 약을 연복하여 몸을 좀 보해 보리라고 나는 생각하였다.

나는 날마다 이불을 뒤집어쓰고 밤이나 낮이나 잤다. 유난스럽게 밤이나 낮이나 졸려서 견딜 수가 없는 것이다. 나는 이렇게 잠이 자꾸만 오는 것은 내가 몸이 훨씬 튼튼해진 증거라고 굳게 믿었다.

나는 아마 한 달이나 이렇게 지냈나보다. 내 머리와 수염이 좀 너무 자라서 후틋해서 견딜 수가 없어서 내 거울을 좀 보리라고 아내가 외출한 틈을 타서 나는 아내 방으로 가서 아내의 화장대 앞에 앉아 보았다. 상당하다. 수염과 머리가 참 상당하였다.

오늘은 이발을 좀 하리라고 생각하고 겸사겸사 고 화장품 병들 마개를 뽑고 이것저것 맡아 보았다. 한동안 잊어버렸던 향기 가운데서는 몸이 배배 꼬일 것 같은 체취가 전해 나왔다. 나는 아내의 이름을 속으로만 한 번 불러 보았다. "연심이…" 하고… 오래간만에 돋보기 장난도 하였다. 거울 장난도 하였다. 창에 든 볕이 여간 따뜻한 것이 아니었다. 생각하면 오월이 아니냐.

나는 커다랗게 기지개를 한 번 켜 보고 아내 베개를 내려 베고 벌떡 자빠져서는 이렇게도 편안하고 즐거운 세월을 하느님께 흠씬 자랑하여 주고 싶었다. 나는 참 세상의 아무것과도 교섭을 가지지 않는다. 하느님도 아마 나를 칭찬할 수도 처벌할 수도 없는 것 같다.

그러나 다음 순간 실로 세상에도 이상스러운 것이 눈에 띄었다. 그것은 최면 약 아달린 갑이었다.

나는 그것을 아내의 화장대 밑에서 발견하고 그것이 흡사 아스피린처럼 생겼다고 느꼈다. 나는 그 것을 열어 보았다. 꼭 네 개가 비었다.

나는 오늘 아침에 네 개의 아스피린을 먹은 것을 기억하고 있었다. 나는 잤다. 어제도 그제도 그끄제도… 나는 졸려서 견딜 수가 없었다. 나는 감기가 다 나았는데도… 아내는 내게 아스피린을 주었다. 내가 잠이 든 동안에 이웃에 불이 난 일이 있다. 그때에도 나는 자느라고 몰랐다.

이렇게 나는 잤다. 나는 아스피린으로 알고 그럼 한 달 동안을 두고 아달린을 먹어온 것이다.

이것은 좀 너무 심하다.

별안간 아뜩하더니 하마터면 나는 까무러칠 뻔하였다. 나는 그 아달린을 주머니에 넣고 집을 나섰다. 그리고 산을 찾아 올라갔다.

인간 세상의 아무것도 보기가 싫었던 것이다. 걸으면서 나는 아무쪼록 아내에 관계되는 일은 일체 생각하지 않도록 노력하였다. 길에서 까무러치기 쉬우니까다. 나는 어디라도 양지가 바른 자리를 하나 골라 자리를 잡아 가지고 서서히 아내에 관하여서 연구할 작정이었다. 나는 길가의 돌 장판, 구경도 못한 진개나리꽃, 종달새, 돌멩이도 새끼를 까는 이야기, 이런 것만 생각하였다. 다행히 길 가에서 나는 졸도하지 않았다.

거기는 벤치가 있었다. 나는 거기 정좌하고 그리고 그 아스피린과 아달린에 관하여 연구하였다.

그러나 머리가 도무지 혼란하여 생각이 체계를 이루지 않는다. 단 오분이 못가서 나는 그만 귀찮은 생각이 번쩍 들면서 심술이 났다. 나는 주머니에서 가지고 온 아달린을 꺼내 남은 여섯 개를 한꺼번에 질겅질겅 씹어 먹어 버렸다. 맛이 익살맞다. 그러고 나서 나는 그 벤치 위에 가로 기다랗게 누웠다. 무슨 생각으로 내가 그 따위 짓을 했나, 알 수가 없다. 그저 그러고 싶었다. 나는 게서 그 냥 깊이 잠이 들었다. 잠결에도 바위 틈으로 흐르는 물소리가 졸졸 하고 언제까지나 귀에 어렴풋이 들려 왔다.

내가 잠을 깨었을 때는 날이 환히 밝은 뒤다. 나는 거기서 일주야를 잔

것이다. 풍경이 그냥 노오랗게 보인다. 그 속에서도 나는 번개처럼 아스피린과 아달린이 생각났다.

아스피린, 아달린, 아스피린, 아달린, 마르크6), 말사스7), 마도로스, 아스피린, 아달린…… 아내는 한 달 동안 아달린을 아스피린이라고 속이고 내게 먹였다.

그것은 아내 방에서 이 아달린 갑이 발견된 것으로 미루어 증거가 너무나 확실하다.

무슨 목적으로 아내는 나를 밤이나 낮이나 재웠어야 됐나? 나를 밤이나 낮이나 재워 놓고, 그리고 아내는 내가 자는 동안에 무슨 짓을 했나? 나를 조금씩 조금씩 죽이려던 것일까? 그러나 또 생각하여 보면 내가 한 달을 두고 먹어 온 것이 아스피린이었는지도 모른다. 아내는 무슨 근심되는 일이 있어서 밤이면 잠이 잘 오지 않아서 정작 아내가 아달린을 사용한 것이나 아닌지? 그렇다면 나는 참 미안하다. 나는 아내에게 이렇게 큰 의혹을 가졌다는 것이 참 안됐다.

나는 그래서 부리나케 거기서 내려왔다. 아랫도리가 홰홰 내어 저이면서 어찔어찔한 것을 나는 겨우 집을 향하여 걸었다. 여덟 시 가까이였다.

나는 내 잘못된 생각을 죄다 일러바치고 아내에게 사죄하려는 것이다. 나는 너무 급해서 그만 또 말을 잊어버렸다. 그랬더니 이건 참 큰일 났다. 나는 내 눈으로 절대로 보아서 안 될 것을 그만 딱 보아 버리고 만 것이다.

나는 얼떨결에 그만 냉큼 미닫이를 닫고 그리고 현기증이 나는 것을

---

6) 마르크: 마르크스(Karl Marx). 공산주의운동의 창시자로 『자본론』의 저자.

7) 말사스: 맬서스(Malthus). 영국의 경제학자. 인구론을 경제학의 중심으로 보았다.

진정시키느라고 잠깐 고개를 숙이고 눈을 감고 기둥을 짚고 섰자니까, 일 초 여유도 없이 홱 미닫이가 다시 열리더니 매무새를 풀어헤친 아내가 불쑥 내밀면서 내 멱살을 잡는 것이다. 나는 그만 어지러워서 게가 나둥그러졌다.

그랬더니 아내는 넘어진 내 위에 덮치면서 내 살을 함부로 물어뜯는 것이다. 아파 죽겠다. 나는 사실 반항할 의사도 힘도 없어서 그냥 넙적 엎드려 있으면서 어떻게 되나 보고 있자니까, 뒤이어 남자가 나오는 것 같더니 아내를 한 아름에 덥석 안아 가지고 방으로 들어가는 것이다. 아내는 아무 말 없이 다소곳이 그렇게 안겨 들어가는 것이 내 눈에 여간 미운 것이 아니다. 밉다.

아내는 너 밤새워 가면서 도둑질하러 다니느냐, 계집질하러 다니느냐고 발악이다. 이것은 참 너무 억울하다. 나는 어안이 벙벙하여 도무지 입이 떨어지지를 않았다. 너는 그야말로 나를 살해하려 던 것이 아니냐고 소리를 한 번 꽥 질러 보고도 싶었으나, 그런 긴가민가한 소리를 섣불리 입 밖에 내었다가는 무슨 화를 볼는지 알 수 없다. 차라리 억울하지만 잠자코 있는 것이 우선 상책인 듯시피 생각이 들길래, 나는 이것은 또 무슨 생각으로 그랬는지 모르지만 툭툭 떨고 일어나서 내 바지 포켓 속에 남은 돈 몇 원, 몇십 전을 가만히 꺼내서는 몰래 미닫이를 열고 살며시 문지방 밑에다 놓고 나서는, 나는 그냥 줄 달음박질을 쳐서 나와 버렸다.

여러 번 자동차에 치일 뻔하면서 나는 그래도 경성역으로 찾아갔다. 빈자리와 마주 앉아서 이 쓰디쓴 입맛을 거두기 위하여 무엇으로나 입 가심을 하고 싶었다.

커피! 좋다. 그러나 경성역 홀에 한 걸음 들여 놓았을 때 나는 내 주머니에는 돈이 한 푼도 없는 것을 그것을 깜박 잊었던 것을 깨달았다. 또 아뜩하였다. 나는 어디선가 그저 맥없이 머뭇머뭇하면서 어쩔 줄을 모를 뿐이었다. 얼빠진 사람처럼 그저 이리 갔다 저리 갔다 하면서….

나는 어디로 어디로 들입다 쏘다녔는지 하나도 모른다. 다만 몇 시간 후에 내가 미쓰꼬시[8] 옥상에 있는 것을 깨달았을 때는 거의 대낮이었다.

나는 거기 아무 데나 주저앉아서 내 자라 온 스물여섯 해를 회고하여 보았다. 몽롱한 기억 속에서는 이렇다는 아무 제목도 불거져 나오지 않았다.

나는 또 내 자신에게 물어 보았다. 너는 인생에 무슨 욕심이 있느냐고, 그러나 있다고도 없다고도 그런 대답은 하기가 싫었다. 나는 거의 나 자신의 존재를 인식하기조차도 어려웠다.

허리를 굽혀서 나는 그저 금붕어를 들여다보고 있었다. 금붕어는 참 잘들도 생겼다. 작은놈은 작은놈대로 큰놈은 큰놈대로 다 싱싱하니 보기 좋았다. 내려 비치는 오월 햇살에 금붕어들은 그릇 바탕에 그림자를 내려뜨렸다. 지느러미는 하늘하늘 손수건을 흔드는 흉내를 낸다. 나는 이 지느러미 수효를 헤어 보기도 하면서 굽힌 허리를 좀처럼 펴지 않았다. 등이 따뜻하다.

나는 또 오탁의 거리를 내려다보았다. 거기서는 피곤한 생활이 똑 금붕어 지느러미처럼 흐늑흐늑 허우적거렸다. 눈에 보이지 않는 끈적끈적한 줄에 엉켜서 헤어나지들을 못한다. 나는 피로와 공복 때문에 무너져 들어가는 몸뚱이를 끌고 그 오탁의 거리 속으로 섞여 가지 않는 수도 없다 생각하였다.

나서서 나는 또 문득 생각하여 보았다. 이 발길이 지금 어디로 향하여 가는 것인가를… 그때 내 눈앞에는 아내의 모가지가 벼락처럼 내려 떨어졌다. 아스피린과 아달린.

---

8) 미쓰꼬시: 식민지시대에 서울에 있었던 백화점 이름. 지금의 신세계백화점.

우리들은 서로 오해하고 있느니라. 설마 아내가 아스피린 대신에 아달린의 정량을 나에게 먹여 왔을까? 나는 그것을 믿을 수는 없다. 아내가 대체 그럴 까닭이 없을 것이니, 그러면 나는 날밤을 새면서 도둑질을 계집질을 하였나? 정말이지 아니다.

우리 부부는 숙명적으로 발이 맞지 않는 절름발이인 것이다. 내나 아내나 제 거동에 로직을 붙일 필요는 없다. 변해할 필요도 없다. 사실은 사실대로 오해는 오해대로 그저 끝없이 발을 절뚝거리면서 세상을 걸어가면 되는 것이다. 그렇지 않을까?

그러나 나는 이 발길이 아내에게로 돌아가야 옳은가 이것만은 분간하기가 좀 어려웠다. 가야하나? 그럼 어디로 가나?

이때 뚜우 하고 정오 사이렌이 울었다. 사람들은 모두 네 활개를 펴고 닭처럼 푸드덕거리는 것 같고 온갖 유리와 강철과 대리석과 지폐와 잉크가 부글부글 끓고 수선을 떨고 하는 것 같은 찰나! 그야말로 현란을 극한 정오다.

나는 불현듯 겨드랑이가 가렵다. 아하, 그것은 내 인공의 날개가 돋았던 자국이다. 오늘은 없는 이 날개. 머릿속에서는 희망과 야심이 말소된 페이지가 딕셔너리 넘어가듯 번뜩였다.

나는 걷던 걸음을 멈추고 그리고 일어나 한 번 이렇게 외쳐 보고 싶었다.

날개야 다시 돋아라.
날자. 날자. 한 번만 더 날자꾸나.
한 번만 더 날아 보자꾸나.

《『조광(朝光)』, 1936년》

지주회시(䵷䵷會豕)

1

그날 밤에 그의 아내가 층계에서 굴러 떨어지고… 공연히 내일 일을 글탄말라고 어느 눈치 빠른 어른이 타일러 놓으셨다. 옳고말고다. 그는 하루치씩만 잔뜩 산生다. 이런 복음에 곱신히 그는 벙어리(속지 말라)처럼 말들이 없다. 잔뜩 산다. '아내에게 무엇을 물어 볼이오?' 그러니까 아내는 대답할 일이 생기지 않고 따라서 부부는 식물처럼 조용하다. 그러나 식물은 아니다. 아닐 뿐 아니라 여간 동물이 아니다. 그래서 그런지 그는 이 귤 궤짝만한 방안에 무슨 연줄로 언제부터 이렇게 있게 되었는지 도무지 기억에 없다. 오늘 다음에 오늘이 있는 것. 내일 조금 전에 오늘이 있는 것. 이런 것은 영 따지지 않기로 하고 그저 얼마든지 오늘 헐

일없이 눈 가린 마차 말의 동강 난 시야視다. 눈을 뜬다.

이번에는 생시가 보인다. 꿈에는 생시를 꿈꾸고 생시에는 꿈을 꿈꾸고 어느 것이나 재미있다. 오후 네 시. 옮겨 앉은 아침… 여기가 아침이냐. 날 마다다. 그러나 물론 그는 한 번씩 한 번씩이다. (어떤 巨大한 母체가 나를 여기다 갖다 버렸나) 그저 한 없이 게으른 것… 사람 노릇을 하는 체 대체 어디 얼마나 기껏 게으를 수 있나 좀 해보자. 게으르지… 그저 한 없이 게으르자. 시끄러워도 그저 모른 체하고 그저 게으르기만 하면 다 된다. 살고 게으르고 죽고… 가로되 사는 것이라 면떡 먹기다. 오후 네 시. 다른 시간은 다 어디 갔나. 대수냐. 하루가 한 시간도 없는 것이라기로서니 무슨 성화가 생기나. 또 거미. 아내는 꼭 거미. 라고 그는 믿는다. 저것이어서 도로 환투1)를 하여서 거미형상을 나타내었으면… 그러나 거미를 총으로 쏘아 죽였다는 이야기는 들은 일이 없다. 보통 말로 밟아 죽이는데 신발 신기커녕 일어나기도 싫다.

그러니까 마찬가지다. 이방에 그 외에 또 생각 생각하여 보면… 맥이 뼈를 디디는 것이 빤히 보이고, 요 밖으로 내어놓는 팔뚝이 밴댕이처럼 꼬스르하다. 이 방이 그냥 거민 게다. 그는 거미 속에 가 넓적하게 드러누워 있는 게다. 거미냄새다. 이 후덥지근한 냄새는 아하 거미 냄새다. 그래도 그는 아내가 거미인 것을 잘 알고 있다. 가만둔다. 그리고 기껏 게을러서 아내 - 人거미 - 로 하여금 육체의 자리(或, 틈)를 주지 않게 한다. 방밖에서 아내는 부스럭거린다. 내일 아침보다는 너무 이르고 그렇다고 오늘 아침보다는 너무 늦은 아침밥을 짓는다. 예이 덧문을 닫는다. (민활하게) 방안에 색종이로 바른 반닫이가 없어진다. 반닫이는 참 보기

---

1) 환투: 환퇴(幻退)의 오기. 환퇴는 형상을 바꾸어서 다시 태어난다는 뜻으로 환생과 같은 말이다.

싫다. 대체 세간이 싫다. 세간은 어떻게 하라는 것인가. 왜 오늘은 있나. 오늘이 있어서 반닫이를 보아야 되느냐. 어두워졌다. 계속하여 게으른다. 오늘과 반닫이가 없어져하고. 그러나 아내는 깜짝 놀란다. 덧문을 닫는 남편. 잠이나 자는 남편이 덧문을 닫았더니 생각이 많다. 오줌이 마려운가… 가려운가… 아니 저 인물이 왜 잠을 깨었나. 참 신통한 일은 어쩌다가 저렇게 사生는지… 사는 것이 신통한 일이라면 또 생각하여 보면 자는 것은 더 신통한 일이다. 어떻게 저렇게 자나? 저렇게도 많이 자나? 모든 일이 희한한 일이었다.

남편. 어디서부터 어디까지가 부부람. 남편, 아내가 아니라도 그만 아내이고 마는 거야. 그러나 남편은 아내에게 무엇을 하였느냐. 담벼락이라고 외풍이나 가려 주었더냐. 아내는 생각하다보니까 참 무섭다는 듯이 - 또 정말이지 무서웠겠지만 - 이 닫은 덧문을 얼른 열고 늘 들어도 처음 듣는 것 같은 목소리로 어디 말을 건네 본다. 여보 - 오늘은 크리스마스요 - 봄날 같이 따뜻(이것이 원체 틀린 화근이다)하니 수염 좀 깎소. 도무지 그의 머리에서 그 거미의 어렵디 어려운 말 들이 사라지지 않는데 들은 크리스마스라는 한마디 말은 참 서늘하다. 그가 어쩌다가 그의 아내와 부부가 되어버렸나. 아내가 그를 따라온 것은 사실이지만 왜 따라왔나? 아니다. 와서 왜 가지 않았나 - 그것은 분명하다. 왜 가지 않았나 이것이 분명하였을 때 - 그들이 부부 노릇을 한지 1년 반쯤 된 때… 아내는 갔다. 그는 아내가 왜 갔나를 알 수 없었다. 그 까닭에 도저히 아내를 찾을 길이 없었다. 그런데 아내는 왔다.

그는 왜 왔는지를 알았다. 지금 그는 아내가 왜 안 가는지를 알고 있다. 즉 경험에 의하면 그렇다. 그는 그렇다고 왜 안 가는지를 일부러 몰라버릴 수도 없다. 그냥 아내가 설사 또 간다고 하더라도 왜 안 오는지를 잘 알고 있는 그에게로 불쑥 돌아와 주었으면 하고 바라기나 한다. 수염을 깎고 첩첩이 닫아버린 번지에서 나섰다. 때는 크리스마스가 봄날같이 따뜻하였다. 태양이 그동안에 퍽 자란가도 싶었다. 눈이 부시고, 또 몸이 까까 짓도 하고 땅은 힘이 들고 두꺼운 벽이 더덕더덕 붙은 빌딩들을 쳐다보는 것은 보는 것만으로도 넉넉히 숨이 차다

아내의 흰 양말이고 동색 털양말로 변한 것, 계절은 방 속에서 묵는 그에게 겨우 제목만을 전하였다. 겨울… 가을이 가기도 전에 내 닥친 겨울에서 처음으로 인사 비슷이 기침을 하였다. 봄날같이 따뜻한 겨울날 - 필시 이런 날 이 세상에 흔히 있는 공일날이나 아닌지 - 그러나 바람은 뺨에도 콧방울에도 차다. 저렇게 바쁘게 씨근거리는 사람, 무거운 통, 짐, 구두, 사냥개, 야단치는 소리, 안 열린 들창 모든 것이 견딜 수 없이 답답하다. 숨이 막힌다. 어디로가 볼까. (A 取引店[2]) (생각나는 명함) (吳군[3]) (자랑마라) (24일 날 월급이던가) 동행이라도 있는 듯이 그는 팔짱을 내저으며 싹둑싹둑 썰어 붙인 것 같이 얄팍한 A취인점 담벼락을 삥삥 싸고돌다가 이 속에는 무엇이 있나. 공기? 사나운 공기리라. 살을 저미는… 과연 보통 공기가 아니었다. 눈에 핏줄 - 새빨갛게 달은 전화 - 그의 허섭수룩한 몸은 금시에 타 죽을 것 같았다. 吳는 어느 회전의자에 병마개 모양으로 명처있었다.

꿈과 같은 일이다. 吳는 장부를 뒤져 주소, 씨명을 차곡차곡 써 내려가면서 미남자인 채로 생동생동(살고)있었다. 조의부調査部라는 패가 붙은 방 하나를 독차지 하고 방사벽에 다가는 빈틈없이 방안方眼지에 그린 그림 아닌 그림을 발라놓았다.

"저런 걸 많이 연구하면 대강은 짐작이 났으렷다."

---

2) 取引店 : 취인점. 상점. 거래소.
3) 吳군: 이상과 18세부터 친구로 지낸 문종혁(文鍾爀).

"도통 허면 돈이 돈 같지 않아지느니."

"돈 같지 않으면 그럼 방안方眼지 같은가?"

"방안方眼지?"

"그래, 도통은?"

"흐흠… 나는 도로 그림이 그리고 싶어진데."

그러나 吳는 야위지 않고는 배기기 어려웠던가 싶다. 술… 그럼 색? 吳는 완전히 吳 자신을 활활 열어 젖혀놓은 모양이었다. 흡사 그가 吳앞에서나 세상 앞에서나 그 자신을 첩첩이 닫고 있듯이. 오냐, 왜 그러니 나는 거미다. 연필처럼 야위어가는 것, 피가 지나가지 않는 혈관, 생각하지 않고도 없어지지 않는 머리, 콱 막힌 머리, 코 없는 생각, 거미… 거미 속에서 안 나오는 것, 내다보지 않는 것, 취하는 것, 정신없는 것. 방房… 버선처럼 생긴 방房이었다. 아내였다. 거미라는 탓이었다. 吳는 주소 씨명을 멈추고 그에게 담배를 내밀었다. 그러자 연기를 가르면서 문이 열렸다.

(퇴사시간) 뚱뚱한 사람이 말처럼 달려들었다. 뚱뚱한 신사는 吳와 깨끗하게 인사를 한다. 가느다란 몸집을 한 吳는 굵은 목소리를 굵은 몸집을 한 신사와 가느다란 목소리로 주고받고 하는 신선한 회화다.

"사장께서는 나가셨나요?"

"네… 참이 백 명이 좀 넘는데요."

"넉넉합니다. 먼저 오시겠지요."

"한 시간쯤 미리 가지요."

"에… 또, 에… 또, 에 또, 에 또 그럼 그렇게 알고."

"가시겠습니까."

툭탁하고 나더니 뚱뚱한 신사는 곁에 앉은 그를 흘깃 보고 고개를 돌리고 지나갈 듯하다가 다시 흘깃 본다. 그는 내 인사를 하면 어떻게 되더라? 하고 망싯망싯 하다가 그만 얼떨결에 꾸뻑 인사를 하여 버렸다. 이 무슨 염치없는 짓인가. 뚱뚱 신사는 인사를 받더니 받아가지고는 그냥 싱긋 웃듯이 나가버렸다. 이 무슨 모욕인가. 그의 귀에는 뚱뚱 신사가 대체 누군가를 생각해보는 동안에도

"어떠십니까."

하는 뚱뚱 신사의 손가락질 같은 말 한마디가 남아서 웽웽 한다. 어떠냐니 무엇이 어떠냐구… 아니 그게 누군가… 오라오라. 뚱뚱 신사는 바로 그의 아내가 다니고 있는 카페 R회관 주인이었다. 아내가 또 온 것은 서너 달 전이다. 와서 그를 먹여 살리겠다는 것이었다. 빚 백 원百圓을 얻어 쓸 때 그는 아내를 앞세우고 이 뚱뚱이 보는데 타원형 도장을 찍었다. 그때 유카다4) 입고 내려다보던 눈에서 느낀 굴욕을 오늘이라고 잊었을까. 그러나 그는 이게 누군지 도체 생각나기 전에 어언간 이 뚱뚱이에게 고개를 수그리지 않았나. 지금. 지금. 골수에 스미고 말았나보다. 칙칙한 근성이… 모르고 그랬다고 하면 말이 될까? 더럽구나. 무슨 구실로 변명하여야 되나.

에라! 에잇! 아무 것도 차라리 억울해하지 말자. - 이렇게 맹세하자 - 그러나 그의 뺨이 화끈화끈 달았다. 눈물이 새금새금 맺혀 들어왔다. 거미… 분명히 그 자신이 거미였다. 물부리처럼 야위어 들어가는 아내를 빨아먹는 거미가 너 자신인 것을 깨달아라. 내가 거미다. 비린내 나는 입이다. 아니 아내는 그럼 그에게 아무것도 안 빨아먹느냐. 보렴… 이 파랗게 질린 수염 자국, 퀭한 눈, 늘씬하게 만연되나마나하는 형용없는 영양營養을… 보아라, 아내가 거미다. 거미 아닐 수 있으랴. 거미와 거미, 거미와 거미냐. 서로 빨아 먹느냐. 어디로 가나. 마주 야위는 까닭은 무

---

4) 유카다: 일본인들이 목욕을 한 뒤 또는 여름철에 입는 무명 홑옷.

엇인가. 어느 날 아침에나 뼈가 가죽을 찢고 내밀리려는지 그 손바닥만 한 아내의 이마에는 땀이 흐른다.

아내의 이마에 손을 얹고 그래도 여전히 그는 잔인하게 아내를 밟았다. 밟히는 아내는 삼경이면 쥐꼬리를 지르며 찌그러지곤 한다. 내일 아침에 퍼지는 염낭처럼. 그러나 아주까리[5] 같은 사치한 꽃이 핀다. 방은 밤마다 홍수가 나고 이튿날이면 쓰레기가 한 삼태기씩이나 났고 아내는 이 묵직한 쓰레기를 담아가지고 늦은 아침 - 오후 네 시 - 뜰로 내려가서 그도 대리代理하여 두 사람 치의 해를 보고 들어온다. 금 긋듯이 아내는 작아 들어갔다. 쇠와 같이 독한 꽃 - 독한 거미 - 문을 닫자. 생명에 뚜껑을 덮었고 사람과 사람이 사귀는 버릇을 닫았고 그 자신을 닫았다. 온갖 벗에서, 온갖 관계에서, 온갖 희망에서, 온갖 慾에서, 그리고 온갖 욕에서⋯ 다만 방안에서만 그는 활발하게 발광할 수 있다.

미역 핥듯 핥을 수도 있었다. 전등은 그런 숨결 때문에 곧잘 꺼졌다. 밤마다 이방은 고달팠고 뒤집어엎었고 방안은 기어 병들어 가면서도 빠득빠득 버티고 있다. 방안은 쓰러진다. 밖에야 있는 세상⋯ 암만 기다려도 그는 나가지 않는다. 손바닥만한 유리를 통하여 꿋꿋이 걸어가는 세월을 볼 수 있을 따름이었다. 그러나 밤이 그 유리조각마저도 얼른얼른 닫아 주었다. 안된다고. 그러자 뭇는 그의 무색해하는 것을 볼 수 없다는 듯이 들창셔터를 내렸다. 자 나가세. 그는 여기서 나가지 않고 그냥 그의 방으로 돌아가고 싶었다. (육六 원짜리 셋방) (방밖에 없는 방) (편한 방) 그럴 수는 없나.

"그 뚱뚱이 어떻게 아나?"

"그저 알지."

---

5) 아주까리: 대극과의 한해살이풀. 피마자.

"그저라니."

"그저."

"친헌가."

"천만에… 대체 그게 누군가?"

"그거… 그건 가부 꾼이지. 우리 취인점 허구는 돈 만원 거래나 있지."

"흠."

"개천에서 용龍이 나려니까."

"흠."

카페는 뚱뚱이 부업인 모양이었다. 내일 밤은 a취인점이고 객을 초대하는 망년회가 R카페 삼층 홀에서 열릴 터이고 吳는 그 준비를 맡았단다. 이따가 느지막해서 吳는 R회관에 좀 들른단다. 그들은 찻점에서 우선 홍차를 마셨다. 크리스마스트리 곁에서 축음기가 깨끗이 울렸다. 두루마기처럼 길다란 외투, 기름 바른 머리, 금시계, 보석 박힌 넥타이핀, 이런 모든 吳의 차림, 차림이 한없이 그의 눈에 거슬렸다. 어쩌다가 저지경이 되었을까. 아니 내야 말로 어쩌다가 이 모양이 되었을까. (돈이었다) 사람을 속였단다.

다 털어먹은 후에 볼품 좋게 여비를 주어서 쫓는 것이었다. 삼십三十까지 백만百萬 원. 주체할 수 없이 달라붙는 계집. 자네도 공연히 꾸물꾸물하지 말고 청춘을 이렇게 대우하라는 것이었다. (거침없는 吳이야기) 어쩌다가 아니… 어쩌다가 나는 이렇게 훨씬 물러앉고 말았나를 알 수가 없었다. 다만 모든 이런 吳의 저속한 큰소리가 맹탕 거짓말 같기도 하였으나 또 아니 부러워할래야 아니 부러워할 수 없는 형언 안 되는 것이 확실히 있는 것도 같았다. 지난봄에 吳는 인천에 있었다.

십년… 그들의 깨끗한 우정이 꿈과 같은 그들의 소년시대를 그냥 아름다운 것으로 남기게 하였다. 아직 싹트지 않은 이른 봄. 建강이 없는 그

는吳와 사직공원 산기슭을 같이 걸으며 吳가 긴히 이야기해야 겠다는
이야기를 듣고 있었다. 너무나 뜻밖의 일은 吳의 아버지는 백만의 가산
을 날리고 마지막 경매가 완전히 끝난 것이 바로 엊그제라는… 여러 형
제가운데 이 吳에게만 단 한 줄기 촉망을 두는 늙은 기미期米[6]호걸의 애
끓는 글을 吳는 속주머니에서 꺼내 보이고… 저버릴 수 없는 마음이…
吳는 운다. 우리 일생의 일로 정하고 있던 畵필[7]을 요만 일에 버리지 않
으면 안 되겠느냐는… 전에도 후에도 한 번밖에 없는 吳의 종종(淙淙[8])한
고백이었다. 그때 그는 봄과 함께 健강이 오기만 눈이 빠지게 고대하던
차… 그도 속으로 畵필을 던진 지 오래였고 묵묵히 머지않아 쪼개질 축
축한 지면을 굽어보았을 뿐이었다.

　그리고 뒤미처 태풍이 왔다. 오너라… 새 생활을 좀 보아라. 이런 吳의
부름을 빙그레 웃으며 그는 인천에 吳를 들렀다. 四四, 벅적대는 해안통,
k취인점 사무실 어디로 갔는지 모르는 吳의 형영 깎은 듯한 吳의 집무태
도를 그는 여전히 건강이 없는 눈으로 어이없이 들여다보고 오는 날을
탄식하였다 방은 전화자리 하나를 남기고 빽빽이 방안지로 메꿔져 있었
다. 낡기도 전에 갈리는 방안지 위에 붉은 선 푸른 선의 높고 낮은 것…
吳의 얼굴은 일시일각이 한결같지 않았다.
　밤이면 吳를따라 양철조각 같은 바로 얼마든지 쏘다닌 다음(시키시
마[9]) 나날이 축이 가는 몸을 다스릴 수 없었건만 이상스럽게는 여섯시
면 깨어서는 홰등잔 같은 눈알을 이리 굴리고 저리 굴리고 빨간 뺨이 까

6) 기미(期米): 양곡거래소에서 정기 거래의 목적물이 되는 쌀.
7) 화필(畵筆): 그림을 그리는 데 쓰는 붓.
8) 종종(淙淙): 물이 흐르는 소리나 모양 또는 금석(金石)의 소리.
9) 시키시마: 대화국(大和國). 일본의 다른 이름. 여기서는 카페의 이름인 듯하다.

딱하지 않고 아홉시까지는 해 안통 사무실에 낙자없이[10] 있었다. 피곤하지 않는 吳의 몸이 아마 금강력과 함께 - 필연 - 무슨 도道를 통하였나 보다. 낮이면 오의 아버지는 울적한 심사를 하나 남은 가야금에 붙이고 이따금 자그마한 수첩에 믿는 아들에게서 걸리는 전화를 만족한 듯이 적는다. 미닫이를 열면 경인 열차가 가끔 보인다. 그는 吳의 털외투를 걸치고 월미도 뒤를 돌아 드문드문 아직도 덜 떨어진 꽃나무 사이 잔디 위에 자리를 잡고 반듯이 누워서 봄이 오고 健강이 아니온 것을 글탄하였다.

내다보이는 바다… 개흙밭 위로 바다가 한불 드나들더니 날이 저물고 하였다. 오후 네 시 吳는 휘파람을 불며 이날마다 같은 잔디로 그를 찾아온다. 천막 친데서 흔들리는 포터블[11]을 들으며 차를 마시고 사슴을 보고 너무 긴 방죽 중간에서 좀 선선한 아이스크림을 사먹고 굴 캐는 것 좀 보고 吳방에서 신문과 저녁이 정답게 끝난다. 이런 한 달 - 五월 - 그는 바로 그 잔디 위에서 어느덧 배따라기를 배웠다. 흉중에 획책하던 일이 날마다 한 켜씩 바다로 흩어졌다. 인생에 대한 끝없는 주저를 잔뜩 지니고 인천서 돌아온 그의 방에서는 아내의 자취를 찾을 길이 없었다. 부모를 배역한 이런 아들을 아내는 기어이 이렇게 잘 뗑겨주는구나… (문학) (시)영구히 인생을 망설거리기 위하여 길 아닌 길을 내디뎠다.

그러나 또 튀려는 마음… 삐뚤어진 젊음(정치) 가끔 그는 투어리스트 뷰로[12]에 전화를 걸었다. 원양 항해의 배는 늘 방안에서만 기적도 불고 입항도 하였다. 여름이 그가 땀 흘리는 동안에 가고… 그러나 그의 등의

---

10) 낙자없이: 영락없이.

11) 포터블: 휴대용 라디오.

12) 투어리스트 뷰로: Tourist bureau. 여행사.

땀이 걷히기 전에 왕복엽서 모양으로 아내가 초조히 돌아왔다. 낡은 잡지 속에 섞여서 배고파하는 그를 먹여 살리겠다는 것이다. 왕복엽서 - 없어진 반半 - 눈을 감고 아내의 살에서 허다한 지분脂粉냄새를 맡았다. 그는 그의 생활의 서술敍述에 귀찮은 공을 쳤다. 끝났다. 먹여라, 먹으마, 머리도 잘라라, 머리 지지는 십 전짜리 인두, 속옷밖에 필요 치 않은 하루, R카페, 뚱뚱한 유가다 앞에서 얻은 백 원….

그러나 그 백 원을 그냥 쥐고 인천 吳에게로 달려가는 그의 귀에는 지난 5월 吳가 "백 원을 가져 오너라. 우선 석 달 만에 백 원 내놓고 오백 원을 주마"는 분간할 수 없지만 너무 든든한 한마디 말이 쟁쟁하였던 까닭이다. 그리고 도전盜電하는 그에게 아내는 제발이 저려 그랬겠지만 잠자코 있었다. 당하였다. 신문에서 배 시간표를 더러 보기도 하였다. 吳는 두서너 번 편지로 그의 그런 생활 태도를 여간 칭찬한 것이 아니다. 吳가 경성으로 왔다. 석 달은 한 달 전에 끝이 났는데 - 吳는 인천서 吳에게 버는 족족 털어 바치던 아내(라고 吳는 결코 부르지 않았지만)를 벗어버리고 - 그까짓 것은 하여간에 吳의 측량할 수 없는 깊은 우정은 그 넉달 전의 일도 또한 한 달 전에 으레 있었어야할 일도 광풍제월같이 잊어버린 참 반가운 편지가 요 며칠 전에 그의 닫은 생활을 뚫고 들어왔다. 그는 가을과 겨울을 잤다. 계속하여 자는 중이었다. "예이 그래 이 사람아 한번 파치13)가 된 계집을 또 데리고 살다니" 하는 吳의 필시 그럴 공연한 쑤석질도 싫었었고 - 그러나 크리스마스 - 아니다. 어디 꿩 구워 먹은 좋은 얼굴을 좀 보아두자. 좋은 얼굴, 전 날의 吳, 그런 것이지, 주체할 수 없게 되기 전에 여기다가 동그라미를 하나 쳐두자. 물론 아내는 아무것도 모른다.

---

13) 파치: 파손되어서 못쓰게 된 물건.

2

그날 밤에 아내는 멋없이 이 층계에서 굴러 떨어졌다. 못났다. 도저히 알아볼 수 없는 이 긴가민가한 吳와 그는 어디서 술을 먹었다. 분명히 아내가 다니고 있는 R회관은 아닌 그러나 역시 그는 그의 아내와 조금도 틀린 곳을 찾을 수 없는 너무 많은 그의 아내들을 보고 소름이 끼쳤다. 별의별 세상이다. 저렇게 해놓으면 어떤 것이 어떤 것인지 - 오… 가는 것을 보면 알겠군. - 두 시에는 남편 노릇하는 사람들이 일일이 영접하러 오는 그들 여급의 신기한 생활을 그는 들어 알고 있다.

아내는 마중오지 않는 그를 애정을 구실로 몇 번이나 책망하였으나 들키면 어떻게 하려느냐 - 누구에게 - 즉, 상대는 보기 싫은 넓적하게 생긴 세상이다. 그는 이 왔다 갔다 하는 똑같이 생긴 화장품 - 사실 화장품의 고하高下가 그들을 구별시키는 외에는 표 난데라고는 영 없었다. 얼숭덜숭한 아내들을 두리번두리번 돌아보았다. 헤헤… 모두 그렇겠지. 가서는 방에서 - 참 당신은 너무 닮았구려. - 그러나 아내는 화장품을 잘 사용하지 않으니까. 아내의 파리한 바탕 주근깨, 코보다 작은 코, 입 보다 얇은 입.(화장한 당신이 화장 안한 아내를 닮았다면?)

"용서하오."

그러나 아내만은 왜 그렇게 야위나. 무엇 때문에 (네 罪) (네가 모르느냐) (알지) 그러나 이 여자를 좀 보아라. 얼마나 이글이글 하게 살이 알르냐 잘 쪘다. 곁에 와 앉기만 하는데도 후끈후끈 하는구나. 吳의 귓속 말이다.

"이게 마유미야. 이 뚱뚱보가 하릴없이 양 돼진데 좋아 좋단 말이야.

金알 낳는 게사니14)이야. 기알지(알지) 화수분이야. 하루 저녁에 三원 四원 五원, 잡힐 물건이 없는데 돈 주는 전당국이야. (정말?) 아… 나의 사랑하는 마유미거든."

지금쯤은 아내도 저 짓을 하렸다. 아프다. 그의 찌푸린 얼굴을 얼른 뭇가 껄껄 웃는다. 흥… 고약하지. - 하지만 들어보게 - '소바15)'에 계집은 절대 금물이다. 그러나 살을 저며 먹이려고 달려드는 것을 어쩌느냐. (옳다) 계집이란 무엇이냐. 돈 없이 계집은 무의미다. 아니, 계집 없는 돈이야말로 무의미다. (옳다) 뭇야 어서 다음을 계속하여라. 따면 따는 대로 금시계를 산다. 몇 개든지, 또 보석, 털외투를 산다, 얼마든지 비싼 것으로. 잃으면 그놈을 끄린다. 옳다.

(옳다 옳다) 그러나 이직은 좀 안타까운걸. 어떻게 하는고 하니 계집을 하나 찰짜로 골라 가지고 쓱 시계보석을 사주었다가 도로 빼앗아다가 그리고 또 사주었다가 또 빼앗아다가 그리고 - 그러니까 사주기는 사주었는데 그놈이 평생 가야 제 것이 아니고 내 것이거든 - 쓱 얼마를 그런 다음에는 - 그러니까 꼭 여급이라야만 쓰거든 - 하루 저녁에 아따 얼마를 벌든지 버는 대로 털거든. 살을 저며 먹이려 드는데 하루에 아… 삼사三 四원 털기 쯤 - 보석은 또 여전히 사주니까 남은 것은 없어도 여러 번 사준 폭되고 내가 거미지 거민줄 알면서도 - 아니야, 나는 또 제 요구를 안 들어주는 것은 아니니까 - 그렇지만 셋방하나 얻어 가지고 같이 살자는 데는 학질이야-여보 게 거기가지 가면 삼십三十까지 백百만 원 꿈은 세봉16)이지. (옳다? 옳다?) 소바란 놈 이따가 부자 되는 수효보다는 지금

---

14) 게사니: 거위의 사투리.

15) 소바: 상장(相場)의 일본식 발음. 여기서는 미두(米豆)를 가리킴.

16) 세봉: 좋지 않은 일. 큰 탈이 날 일.

거지되는 수효가 훨씬 더 많으니까. 다 저런 것이 하나 있어야 든든하지. 즉 배수진背水陣을 쳐놓자는 것이다.

吳는 현명하니까 이 金알 낳는 게사니 배를 가를리는 천만만무다. 저 더덕덕덕 붙은 볼따구니 두껍다란 입술을 생각하면 다시없이 귀엽기도 할밖에.

그의 눈은 주기로 하여 차차 몽롱하여 들어왔다. 개개 풀린 시선이 그 마유미라는 고깃덩어리를 부러운 듯이 살피고 있었다. 아내, 마유미, 아내, 자꾸 말라가는 아내, 꼬챙이 같은 아내, 그만 좀 마르지. 마유미를 좀 보려무나. 넓적한 잔등이 푼다. 분한 폭, 幅, 폭을… 세상은 고르지도 못하지. 하나는 옥수수 과자 모양으로 무럭무럭 부풀어 오르고 하나는 눈에 보이듯이 오그라들고 - 보자 어디 좀 보자 - 인절미 굽듯이 부풀어 올라오는 것이 눈으로 보이렸다. 그러나 그의 눈은 어항에든 금붕어처럼 눈자위 속에서 그저 오르락내리락 꿈틀거릴 뿐이었다.

화려하게 웃는 마유미의 복스러운 얼굴이 해초처럼 느리게 움직이는 것이 희미하게 보일 뿐이었다. 吳는 이런 코를 찌르는 화장품 속에서 웃고 소리 지르고 손뼉을 치고 또 웃었다. 왜 吳에게만 저런 강력한 것이 있나. 분명히 吳는 마유미에게 여위지 못하도록 금禁하여 놓았으리라. 명령하여 놓았나보다. 장하다. 힘. 의지? 그런 강력한 것… 그런 것은 어디서 나오나. 내 그런 것만 있다면 이 노릇 안하지 - 일하지 - 하여도 잘하지 - 들창을 열고 뛰어내리고 싶었다. 아내에게서 그 착한 끄나풀을 끌러 던지고 훨훨 줄 달음박질을 쳐서 달아나 버리고 싶었다. 내의지가 작용하지 않는 온갖 것아, 없어져라. 닫자. 첩첩이 닫자. 그러나 이것도 힘이 아니면 무엇이랴. 시뻘겋게 상기한 눈이 살기를 때우고 명멸하는 황홀 겸 담벼락에 숨 쉬일 구멍을 찾았다. 그냥 벌벌 떨었다. 텅 비인 골속에 회초리 바람이 일어난 것 같이 완전히 전후를 가리지 못하는 일개 그는 추잡한 취한으로 화하고 말았다.

　그때 마유미는 그의 귀에다 대고 속삭인다. 그는 목을 움칫 하면서 혀를 내밀어 널름널름 하여 보였다. 그러나 저러나 너무 먹었나보다. 취하였거니와 이것은 배가 좀 너무 부르다. 마유미 무슨 이야기요.

　"저 이가 거짓 말장 인줄 제가 모르는 줄 아십니까. 알아요. (그래서)미술가라지요. 생 딴 전을 해놓겠지요. 좀 타일러주세요. 어림없이 그라지 말라구요. 이 마유미는 속는 게 아니라고요. 제가 이러는 게 그야 저 좀 반하긴 반했지만 선생님은 아시지요. (알고말고) 어쨌든 저따위 끄나풀이 한 마리 있어야 삽니다. (뭐? 뭐?) 생각해 보세요. 그래 하룻밤에 삼사 三四 원씩 벌어야 뭣에다 쓰느냐 말이에요. 화장품을 사나요? 옷감을 끊나요. 허긴 한두 번 아니 여 남은 번 까지는 아주 비싼 놈으로 골라서 그 짓도 허지요. 허지만 허구한 날 화장품을 사나요. 옷감을 끊나요? 거기다 뭐하나요. 얼마 못가서 싫증이 납니다. 그럼 거지를 주나요? 아이 구참… 이 세상에서 제일 미운 게 거집니다. 그래도 저런 끄나풀을 한 마리 가지는 게 화장품이나 옷감보다는 훨씬 낫습니다. 좀처럼 싫증나는 법이 없으니까요. - 즉 남자가 외도하는 - 아니 좀 다릅니다. 하여간 싸움을 해가면서 벌어다가 그날 저녁으로 저 끄나풀한테 빼앗기고 나면… 아니 송두리째 갖다 바치고 나면 속이 시원합니다. 구수합니다. 그러니까 저를 빨아먹는 거미를 제 손으로 세움이지요. 그렇지만 또 이 허전한 것을 저 끄나풀이 다수굿이 채워 주려니 하면 아까운 생각은커녕 즈이가 되려 거민가 싶습니다. 돈을 한 푼도 벌지 말면 그만이겠지만 인제 그만해도 이 생활이 살에 척 배여 버려서 얼른 그만두기도 어렵고 허자니 그러기는 싫습니다. 이를 북북 갈아 제쳐가면서 기를 쓰고 빼앗습니다."

　양말… 그는 아내의 양말을 생각하여 보았다. 양말 사이에서는 신기하게도 밤마다 지폐와 은화가 나왔다. 오십五十 전짜리가 딸랑하고 방바닥에 굴러 떨어질 때 듣는 그 음향은 이 세상 아무것에도 비길 수 없는 가장 숭엄한 감각에 틀림없었다. 오늘밤에는 아내는 또 몇 개의 그런 은화를 정강이에서 배앝아 놓으려나. 그 북어와 같은 종아리에 난 돈 자국 - 돈이 살을 파고 들어가서 - 고놈이 아내의 정기를 속속들이 빨아 내이나 보다. 아 - 거미 - 잊어 버렸던 거미, 돈도 거미… 그러나 눈앞에 놓여있는 너무나 튼튼한 쌍 거미… 너무 튼튼하지 않으냐. 담배를 한 대 피워 물고 참… 아내야. 대체 내가 무엇인줄 알고 죽지 못하게 이렇게 먹여 살리느냐. 죽는 것, 사는 것. 그는 천하다. 그의 존재는 너무나 우스꽝스럽다. 스스로 지나치게 비웃는다.

그러나 - 두 시 - 그 황홀한 동굴 - 방房 - 을 향하여 걸음은 빠르다. 여러 골목을 지나 - 뭇야 너는 너 갈 데로 가거라. 따듯하고 밝은 들창과 들창을 볼 적마다 닭, 개, 소는 이야기로만 그리고 그림엽서… 이런 펄펄 끓는 심지를 부여잡고 그 화끈화끈한 방을 향하여 쏟아지듯이 몰려간다. 전신의 피, 무게, 와 있겠지, 기다리겠지, 오래간만에 취한 실없는 사건, 허리가 녹아 나도록 이 녀석, 이 녀석, 이 엉뚱한 발음, 숨을 힘껏 들이 쉬어라. 그리고 참자. 에라. 그만 아주 미쳐 버려라. 그러나 웬일일까. 아내는 방에서 기다리고 있지 않았다. 아하… 그날이 왔구나. 왜 갔는지 모르는데 가 버리는 날 - 하필? 그러나 (왜 왔는지 알기 전에)왜 갔는지 모르고 지내는 중에 너는 또 오려느니 - 내친걸음이다. 아니, 아주 닫아버릴까. 수챗구멍에 빠져서라도 섣불리 세상이 업신여기려도 업신여길 수 없도록 트집거리를 주어서는 안 된다. R카페, 내일 A취인점이고 객을 초대하는 망년회를 열 - 아내 - 뚱뚱 주인이 받아가 지고 간 내 인사 - 이 저주받아야 할 R카페의 뒷문으로 하여 주춤주춤 그는 조바17)에 그

---

17) 조바: 帳場. 상점이나 여관, 요리점 등에서 장부기장이나 돈 계산하는 곳. 카운터.

의 협수룩한 꼴을 나타내었다. 조바 내다. 안다. 너희들이 얼마에 사다가 얼마에 파나 - 알면 무엇을 하나 - 여보 안경 쓴 부인 말 좀 물읍시다. (어이구 복작거리기도 한다. 이 속에서 어떻게 들 사노.) 부인은 통신부 같이 생긴 종이 조각에 차례차례 도장을 하나씩만 찍어준다. 아내는 일상 말하였다. 얼마를 벌든지 일원씩만 갚는 법이라고 - 딴은 무이자無利子다. 어째서 무이자냐. (아느냐)돈이 같지 않더냐. 그야 말로 도통을 하였느냐. 그래

"나미꼬가 어디 있습니까."

"댁에서 오셨나요. 지금 경찰서에게 있습니다."

"뭘 잘못했나요."

"아, 아니… 이거 어째 이렇게 칠칠치가 못할까."는 듯이 칼을 들고 나온 쿡이 똑똑히 좀 들으라는 이야기다. 아내는 층계에서 굴러 떨어졌다. 넌 왜 요렇게 빼빼 말랐니.

"아야… 아야… 놓으세요."

"말 좀 해봐."

"아야… 놓으세요. (눈물 핑 돌면서)당신은 왜 그렇게 양돼지 모양으로 살이 쪘어요."

"뭣이, 양돼지? - 양돼지가 아니고 - 에이 발칙한 것."

그래서 발길로 채였고 채여서는 층계에서 굴러 떨어졌고 굴러 떨어졌으니 분하고, 모두 분하다.

"과히 다치지는 않았지만 그런 놈은 버릇을 가르쳐 주어야 하느니 그래 경관은 내가 불렀소이다."

말라깽이라고 그런 점잖은 손님의 농담에 어찌 외람히 말대꾸를 하였으며 말대꾸도 유분수지 양돼지라니… 그래 생각해 보아라. 네가 말라

깽이가 아니고 무엇이냐. 암… 내라도 양돼지 소리를 듣고는 - 아니 말라깽이 소리를 듣고는 - 아니 양돼지 소리를 듣고는 - 아니다, 아니다 말라깽이 소리를 듣고는 - 나도 사실은 말라깽이지만 - 그저 있을 수 없다. 양돼지라 그래줄 밖에… 아니 그래 양돼지라니 그런 괘씸한 소리를 듣고 내가 손님이라면 - 아니 내가 여급이라면 - 당치 않은 말. 내가 손님이라면 그냥 패주겠다. 그렇지만 아내야 양돼지 소리 한 마디만은 잘했다 그러니까 걸어채었지. 아니 나는 대체 누구 편이냐. 누구 편을 들고 있는 세음이냐. 그 대그락대그락 하는 몸이 은근히 다쳤겠지. 접시 깨지듯 했겠지. 아프다, 아프다. 앞이 다 캄캄하여 지기 전에 사부로가 씨근씨근 왔다. 남편 되는 이더러 오란 단다. 바로 나요. 마침 잘되었습니다. 나쁜 놈입니다. 고소하세요. 여급들과 보이들과 이다바[18])들의 동정은 실로 나미꼬 일신 위에 집중되어 형세 자못 온건치 않은 것이었다. 경찰서 숙직실. - 이상하다 - 우선 경부보[19])와 순사 그리고 뭇, R카페 뚱뚱 주인 그리고 과연 양돼지와 같은 범인 (저건 내라도 양돼지라고 자칫 그러기 쉬울걸) 그리고 난로 앞에 새파랗게 질린 체 쪼그리고 앉아 있는 새앙쥐만한 아내. 그는 얼빠진 사람 모양으로 이 진기한 - 도저히 있을 법하지 않은 콤비네이션을 몇 번이고 두루 살펴보았다. 그는 비칠비칠 그 양돼지 앞으로 가서 그 개기름 흐르는 얼굴을 한참이나 들여다보더니 떠억

"당신입디까."

"당신입디까."

아마 안면이 무던히 있나 보다. 서로 쳐다보며 빙그레 웃는 속이… 그

---

18) 이다바: 주방, 요리사라는 뜻의 일본말.

19) 경부보: 경부의 아래. 순사부장의 위이던 판임관의 경찰관.

러나 아내야 가만있자. 제발 울음을 그쳐라. 어디 이야기나 좀 해보자꾸나. 후… 한숨을 내쉬고 났더니 멈췄던 취기가 한꺼번에 치밀어 올라오면서 그는 금시로 그 자리에 쓰러질 것 같았다. 와이셔츠 자락이 바지 밖으로 삐져나온 이 양돼지에게 말을 건넨다.

"뵈옵기에 퍽 몸이 약하신데요."

"딴 말씀."

"딴 말씀이라니."

"딴 말씀이지."

"딴 말씀이지라니."

"허… 딴 말씀이라니까."

"허… 딴 말씀이라니까 라니."

그때 참다못하여 경부보가 소리를 질렀다. 그리고 그대가 나미코의 정당한 남편인가. 이름은 무엇인가. 직업은 무엇인가 하는 질문에는 질문마다 그저 한 없이 공손히 고개를 숙여주었을 뿐이었다. 고개만 그렇게 공연히 숙였다 치켰다 할 것이 아니라 그대는 그래 고소할 터인가 즉 말하자면 이 사람을 어떻게 하였으면 좋겠는가. 그렇습니다.(당신들 눈에 내가 구더기만큼이나 보이겠소? 이 사람을 어떻게 하였으면 좋을 까는 내가 모르면 경찰이 알겠거니와 그래 내가 하라는 대로하겠다는 말이요?) 지금 내가 어떻게 하였으면 좋을 까는 누구에게 물어보아야 되나요. 거기 섰는 吳. 그리고 내 아내의 주인 나를 위하여 가르쳐주소. 어떻게 하였으면 좋으리까 눈물이 어느 사이에 뺨을 흐르고 있었다. 술이 점점 더 취하여 들어온다. 그는 이 자리에서 어떻다고 차마 입을 벌릴 정신도 용기도 없었다. 吳와 뚱뚱주인이 그의 어깨를 건드리며 위로한다.

"다른 사람이 아니라 우리 A취인점 전무야. 술 취한 개라니 그렇게만 알게나 그려. 자네도 알다시피 내일 망년회에 전무가 없으면 사장이 없는 것이 상이야. 잘 화해할 수는 없나."

"화해라니 누구를 위해서."

"친구를 위하여."

"친구라니."

"그럼 우리 점을 위해서."

"자네가 사장인가."

그때 뚱뚱 주인이

"그럼 당신의 아내를 위하여."

백 원씩 두 번 얻어 썼다. 남은 것이 백 오십 원, 잘 알아들었다. 나를 위협하는 모양이구나.

"이건 동화지만 세상에는 어쨌든 이런 일도 있소. 즉 백 원이 석 달 만에 꼭 오백 원이 되는 이야긴데 꼭 되었어야 할 오백 원이 그게 넉 달이었기 때문에 깜 쪽같이 한 푼도 없어져버린 신기한 이야기요 (吳야 내가 좀 치사스러우냐.) 자 이런 일도 있는데 일개 여급 발길로 차는 것쯤이야 팥고물이 아니고 무엇이겠소? (그러나 吳야 일 없다, 일 없다.) 지나는 가겠소. 왜들 이렇게 성가시게 구느냐, 나는 아무 것에도 참견하기 싫다. 이 술을 곱게 삭이고 싶다. 나를 보내 주시오. 아내를 데리고 가겠어. 그리고는 다 마음대로 하시오."

밤 - 홍수가 고갈한 최초의 밤 - 신기하게도 건조한 밤이었다. 아내야 너는 이 이상 더 야위어서는 안 된다. 절대로 안 된다. 명령해둔다. 그러나 아내는 참새모양으로 깽깽 신열까지 내어 가면서 날이 새도록 앓았다. 그 곁에서 그는 이것은 너무나 염치없이 씨근씨근 쓰러지자마자 잠이 들어버렸다. 안 골던 코까지 골고 아… 정말 돼지는 누구냐. 너무 피곤하였던 것이다. 그냥 기가 막혀버렸던 것이다. 그동안… 긴 시간. 아내는 아침에나 갔다. 사부로가 부르러 왔기 때문이다. 경찰서로 간단다.

그도 오란다. 모든 것이 귀찮았다. 다리 저는 아내를 억지로 내어 보내 놓고 그는 인간세상의 하품을 한번 커다랗게 하였다. 한없이 게으른 것이 역시 제일이구나. 첩첩이 덧문을 닫고 않는 소리 없는 방안에서 이번에는 정말… 제발 될 수 있는 대로 아내는 오래 걸려서 이따가 저녁때가 되거든 돌아왔으면 그러든지… 경우에 따라서는 아내가 아주 가버리기를 바라기조차 하였다. 두 다리를 쭉 뻗고 깊이깊이 잠이 좀 들어 보고 싶었다. 오후 두 시… 10원 지폐가 두 장이었다. 아내는 그 앞에서 연해 해죽거렸다.

"누가 주드냐."

"당신 친구 吳씨가 줍디다."

吳, 吳… 역시 吳로구나. (그게 네 백 원 꿀떡 삼킨 동화의 주인공이다.) 그리운 지난날의 기억들이 변한다. 모든 것이 변한다. 아무리 그가 이 방문을 첩첩 닫고 일 년 열두 달을 수염도 안 깎고 누워있다 하더라도 세상은 그 잔인한 '관계'를 가지고 담벼락을 뚫고 스며든다. 오래간만에 잠다운 잠을 참 한잠 늘어지게 잤다. 머리가 차츰 맑아 들어온다.

"吳가 주드라 그래. 뭐라고 그리면서 주드냐."

"전무가 술이 깨서 참 잘못했다고 사과하더라고."

"너 대체 어디까지 갔다 왔느냐."

"조바까지,"

"잘한다… 그래 그걸 넙죽 받았느냐."

"안 받으려다가 정 잘못했다고 그리드라니까."

그럼 吳의 돈은 아니다. 전무? 뚱뚱주인 둘 다 있을 법한 일이다. 아니, 십 원씩 추렴인가, 이런 때 왜 그의 머리는 맑은가. 그냥 흐려서 아무 것도 생각할 수 없이 되어 버렸으면 작히 좋겠나. 망년회 오후. 고소. 위자료. 구더기. 구더기만 못한 인간. 아내는 아프다면서 재재 대인다.

"공돈이 생겼으니 써버립시다. 오늘은 안 나갈 테야. (멍든데 고약 사바를 생각은 꿈에도 하지 않고) 내일 낮에 치마가 한감 저고리가 한감 (뭣이 하나 뭣이 하나) (그래서 십 원은 까불린 다음) 나머지 십 원은 당신 구두한 켤레 맞춰주기로."

마음대로 하려무나. 나는 졸립다. 졸려 죽겠다. 코를 풀어버리더라도 내게 의논마라. 지금쯤 R회관 삼 층에 얼마나 장중한 연회가 열렸을 것이며 양돼지전무는 와이셔츠를 접어 넣고 얼마나 점잖을 것인가. 유치장에서 연회로(공장에서 가정으로) 20원짜리, 200여명, 칠면조, 햄, 소제지, 비계, 양돼지, 일 년 전, 이 년 전, 십 년 전, 수염, 냉회[20]와 같은 것, 남은 것, 뼈다귀, 지저분한 자국, 과연 무엇이 남았느냐. 닮은 1년 동안 산채 썩어 들어가는 그 앞에 가로놓인 아가리 딱 벌린 일월이었다.

위로가 될 수 있었나보다. 아내는 혼곤히 잠이 들었다. 전등이 딱들 하다는 듯이 물끄러미 내려다보고 있다. 진종일을 물 한 모금 마시지 않았다. 이 십 원 때문에 그들 부부는 먹어야 산다는 철칙을… 그 장중한 법률을 완전히 거역할 수 있었다.

이것이 지금 이 기괴망측한 생리 현상이 즉 배가 고프다는 상태렸다. 배가 고프다. 한심한 일이다. 부끄러운 일이었다. 그러나 뭇네 생활에 내 생활을 비교하여 아니 내 생활에 네 생활을 비교하여 어떤 것이 진정 우수한 것이냐. 아니 어떤 것이 진정 열등한 것이냐. 외투를 걸치고 모자를 얹고 그리고 잊어 비리지 않고 그 20원을 주머니에 넣고 집 방을 나섰다. 밤은 안개로 하여 흐릿하다. 공기는 제대로 썩어 들어가는지 쉬적지근하다. 또… 과연 거미다.(환투) 그는 그의 손가락을 코 밑에 가져다가 가만히 맡아 보았다. 거미 내음새는… 그러나 이 십 원을 요모조모

---

20) 냉회: 冷灰. 불기운이 도무지 없는 차디찬 재.

주무르던 그 새금한 지폐냄새가 그윽할 뿐이었다. 요 새금한 내음새…
요것 때문에 세상은 가만있지 못하고 생사람을 더러 잡는다. 더러 가무
냐. 얼마나 많이 축을 내나. 가다듬을 수 없는 어지러운 심정이었다. 거
미… 그렇지. 거미는 나 밖에 없다. 보아라. 지금 이 거미의 끈적끈적한
촉수가 어디로 몰려가고 있나. 쪽 소름이 끼치고 식은땀이 내솟기 시작
이다.

　노한 촉수, 마유미, 못의 자신 있는 계집, 끄나풀, 허전한 것, 수단은 없
다. 손에 쥐인 이십 원, 마유미, 십 원은 물먹고 십 원은 팁으로 주고 그
래서 마유미가 응하지 않거든 예이 양돼지라고 그래 버리지. 그래도 그
만이라면 이 십 원은 그냥 날아가… 헛되다. 그러나 어떠냐 공돈이 아니
냐. 전무는 한 번 더 아내를 층계에서 굴러 떨어뜨려 주려무나. 또 이 십
원이다. 십 원은 술값, 십 원은 팁. 그래도 마유미가 응하지 않거든 양돼
지라고 그래 주고 그래도 그만이면 이 십 원은 그냥 뜨는 것이다. 부탁이
다 아내야. 또 한 번 전무 귀에다 대이고 양돼지 그래라. 걷어차거든 두
말말고 층계에서 내리 굴러라.

《 『중앙32』 , 1936년》

봉별기(逢別記)

1

　스물세 살이요. 삼월이요.

　각혈이다. 여섯 달 잘 기른 수염을 하루 면도칼로 다듬어 코밑에 다만 나비만큼 남겨 가지고 약 한 제 지어 들고 B라는 신개지新開地 한적한 온천으로 갔다. 게서 나는 죽어도 좋았다.

　그러나 이내 아직 기를 펴지 못한 청춘이 약탕관을 붙들고 늘어져서는 날 살리라고 보채는 것은 어찌하는 수가 없다. 여관 한등(寒燈) 아래 밤이면 나는 늘 억울해했다.

　사흘을 못 참고 기어이 나는 여관 주인영감을 앞장세워 밤에 장고소리 나는 집으로 찾아갔다. 게서 만난 것이 금홍錦紅[1]이다.

"몇 살인구?"

체대體大가 비록 풋고추만하나 깡그라진 계집이 제법 맛이 맵다. 열여섯 살? 많아야 열아홉 살이지 하고 있자니까,

"스물한 살이에요."

"그럼 내 나인 몇 살이나 돼 뵈지?"

"글쎄 마흔? 서른아홉?"

나는 그저 흥! 그래 버렸다. 그리고 팔짱을 떡 끼고 앉아서는 더욱더욱 점잖은 체했다. 그냥 그날은 무사히 헤어졌건만.

이튿날 화우畵友 K군2)이 왔다. 이 사람인즉 나와 농하는 친구다. 나는 어쩌는 수 없이 그 나비 같다면서 달고 다니던 코밑수염을 아주 밀어 버렸다. 그리고 날이 저물기가 급하게 또 금홍이를 만나러 갔다.

"어디서 뵌 어른 겉은데."

"엊저녁에 왔던 수염 난 양반, 내가 바루 아들이지. 목소리꺼지 닮았지?"

하고 익살을 부렸다. 주석이 어느덧 파하고 마당에 내려서다가 K군의 귀에 대고 나는 이렇게 속삭였다.

"어때? 괜찮지? 자네 한번 얼러 보게."

"관두게, 자네나 얼러 보게."

"어쨌든 여관으로 껄구 가서 짱껭뿡3)을 해서 정허기루 허세나."

"거 좋지."

---

1) 금홍(錦紅): 이상이 23세 때 황해도 배천 온천에서 만나 동거생활을 했던 술집 여자.

2) K군: 구본웅(1906~1953). 서양화가. 꼽추의 몸으로 예술을 통해 생의 희열을 찾으려 했으며, 입체주의의 영향을 받아 지적이고 분석적인 화풍을 지녔었다. 이상과는 매우 깊은 친구로 이상의 초상화를 그린 것이 남아 있다.

3) 짱껭뿡: 가위바위보.

그랬는데 K군은 측간에 가는 체하고 피해 버렸기 때문에 나는 부전승으로 금홍이를 이겼다. 그날 밤에 금홍이는, 금홍이가 경산부[4]라는 것을 감추지 않았다.

"언제?"

"열여섯 살에 머리 얹어서 열일곱 살에 낳았지."

"아들?"

"딸."

"어딨나?"

"돌 만에 죽었어."

지어 가지고 온 약은 집어치우고 나는 전혀 금홍이를 사랑하는 데만 골몰했다. 못난 소린 듯하나 사랑의 힘으로 각혈이 다 멈췄으니까. 나는 금홍이에게 놀음 채를 주지 않았다. 왜? 날마다 밤마다 금홍이가 내 방에 있거나 내가 금홍이 방에 있거나 했기 때문에.

그 대신….

우馬라는 불란서 유학생의 유야랑(遊冶郎[5])을 나는 금홍이에게 권하였다. 금홍이는 내 말대로 우씨와 더불어 '독탕'에 들어갔다. 이 '독탕'이라는 것은 좀 음란한 설비였다. 나는 이 음란한 설비 문간에 나란히 벗어 놓은 우씨와 금홍이 신발을 보고 언짢아하지 않았다.

나는 또 내 곁방에 와 묵고 있는 C라는 변호사에게도 금홍이를 권하였다. C는 내 열성에 감동되어 하는 수 없이 금홍이 방을 범했다.

그러나 사랑하는 금홍이는 늘 내 곁에 있었다. 그리고 우, C 등등에게서 받은 십 원 지폐를 여러 장 꺼내 놓고 어리광 섞어 내게 자랑도 하는

---

4) 경산부: 분만을 경험한 산부.

5) 유야랑(遊冶郎): 방탕을 일삼는 화류남.

것이었다.

　그러자 나는 백부님 소상 때문에 귀경하지 않으면 안 되게 되었다. 복
숭아꽃이 만발하고 정자 곁으로 석간수가 졸졸 흐르는 좋은 터전을 한
군데 찾아가서 우리는 석별의 하루를 즐겼다. 정거장에서 나는 금홍이
에게 십 원 지폐 한 장을 쥐어 주었다. 금홍이는 이것으로 전당잡힌 시계
를 찾겠다고 그러면서 울었다.

2

　금홍이가 내 아내가 되었으니까 우리 내외는 참 사랑했다. 서로 지나
간 일은 묻지 않기로 하였다. 과거래야 내 과거가 무엇 있을 까닭이 없고
말하자면 내가 금홍이 과거를 묻지 않기로 한 약속이나 다름없다.

　금홍이는 겨우 스물한 살인데 서른한 살 먹은 사람보다도 나았다. 서
른한 살 먹은 사람보다도 나은 금홍이가 내 눈에는 열일곱 살 먹은 소녀
로만 보이고 금홍이 눈에 마흔 살 먹은 사람으로 보인 나는 기실 스물세
살이요, 게다가 주책이 좀 없어서 똑 여남은 살 먹은 아이 같다. 우리 내
외는 이렇게 세상에도 없이 현란絢亂하고 아기자기하였다.

　부질없는 세월이… 일년이 지나고 팔월, 여름으로는 늦고 가을로는 이
른 그 북새통에 금홍이에게는 예전 생활에 대한 향수가 왔다.

　나는 밤이나 낮이나 누워 잠만 자니까 금홍이에게 대하여 심심하다.
그래서 금홍이는 밖에 나가 심심치 않은 사람들을 만나 심심치 않게 놀
고 돌아오는 즉 금홍이의 협착狹窄한 생활이 금홍이의 향수를 향하여 발
전하고 비약하기 시작하였다는 데 지나지 않는 이야기다.

그런데 이번에는 내게 자랑을 하지 않는다. 않을 뿐만 아니라 숨기는 것이다. 이것은 금홍이로서, 금홍이답지 않은 일일 밖에 없다. 숨길 것이 있나? 숨기지 않아도 좋지. 자랑을 해도 좋지.

나는 아무 말도 하지 않는다. 나는 금홍의 오락의 편의를 돕기 위하여 가끔 P군 집에 가 잤다. P군은 나를 불쌍하다고 그랬던가싶이 지금 기억된다.

나는 또 이런 것을 생각하지 않았던 것도 아니다. 즉 남의 아내라는 것은 정조를 지켜야 하느니라고!

금홍이는 나를 내 나태한 생활에서 깨우치게 하기 위하여 우정 간음하였다고 나는 호의로 해석하고 싶다. 그러나 세상에 흔히 있는 아내다운 예의를 지키는 체해 본 것은 금홍이로서 말하자면 천려千慮의 일실一失이 아닐 수 없다.

이런 실없는 정조를 간판 삼자니까 자연 나는 외출이 잦았고 금홍이 사업에 편의를 돕기 위하여 내 방까지도 개방하여 주었다. 그러는 중에도 세월은 흐르는 법이다.

하루 나는 제목題目 없이 금홍이에게 몹시 얻어맞았다. 나는 아파서 울고 나가서 사흘을 들어오지 못했다. 너무도 금홍이가 무서웠다.

나흘 만에 와보니까 금홍이는 때 묻은 버선을 윗목에다 벗어 놓고 나가 버린 뒤였다.

이렇게도 못나게 홀아비가 된 내게 몇 사람의 친구가 금홍이에 관한 불미한 가십을 가지고 와서 나를 위로하는 것이었으나 종시 나는 그런 취미를 이해할 도리가 없었다.

버스를 타고 금홍이와 남자는 멀리 과천 관악산으로 가는 것을 보았다는데 정말 그렇다면 그 사람은 내가 쫓아가서 야단이나 칠까 봐 무서워서 그런 모양이니까 퍽 겁쟁이다.

3

　인간이라는 것은 임시 거부하기로 한 내 생활이 기억력이라는 민첩한 작용을 하지 않았기 때문에 두 달 후에는 나는 금홍이라는 성명 삼 자 까지도 말쑥하게 잊어버리고 말았다. 그런 두절된 세월 가운데 하루 길일을 복ㅏ하여 금홍이가 왕복엽서처럼 돌아왔다. 나는 그만 깜짝 놀랐다.

　금홍이의 모양은 뜻밖에도 초췌하여 보이는 것이 참 슬펐다. 나는 꾸짖지 않고 맥주와 붕어과자와 장국밥을 사 먹여 가면서 금홍이를 위로해 주었다. 그러나 금홍이는 좀처럼 화를 풀지 않고 울면서 나를 원망하는 것이었다. 할 수 없어서 나도 그만 울어 버렸다.

　"그렇지만 너무 늦었다. 그만해두 두 달 지간이나 되니 않니? 헤어지자, 응?"

　"그럼 난 어떻게 되우, 응?"

　"마땅헌 데 있거든 가거라, 응."

　"당신두 그럼 장가가나? 응?"

　헤어지는 한에도 위로해 보낼지어다. 나는 이런 양식 아래 금홍이와 이별했더니라. 갈 때 금홍이는 선물로 내게 베개를 주고 갔다.

　그런데 이 베개 말이다.

　이 베개는 이인용二人用이다. 싫대도 자꾸 떠맡기고 간 이 베개를 나는 두 주일 동안 혼자 베어 보았다. 너무 길어서 안됐다. 안됐을 뿐 아니라 내 머리에서는 나지 않는 묘한 머릿기름 땟내 때문에 안면安眠이 적이 방해된다.

　나는 하루 금홍이에게 엽서를 띄웠다.

　'중병에 걸려 누웠으니 얼른 오라'고.

금홍이는 와서 보니까 참 딱했다. 이대로 두었다가는 역시 며칠이 못 가서 굶어 죽을 것 같이만 보였던가 보다. 두 팔을 부르걷고 그날부터 나가서 벌어다가 나를 먹여 살린다는 것이다.

"오케이."

인간 천국… 그러나 날이 좀 추웠다. 그러나 나는 대단히 안일하였기 때문에 재채기도 하지 않았다.

이러기를 두 달? 아니 다섯 달이나 되나 보다. 금홍이는 홀연히 외출했다. 달포를 두고 금홍의 흠식(향수)을 기대하다가 진력이 나서 나는 기명집물器皿什物을 두들겨 팔아 버리고 이십일 년 만에 집으로 돌아갔다.

와보니 우리 집은 노쇠했다. 이어 불초 이상李箱은 이 노쇠한 가정을 아주 쑥밭을 만들어 버렸다. 그 동안 이태 가량… 어언간 나도 노쇠해 버렸다. 나는 스물일곱 살이나 먹어 버렸다.

천하의 여성은 다소간 매춘부의 요소를 품었느니라고 나 혼자는 굳이 신념한다. 그 대신 내가 매춘부에게 은화를 지불하면서는 한 번도 그네들을 매춘부라고 생각한 일이 없다. 이것은 내 금홍이와의 생활에서 얻은 체험만으로는 성립되지 않는 이론같이 생각되나 기실 내 진담이다.

4

나는 몇 편의 소설과 몇 줄의 시를 써서 내 쇠망해 가는 심신 위에 치욕을 배가하였다. 이 이상 내가 이 땅에서의 생존을 계속하기가 자못 어려울 지경에까지 이르렀다. 나는 하여간 허울 좋게 말하자면 망명해야겠다. 어디로 갈까. 나는 만나는 사람마다 동경으로 가겠다고 호언했다. 그

뿐 아니라 어느 친구에게는 전기 기술에 관한 전문 공부를 하러 간다는 둥, 학교 선생님을 만나서는 고급 단식 인쇄술을 연구하겠다는 둥, 친한 친구에게는 내 오 개 국어에 능통할 작정일세 어쩌구, 심하면 법률을 배우겠소까지 허담을 탕탕 하는 것이다. 웬만한 친구는 보통들 속나 보다. 그러나 이 헛 선전을 안 믿는 사람도 더러는 있다. 하여간 이것은 영영 빈 빈털터리가 되어 버린 이상의 마지막 공포에 지나지 않는 것만은 사실이겠다.

어느 날 나는 이렇게 여전히 공포空砲를 놓으면서 친구들과 술을 먹고 있자니까 내 어깨를 툭 치는 사람이 있다. '긴상6)'이라는 이다.

"긴상(이상도 사실은 긴상이다), 참 오래간만이슈. 건데 긴상 꼭 긴상 한번 만나 뵙자는 사람이 하나 있는데 긴상 어떡허시려우."

"거 누군구. 남자야? 여자야?"

"여자니까 일이 재미있지 않느냐 그런 말야."

"여자라?"

"긴상 옛날 오쿠상(아내)."

금홍이가 서울에 나타났다는 이야기다. 나타났으면 나타났지 나를 왜 찾누? 나는 긴상에게서 금홍이의 숙소를 알아 가지고 어쩔 것인가 망설였다. 숙소는 동생 일심一心이 집이다.

드디어 나는 만나 보기로 결심하고 그리고 일심이 집을 찾아가서,

"언니가 왔다지?"

"어유… 아제두, 돌아가신 줄 알았구려! 그래 자그만치 인제 온단 말씀유, 어서 들오슈."

금홍이는 역시 초췌하다. 생활전선에서의 피로의 빛이 그 얼굴에 여실

---

6) 긴상: 이상의 본명은 김해경이니 김씨다. 긴상은 일본말로 김씨를 가리키는 말.

하였다.

"네놈 하나 보구져서 서울 왔지 내 서울 뭘 허려 왔다디?"

"그러게 또 난 이렇게 널 찾아오지 않었니?"

"너 장가갔다더구나."

"얘 디끼 싫다. 기 육모초 겉은 소리."

"안 갔단 말이냐 그럼?"

"그럼."

당장에 목침이 내 면상을 향하여 날아 들어왔다. 나는 예나 다름이 없이 못나게 웃어 주었다.

술상을 보아 왔다. 나도 한 잔 먹고 금홍이도 한 잔 먹었다. 나는 영변가를 한마디하고 금홍이는 육자배기를 한마디 했다.

밤은 이미 깊었고 우리 이야기는 이게 이 생生에서의 영 이별이라는 결론으로 밀려갔다. 금홍이는 은수저로 소반 전을 딱딱 치면서 내가 한 번도 들은 일이 없는 구슬픈 창가를 한다.

"속아도 꿈결 속여도 꿈결 굽이굽이 뜨내기 세상 그늘진 심정에 불 질러 버려라 운운."

《 『여성9』 , 1936년》

봉별기(逢別記) **193**

시

오감도(烏瞰圖)
건축무한육면각체

李箱 . 그 이상

오감도(烏瞰圖)

詩第一號

十三人의兒孩가道路로疾走하오.

(길은막달은골목이適當하오.)

第一의兒孩가무섭다고그리오.

第二의兒孩도무섭다고그리오.

第三의兒孩도무섭다고그리오.

第四의兒孩도무섭다고그리오.

第五의兒孩도무섭다고그리오.

第六의兒孩도무섭다고그리오.

第七의兒孩도무섭다고그리오.

第八의兒孩도무섭다고그리오.
第九의兒孩도무섭다고그리오.
第十의兒孩도무섭다고그리오.

第十一의兒孩가무섭다고그리오.
第十二의兒孩도무섭다고그리오.
第十三의兒孩도무섭다고그리오.
十三人의兒孩는무서운兒孩와무서워하는兒孩와그러케뿐이모혓소.
(다른事情은업는것이차라리나앗소.)

그中의一人의兒孩가무서운兒孩라도좃소.
그中의二人의兒孩가무서운兒孩라도좃소.
그中의二人의兒孩가무서워하는兒孩라도좃소.
그中의一人의兒孩가무서워하는兒孩라도좃소.

(길은뚤닌골목이라도適當하오.)
十三人의兒孩가道路로疾走하지아니하야도좃소.

詩第一號

십삼 인의 아해가 도로로 질주하오.
(길은 막다른 골목이 적당하오.)
제 일의 아해가 무섭다고 그리오.
제 이의 아해도 무섭다고 그리오.
제 삼의 아해도 무섭다고 그리오.
제 사의 아해도 무섭다고 그리오.
제 오의 아해도 무섭다고 그리오.
제 육의 아해도 무섭다고 그리오.
제 칠의 아해도 무섭다고 그리오.
제 팔의 아해도 무섭다고 그리오.
제 구의 아해도 무섭다고 그리오.
제 십의 아해도 무섭다고 그리오.

제 십일의 아해가 무섭다고 그리오.
제 십이의 아해도 무섭다고 그리오.
제 십삼의 아해도 무섭다고 그리오.
십삼 인의 아해는 무서운 아해와 무서워하는 아해와 그렇게 뿐이 모였소.
(다른 사정은 없는 것이 차라리 나았소.)

그 중의 일인의 아해가 무서운 아해라도 좋소.
그 중의 이인의 아해가 무서운 아해라도 좋소.
그 중의 이인의 아해가 무서워하는 아해라도 좋소.

그 중의 일인의 아해가 무서워하는 아해라도 좋소.

(길은 뚫린 골목이라도 적당하오.)
십삼 인의 아해가 도로로 질주하지 아니하여도 좋소.

詩第二號

나의아버지가나의겨테서조을적에나는나의아버지가되고또나는나의아
버지의아버지가되고그런데도나의아버지는나의아버지대로나의아버지
인데어쩌자고나는자꾸나의아버지의아버지의아버지의… 아버지가되니
나는웨나의아버지를껑충뛰어넘어야하는지나는웨드듸어나와나의아버
지와나의아버지의아버지와나의아버지의아버지의아버지노릇을한꺼번
에하면서살아야하는것이냐

[주해註解]
詩第二號

나의 아버지가 나의 곁에서 조을 적에 나는 나의 아버지가 되고 또 나는
나의 아버지의 아버지가 되고 그런데도 나의 아버지는 나의 아버지대로
나의 아버지인데 어쩌자고 나는 자꾸 나의 아버지의 아버지의 아버지
의… 아버지가 되니 나는 왜 나의 아버지를 껑충 뛰어넘어야 하는지 나
는 왜 드디어 나와 나의 아버지와 나의 아버지의 아버지와 나의 아버지
의 아버지의 아버지 노릇을 한꺼번에 하면서 살아야 하는 것이냐.

詩第三號

싸흠하는사람은즉싸흠하지아니하든사람이고또싸움하든사람은싸흠하지아니하는사람이엇기도하니까싸흠하는사람이싸움하는구경을하고십거든싸움하지아니하든사람이싸흠하는것을구경하든지싸흠하지아니하는사람이싸흠하는구경을하든지싸흠하지아니하든사람이싸흠이나싸흠하지아니하는사람이싸흠하지아니하는것을구경하든지하얏으면그만이다

[주해註解]
詩第三號

싸움하는 사람은 즉 싸움하지 아니하던 사람이고 또 싸움하던 사람은 싸움하지 아니하는 사람이었기도 하니까 싸움하는 사람이 싸움하는 구경을 하고 싶거든 싸움하지 아니하던 사람이 싸움하는 것을 구경하던지 싸움하지 아니하는 사람이 싸움하는 구경을 하던지 싸움하지 아니하던 사람이 싸움이나 싸움하지 아니하는 사람이 싸움하지 아니하는 것을 구경 하던지 하였으면 그만이다.

詩第四號

患者의容態에關한問題

1234567890·
123456789·0
12345678·90
1234567·890
123456·7890
12345·67890
1234·567890
123·4567890
12·34567890
1·234567890
·1234567890

診斷 0·1

26·10·1931

以上 責任醫師 李 箱

詩第四號

환자의 용태에 관한 문제

      ·1234567890

     1234567890·

    123456789·0

   12345678·90

  1234567·890

 123456·7890

12345·67890

1234·567890

123·4567890

12·34567890

1·234567890

·1234567890

    진단 0·1

   26·10·1931

      이상 책임의사 이 상

詩第五號

某後左右를除하는唯一의痕迹에잇서서

翼殷不逝 目大不覩

胖矮小形의神의眼前에我前落傷한故事를有함.

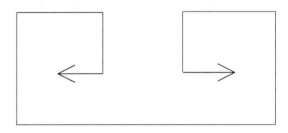

臟腑라는것은 侵水된畜舍와區別될수잇슬는가.

[주해註解]
詩第五號

모후좌우를 제하는 유일의 흔적에 있어서

익은불서 목대부도

반 왜소형의 神의 안전에 아전낙상한 고사를 유함.

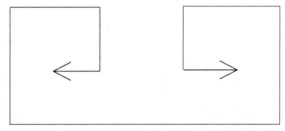

장부 타는 것은 침수된 축사와 구별될 수 있으려나.

詩第六號

鸚鵡 ※ 二匹

      二匹

   ※ 鸚鵡는哺乳類에屬하느니라.

내가二匹을아아는것은내가二匹을아알지못하는것이니라. 勿論나는希望할것이니라

鸚鵡   二匹

"이小姐는紳士李箱의夫人이냐" "그렇다"

나는거기서鸚鵡가노한것을보앗느니라. 나는붓그러워서 얼굴이붉어젓섯겟느니라.

鸚鵡   二匹

      二匹

勿論나는追放당하얏느니라. 追放당할것까지도업시自退하얏느니라. 나의體軀는中軸을喪尖하고또상당히蹌踉하야그랫든지나는微微하게涕泣하얏느니라.

"저기가 저기지" "나" "나의 - 아 - 너와 나"

"나"

sCANDAL이라는 것은 무엇이냐. "너" "너구나"

"너지" "너다" "아니다 너로구나" 나는함뿍저저서그래서獸類처럼迷亡하얏느니라. 勿論그것을아아는사람혹은보는사람은업섯지만그러나果然그럴는지그것조차그럴는지.

詩第六號

앵무 ※ 2필

　　　2필

　※ 앵무는 포유류에 속하느니라.

내가 2필을 아는 것은 내가 2필을 알지 못하는 것이니라. 물론 나는 희망할 것이니라.

앵무　　2필

"이 소저는 신사 이상의 부인이냐" "그렇다"

나는 거기서 앵무가 노한 것을 보았느니라. 나는 부끄러워서 얼굴이 붉어 졌었겠느니라.

앵무　　2필

　　　　2필

물론 나는 추방당하였느니라. 추방당할 것 까지도 없이 자퇴하였느니라. 나의 체구는 중추를 상실하고 또 상당히 창랑하여 그랬든지 나는 미미하게 체읍하였느니라.

"저기가 저기지" "나" "나의 - 아 - 너와 나"

"나"

sCANDAL이라는 것은 무엇이냐. "너" "너구나"

"너지" "너다" "아니다 너로구나" 나는 함뿍 젖어서 그래서 수류처럼 도망하였느니라. 물론 그것은 아는 사람 혹은 보는 사람은 없었지만 그러나 과연 그럴는지 그것조차 그럴는지.

詩第七號

久遠謫居의地의一枝 · 一枝에피는顯花 · 特異한四月의花草 · 三十輪 · 三十輪에前後되는兩側의明鏡 · 萌芽와갓치戱戱하는地平을向하야금시금시落魄하는滿月 · 淸澗의氣가운데滿身瘡痍의滿月이劓刑當하야渾淪하는 · 謫居의地를貫流하는一封家信 · 나는僅僅히遮戴하얏드라 · 濛濛한月芽 · 靜謐을蓋俺하는大氣圈의遙遠 · 巨大한困憊가운데의一年四月의空洞 · 繁散顚倒하는星座와星座의千裂된死胡同을跑迷하는巨大한風雪 · 降霄 · 血紅으로染色된岩鹽의粉碎 · 나의塔配하는毒蛇와가치地平에植樹되어다시는起動할수업섯드라 · 天亮이올때까지

[주해註解]

詩第七號

구원적거의 지의 일지 · 일지에 피는 현화 · 특이한 사월의 화초 · 삼십륜 · 삼십륜에 전후되는 양측의 명경 · 맹아와 같이 희희하는 지평을 向하야 금시금시 낙백하는 만월 · 청간의 기 가운데 만신창이의 만월이 의형당 하여 혼륜하는 · 적거의 지를 관류하는 일봉가신 · 나는 근근히 차대하였더라 · 몽몽한 월아 · 정밀을 개엄하는 대기권의 요원 · 거대한 곤비 가운데의 일 년 사월의 공동 · 반산전도하는 성좌와 성좌의 천렬된 사호동을 포미하는 거대한 풍설 · 강매 · 혈홍으로 염색된 암염의 분쇄 · 나의 탑배하는 독사와 가치 지평에 식수되어 다시는 기동할 수 없었더라 · 천량이 올 때 까지

時弟八號 解剖

第一部試驗   手術臺   一
                  水銀塗沫平面鏡 一
                  氣壓   二倍의平均氣壓
                  溫度   皆無

爲先麻醉된正面으로부터立體와立體를위한立體가具備된全部를平面鏡
에映像식힘. 平面鏡에水銀을現在와反對側面에塗沫移轉함.(光線侵入防
止에注意하야) 徐徐히麻醉를解毒함. 一軸鐵筆과一張白紙를支給함.(試
驗擔任人은被試驗人과抱擁함을絶對忌避할 것) 順次手術室로부터被試
驗人을해방함. 翌日. 平面鏡의縱軸을通過하야平面鏡을二片에切斷함.
水銀塗沫二回.
ETC 아즉그滿足한結果를收拾치못하얏슴.

第二部試驗   直立한平面鏡   一
                  助手   數名

野外의眞實을選擇함. 爲先麻醉된上肢의尖端을鏡面에附着시킴. 平面鏡
의水銀을剝落함. 平面鏡을 後退시킴. (이때映像된上肢는반듯이硝子를
無事通過하겟다는것으로假說함) 上脂의終端까지. 다음水銀塗沫. (在來
面에)이瞬間公轉과自轉으로부터그眞空을降車시킴.完全히二個의上脂를
接受하기까지. 翌日. 硝子를前進식힘. 連하야水銀柱를在來面에塗沫함
(上脂의處分)(或은滅形) 其他. 水銀塗沫面의變更과前進後退의重複等.
ETC 以下未詳.

時弟八號 解剖

제 1부 시험   수술대   1
              수은도말 평면경   1
              기압   2배의 평균기압
              온도   개무

위선마취된 정면으로부터 입체와 입체를 위한 입체가 구비된 전부를 평면경에 영상시킴. 평면경에 수은을 현재와 반대측면에 도말이전함.(광선침입방지에 주의하여) 서서히 마취를 해독함. 일축철필과 일장백지를 지급함. (시험 담임인은 피 시험인과 포옹함을 절대 기피할 것) 순차 수술실로부터 피 시험인을 해방함. 익일. 평면경의 종축을 통과하여 평면경을 2편에 절단함. 수은도말 2회.

ETC 아직 그 만족한 결과를 수습치 못하였음.

제 2부 시험   직립한 평면경   1
              조수   수 명

야외의 진실을 선택함. 위선마취된 상지의 첨단을 경면에 부착시킴. 평면경의 수은을 박락함. 평면경을 후퇴시킴. (이때 영상된 상지는 반드시 초자를 무사통과 하겠다는 것으로 가설함) 상지의 종단까지. 다음 수은도말. (재래면에)이 순간공전과 자전으로부터 그 진공을 강차시킴. 완전히 2개의 상지를 접수하기 까지. 익일. 초자를 전진시킴. 연하여 수은주를 재래면에 도말함 (상지의 처분)(혹은 멸형) 기타. 수은도말면의 변경과 전진후퇴의 중복 등.

ETC 이하미상.

詩第九號 銃口

每日가치列風이불드니드듸여내허리에큼직한손이와닷는다. 恍惚한指紋 골작이로내땀내가슴어드자마자쏘아라. 쏘으리로다. 나는내消化器官에 묵직한銃身을늣기고내담으른입에맥근맥근환銃口를늣긴다. 그리드니나 는銃쏘으듯키눈을감이며한방銃彈대신에나는참나의입으로무엇을내여 배앗헛드냐.

[주해註解]
詩第九號 銃口

매일같이 열풍이 불더니 드디어 내 허리에 큼직한 손이 와 닿는다. 황홀 한 지문 골짜기로 내 땀, 내 가슴 스며들자마자 쏘아라. 쏘리로다. 나는 내 소화기관에 묵직한 총신을 느끼고 내 다문 입에 매끈매끈한 총구를 느낀다. 그러더니 나는 총 쏘듯이 눈을 감으며 한 방 총탄 대신에 나는 참 나의 입으로 무엇을 내어 뱉었더냐.

詩第十號 나비

찌저진壁紙에죽어가는나비를본다. 그것은幽界에絡繹되는秘密한通話口다. 어느날거울가운데의鬚髥에죽어가는나비를본다. 날개축처어진나비는입김에어리는가난한이슬을먹는다. 通話口를손바닥으로꼭막으면서내가죽으면안젓다일어서듯키나비도날러가리라. 이런말이決코밧그로새여나가지는안케한다.

[주해註解]
詩第十號 나비

찢어진 벽지에 죽어가는 나비를 본다. 그것은 유계에 낙역되는 비밀의 통화구이다. 어느 날 거울 가운데의 수염에 죽어가는 나비를 본다. 날개 축 처진 나비는 입김에 어리는 가난한 이슬을 먹는다. 통화구를 손바닥으로 꼭 막으면서 내가 죽으면 앉았다 일어서듯이 나비도 날아가리라. 이런 말이 결코 밖으로 새어 나가지는 않게 한다.

詩第十一號

그사기컵은내骸骨과흡사하다. 내가그컵을손으로꼭쥐였슬때내팔에서는
난데업는팔하나가接木처럼도치드니그팔에달린손은그사기컵을번적들
어마루바닥에메여부딧는다. 내팔은그사기컵을死守하고잇스니散散히깨
어진것은그럼그사기컵과흡사한내骸骨이다. 가지낫든팔은배암과갓치내
팔로기어들기前에내팔이或움즉였든들洪水를막은白紙는찌저젓으리라.
그러나내팔은如前히그사기컵을死守한다.

[주해註解]

詩第十一號

그 사기 컵은 내 해골과 흡사하다. 내가 그 컵을 손으로 꼭 쥐었을 때 내
팔에서는 난데없는 팔 하나가 접목처럼 돋치더니 그 팔에 달린 손은 그
사기 컵을 번쩍 들어 마룻바닥에 메어 부딪친다. 내 팔은 그 사기 컵을
사수하고 있으니 산산이 깨어진 것은 그러면 그 사기 컵과 흡사한 내 해
골이다. 가지났던 팔은 뱀과 같이 내 팔로 기어들기 전에 내 팔이 혹 움
직였던들 홍수를 막은 백지는 찢어졌으리라. 그러나 내 팔은 여전히 그
사기 컵을 사수한다.

詩第十二號

때무든빨내조각이한뭉탱이空中으로날너떠러진다. 그것은흰비닭이의떼
다.   이손바닥만한한조각하늘저편에戰爭이끗나고平和가왓다는宣傳이
다. 한무덕이비닭이의떼가깃에무든떼를씻는다. 이손바닥만한하늘이편
에방맹이로흰비닭이의떼를따려죽이는不潔한戰爭이始作된다. 空氣에숯
검정이가지저분하게무드면흰비닭이의떼는또한번이손바닥만한하늘저
편으로날아간다.

[주해註解]
詩第十二號

때 묻은 빨래조각이 한 무더기 공중으로 날라 떨어진다. 그것은 흰 비둘
기의 떼다. 이 손바닥만한 한 조각 하늘 저편에 전쟁이 끝나고 평화가 왔
다는 선전이다. 한 무더기 비둘기의 떼가 깃에 묻은 떼를 씻는다. 이 손
바닥만한 하늘 이편에 방망이로 흰 비둘기의 떼를 때려죽이는 불결한
전쟁이 시작된다. 공기에 숯검정이가 지저분하게 묻으면 흰 비둘기의
떼는 또 한 번 이 손바닥만한 하늘 저편으로 날아간다.

詩第十三號

내팔이면도칼을 든채로끈어져떨어젓다. 자세히보면무엇에몹시 威脅당하는것처럼샛팔앗타. 이럿케하야일허버린내두개팔을나는 燭臺세음으로내 방안에裝飾하야노앗다. 팔은죽어서도 오히려나에게怯을내이는것만갓다. 나는이런얇다란禮儀를花草盆보다도사량그레녁인다.

[주해註解]

詩第十三號

내 팔이 면도칼을 든 채로 끊어져 떨어졌다. 자세히 보면 무엇에 몹시 위협 당하는 것처럼 새파랗다. 이렇게 하여 잃어버린 내 두 개 팔을 나는 촉대 세음으로 내 방안에 장식하여 놓았다. 팔은 죽어서도 오히려 나에게 겁을 내는 것만 같다. 나는 이런 얇다란 예의를 화초분보다도 사랑스레 여긴다.

詩第十四號

古城압풀밧이잇고풀밧우에나는내帽子를버서노앗다.

城우에서나는내記憶에꽤묵어온돌을매여달아서는내힘과距離껏팔매질첫다. 抛物線을逆行하는歷史의슯흔울음소리. 문득城밋내帽子겻헤한사람의乞人이장승과가티서서잇는것을나려다보앗다. 乞人은城밋헤서오히려내우에잇다. 或은綜合된歷史의亡靈인가. 空中을向하야노힌내帽子의깁히는切迫한하늘을불은다. 별안간乞人은漂漂한風彩를허리굽혀한개의돌을내帽子속에치뜨려넛는다. 나는벌서氣絶하얏다. 心臟이頭蓋骨속으로옴겨가는地圖가보인다. 싸늘한손이내니마에닷는다. 내니마에는싸늘한손자옥이烙印되여언제까지지어지지안앗다.

[주해註解]

詩第十四號

고성 앞 풀밭이 있고 풀밭 위에 나는 내 모자를 벗어 놓았다.

성 위에서 나는 내 기억에 꽤 무거운 돌을 매여 달아서는 내 힘과 거리껏 팔매질 쳤다. 포물선을 역행하는 역사의 슬픈 울음소리. 문득 성 밑 내 모자 곁에 한사람의 걸인이 장승과 같이 서 있는 것을 내려다보았다. 걸인은 성 밑에서 오히려 내 위에 있다. 혹은 종합된 역사의 망령인가. 공중을 향하여 놓인 내 모자의 깊이는 절박한 하늘을 부른다. 별안간 걸인은 표표한 풍채를 허리 굽혀 한 개의 돌을 내 모자 속에 치뜨려 넣는다. 나는 벌써 기절하였다. 심장이 두개골 속으로 옮겨 가는 지도가 보인다. 싸늘한 손이 내 이마에 닿는다. 내 이마에는 싸늘한 손자국이 낙인되어 언제까지 지워지지 않는다.

詩第十五號

1

나는거울업는室內에잇다. 거울속의나는역시外出中이다. 나는至今거울속의나를무서워하며떨고잇다. 거울속의나는어디가서나를어떠케하랴는陰謀를하는中일가.

2

罪를품고식은寢牀에서잣다.   確實한내꿈에나는缺席하얏고義足을담은軍容長靴가내꿈의 白紙를더럽혀노앗다.

3

나는거울잇는室內로몰래들어간다. 나를거울에서解放하려고. 그러나거울속의나는沈鬱한얼골로同時에꼭들어온다. 거울속의나는내게未安한뜻을傳한다.   내가그때문에囹圄되어잇듯키그도나때문에囹圄되어떨고잇다.

4

내가缺席한나의꿈. 내僞造가登場하지안는내거울. 無能이라도조흔나의
孤獨의渴望者다. 나는드듸어거울속의나에게自殺을勸誘하기로決心하얏
다. 나는그에게視野도업는들窓을가르치엇다. 그들窓은自殺만을爲한들
窓이다. 그러나내가自殺하지아니하면그가自殺할수업슴을그는내게가르
친다. 거울속의나는不死鳥에갓갑다.

5

내왼편가슴心臟의位置를防彈金屬으로掩蔽하고나는거울속의내왼편가
슴을견우어拳銃을發射하얏다. 彈丸은그의왼편가슴을貫通하얏스나 그
의 心臟은바른편에잇다.

6

模型心臟에서붉은잉크가업즐러젓다. 내가遲刻한내꿈에서나는極刑을바
닷다. 내꿈을支配하는者는내가아니다. 握手할수조차업는두사람을封鎖
한巨大한罪가잇다.

詩第十五號

1

나는 거울 없는 실내에 있다. 거울 속의 나는 역시 외출중이다. 나는 지금 거울 속의 나를 무서워하며 떨고 있다. 거울 속의 나는 어디 가서 나를 어떻게 하려는 음모를 하는 중일까.

2

죄를 품고 식은 침상에서 잤다. 확실한 내 꿈에 나는 결석하였고 의족을 담은 군용장화가 내 꿈의 백지를 더럽혀 놓았다.

3

나는 거울 있는 실내로 몰래 들어간다. 나를 거울에서 해방하려고. 그러나 거울 속의 나는 침울한 얼굴로 동시에 꼭 들어온다. 거울 속의 나는 내게 미안한 뜻을 전한다. 내가 그 때문에 영어되어 있듯이 그도 나 때문에 영어되어 떨고 있다.

4

내가 결석한 나의 꿈. 내 위조가 등장하지 않는 내 거울. 무능이라도 좋은 나의 고독의 갈망자다. 나는 드디어 거울 속의 나에게 자살을 권유하기로 결심하였다. 나는 그에게 시야도 없는 들창을 가리키었다. 그 들창은 자살만을 위한 들창이다. 그러나 내가 자살하지 아니하면 그가 자살할 수 없음을 그는 내게 가르친다. 거울 속의 나는 불사조에 가깝다.

5

내 왼편 가슴 심장의 위치를 방탄금속으로 엄폐하고 나는 거울 속의 내 왼편 가슴을 겨누어 권총을 발사하였다. 탄환은 그의 왼편 가슴을 관통하였으나 그의 심장은 바른편에 있다.

6

모형 심장에서 붉은 잉크가 엎질러졌다. 내가 지각한 내 꿈에서 나는 극형을 받았다. 내 꿈을 지배하는 자는 내가 아니다. 악수할 수조차 없는 두 사람을 봉쇄한 거대한 죄가 있다.

《『조선중앙일보』, 1934년》

오감도 연재중단 직후 이상이 쓴 글

왜 미쳤다고들 그러는지… 대체 우리는 남보다 수 십 년씩 떨어지고도 마음 놓고 지낼 작정이냐. 모르는 것은 내 재주도 모자랐겠지만 게을러 빠지게 놀고만 지내던 일도 좀 뉘우쳐 봐야 아니 하느냐. 여남은 개 쯤 써 보고서 시 만들 줄 안다고 잔뜩 믿고 굴러다니는 패들과는 물건이 다르다. 이천 점二千點에서 삼십 점三十點을 고르는데 땀을 흘렸다. 31년, 32년 일에서 용대가리를 딱 꺼내어 놓고 하도들 야단에 배암 꼬랑지커녕 쥐 꼬랑지도 못 달고 그냥 두니 서운하다. 깜박 신문이라는 답답한 조건을 잊어버린 것도 실수지만 이태준李泰俊, 박태원朴泰遠 두 형이 끔찍이도 편을 들어 준 데는 절한다.

鐵 - 이것은 내 새 길의 암시요 앞으로 제 아무에게도 굴屈하지 않겠지만 호령하여도 에코가 없는 무인지경은 딱하다. 다시는 이런… 물론 다시는 무슨 다른 방도가 있을 것이고 위선 그만 둔다. 한동안 조용하게 공부나 하고 따는 정신병이나 고치겠다.

《『조선중앙일보』 1934년》

건축무한육면각체

사각형의내부의사각형의내부의사각형의내부의사각형의내부의사각형.

사각이난원운동의사각이난원운동의사각의난원.

비누가통과하는혈관의비눗내를투시하는사람.

지구를모형으로만들어진지구의를모형으로만들어진지구.

거세된양말.(그女人의이름은워어즈였다)

빈혈면포,당신의얼굴빛깔도참새다리같습네다.

평행사변형대각선방향을추진하는막대한중량.

마르세이유의봄을해람한코티의향수의마지한동양의가을

쾌청의공중에붕유하는Z백호. 회충량약이라고씌어져있다.

옥상정원. 원후를흉내내이고있는마드무아젤.

만곡된직선을직선으로질주하는낙체공식.

시계문자반에XII에내리워진일개의침수된황혼.

도아-의내부의도아-의내부의조롱의내부의카나리야의내부의감살문호의내부의인사.

식당의문깐에방금도달한자웅과같은붕우가헤어진다.

파랑잉크가옆질러진각설탕이삼륜차에적하된다.

명함을짓밟는군용장화. 가구를질구하는조화금련.

위에서내려오고밑에서올라가고위에서내려오고밑에서올라간사람은밑에서올라가지아니한위에서내려오지아니한밑에서올라가지아니한위에서내려오지아니한사람.

저여자의하반은저남자의상반에흡사하다. (나는애련한해후에애련하는나)

사각이난케이스가걷기始作이다. (소름끼치는일이다)

라지에터의근방에서승천하는굳빠이.

바깥은우중. 발광어류의군집이동.

《건축무한육면각체, 1932년》

수필

李箱

그 이상

산촌여정(山村餘情)
– 성천 기행 중의 몇 절

1

향기로운 MJB[1]의 미각을 잊어버린 지도 20여 일이나 됩니다. 이곳에는 신문도 잘 아니 오고 체전부(遞傳夫[2])는 이따금 하도롱 빛[3] 소식을 가져옵니다. 거기는 누에고치와 옥수수의 사연이 적혀 있습니다. 마을 사람들은 멀리 떨어져 사는 일가 때문에 수심이 생겼나 봅니다. 나도 도회에

---

1) MJB: 미국산 커피의 상표 이름.
2) 체전부(遞傳夫): 우편집배원.
3) 하도롱 빛: 연둣빛

남기고 온 일이 걱정이 됩니다.

건너편 팔봉산에는 노루와 멧돼지가 있답니다. 그리고 기우제 지내던 개골창까지 내려와서 가재를 잡아먹는 곰을 본 사람도 있습니다. 동물원에서밖에 볼 수 없는 짐승, 산에 있는 짐승들을 사로잡아다가 동물원에 갖다 가둔 것이 아니라, 동물원에 있는 짐승들을 이런 산에다 내어 놓아준 것만 같은 착각을 자꾸만 느낍니다. 밤이 되면 달도 없는 그믐 칠야漆夜에 팔봉산도 사람이 침소로 들어가듯이 어둠 속으로 아주 없어져 버립니다.

그러나 공기는 수정처럼 맑아서 별빛 만으로라도 넉넉히 좋아하는 『누가복음』도 읽을 수 있을 것 같습니다. 그리고 또 참 별이 도회에서보다 갑절이나 더 많이 나옵니다. 하도 조용한 것이 처음으로 별들의 운행하는 기척이 들리는 것도 같습니다.

객주 집 방에는 석유 등잔을 켜 놓습니다. 그 도회지의 석간夕刊과 같은 그윽한 내음새가 소년 시대의 꿈을 부릅니다. 정형! 그런 석유 등잔 밑에서 밤이 이슥하도록 '호까'(연초갑지煙草匣紙) 붙이던 생각이 납니다. 베짱이가 한 마리 등잔에 올라앉아서 그 연둣빛 색채로 혼곤한 내 꿈에 마치 영어 'T' 자를 쓰고 건너긋듯이 유다를 기억에다는 군데군데 언더라인을 하여 놓습니다. 슬퍼하는 것처럼 고개를 숙이고 도회의 여차장이 차표 찍는 소리 같은 그 성악을 가만히 듣습니다. 그러면 그것이 또 이발소 가위소리와도 같아집니다. 나는 눈까지 감고 가만히 또 자세히 들어봅니다.

그리고 비망록을 꺼내어 머루 빛 잉크로 산촌의 시정을 기초합니다.

그저께신문을찢어버린
때문은흰나비

봉선화는아름다운애인의귀처럼생기고
귀에보이는지난날의기사

얼마 있으면 목이 마릅니다. 자리 물… 심해처럼 가라앉은 냉수를 마십니다. 석영질 광석 냄새가 나면서 폐부에 한난계寒暖計 같은 길을 느낍니다. 나는 백지 위에 그 싸늘한 곡선을 그리라면 그릴 수도 있을 것 같습니다.

청석 얹은 지붕에 별빛이 내려쬐면 한겨울에 장독 터지는 것 같은 소리가 납니다. 벌레 소리가 요란합니다. 가을이 이런 시간에 엽서 한 장에 적을 만큼씩 오는 까닭입니다. 이런 때 참 무슨 재주로 광음을 헤아리겠습니까?

맥박 소리가 이 방 안을 방 째 시계로 만들어 버리고 장침과 단침의 나사못이 돌아가느라고 양짝 눈이 번갈아 간질간질합니다. 코로 기계기름 냄새가 드나듭니다. 석유 등잔 밑에서 졸음이 오는 기분입니다.

'파라마운트' 회사 상표처럼 생긴 도회 소녀가 나오는 꿈을 조금 꿉니다. 그러다가 어느 도회에 남겨 두고 온 가난한 식구들을 꿈에 봅니다. 그들은 포로들의 사진처럼 나란히 늘어섭니다. 그리고 내게 걱정을 시킵니다. 그러면 그만 잠이 깨어 버립니다.

죽어 버릴까 그런 생각을 하여 봅니다. 벽 못에 걸린 다 해진 내 저고리를 쳐다봅니다. 서도천리西道千里를 나를 따라 여기 와 있습니다그려!

2

등잔 심지를 돋우고 불을 켠 다음 비망록에 철필로 군청 빛 '모'를 심어 갑니다. 불행한 인구人口가 그 위에 하나하나 탄생합니다. 조밀한 인구가……

내일은 진종일 화초만 보고 놀리라, 탈지면에다 알코올을 묻혀서 온갖 근심을 문지르리라, 이런 생각을 먹습니다. 너무도 꿈자리가 뒤숭숭하여서 그러는 것입니다. 화초가 피어 만발하는 꿈 '그라비아' 원색판 꿈 그림책을 보듯이 즐겁게 꿈을 꾸고 싶습니다. 그러면 간단한 설명을 위하여 상쾌한 시를 지어서 7포인트 활자로 배치하는 것도 좋습니다.

도회에 화려한 고향이 있습니다. 활엽수만으로 된 산이 고향의 시각을 가려 버린 이 산촌에 팔봉산 허리를 넘는 철골 전신주가 소식의 제목만을 부호로 전하는 것 같습니다.

아침에 볕에 시달려서 마당이 부스럭거리면 그 소리에 잠을 깹니다. 하루라는 짐이 마당에 가득한 가운데 새빨간 잠자리가 병균처럼 활동합니다. *끄지 않고 잔* 석유 등잔에 불이 그저 켜진 채 소실된 밤의 흔적이 낡은 조끼 단추처럼 남아 있습니다. 작야昨夜를 방문할 수 있는 요비링4) 입니다. 지난밤의 체온을 방 안에 내던진 채 마당에 나서면 마당 한 모퉁이에는 화단이 있습니다. 불타오르는 듯한 맨드라미꽃, 그리고 봉선화.

지하에서 빨아올리는 이 화초들의 정열에 호흡이 더워 오는 것 같습니다. 여기 처녀 손톱 끝에 물들일 봉선화 중에는 흰 것도 섞였습니다. 흰 봉선화도 붉게 물들까… 조금 이상스러울 것 없이 흰 봉선화는 꼭두서니 빛으로 곱게 물듭니다.

---

4) 요비링: 초인종을 뜻하는 일본어.

수수깡 울타리에 오렌지 빛 여주5)가 열렸습니다. 당콩넝쿨과 어우러져서 세피아 빛을 배경으로 하는 일폭의 병풍입니다. 이 끝으로는 호박넝쿨 그 소박하면서도 대담한 호박꽃에 스파르타식 꿀벌이 한 마리 앉아 있습니다. 농황색濃黃色에 반영되어 '세실 B. 데일'의 영화처럼 화려하며 황금색으로 치사侈奢합니다. 귀를 기울이면 르네상스 응접실에서 들리는 선풍기 소리가 납니다.

야채사라다에 놓이는 아스파라거스 잎사귀 같은 또 무슨 화초가 있습니다. 객줏집 아해에게 물어 봅니다. '기상꽃', 기생화妓生花란 말입니다. 무슨 꽃이 피나. 진홍 비단 꽃이 핀답니다.

선조先祖가 지정하지 아니한 조셋트6) 치마에 웨스트민스터 궐련卷煙7)을 감아놓은 것 같은 도회의 기생의 아름다움을 연상하여 봅니다. 박하보다도 훈훈한 리그레추잉껌 내음새, 두꺼운 장부를 넘기는 듯한 그 입맛 다시는 소리… 그러나 아마 여기 필 기생꽃은 분명히 혜원蕙園 그림에서 보는 것 같은, 혹은 우리가 소년 시대에 보던 떨떨이 인력거에 홍일산紅日傘 받은 지금은 지난날의 삽화인 기생일 것 같습니다.

청등호박이 열렸습니다. 호박꼬자리8)에 무 시루떡… 그 훅훅 끼치는 구수한 김에 쫓아서 증조할아버지의 시골뜨기 망령들은 정월 초하룻날 한식날 오시는 것입니다. 그러나 저 국가 백년의 기반을 생각게 하는 넙적하고도 묵직한 안정감과 침착한 색채는 럭비구를 안고 뛰는 이 제너레이션의 젊은 용사의 굵직한 팔뚝을 기다리는 것도 같습니다.

유자가 익으면 껍질이 벌어지면서 속이 비어져 나온답니다. 하나를 따

---

5) 여주: 여름, 가을에 노란 꽃이 피고, 길고 둥근 열매는 붉노랗게 익는다.

6) 조셋트: 우아한 여름 옷감.

7) 궐련(卷煙): 얇은 종이로 말아놓은 담배.

8) 호박꼬자리: 호박을 썰어 말린 것.

서 실 끝에 매어서 방에다가 걸어 둡니다. 물방울 져 떨어지는 풍염한 미각 밑에서 연필같이 수척하여 가는 이 몸에 조금씩 조금씩 살이 오르는 것 같습니다. 그러나 이 야채도 . 과실도 아닌 유머러스한 용적에 향기가 없습니다. 다만 세숫비누에 한 겹씩 한 겹씩 해소되는 내 도회의 육향 肉香이 방 안에 배회할 뿐입니다.

3

팔봉산 올라가는 초경 입구 모퉁이에 최ㅇㅇ 송덕비와 또 ㅇㅇㅇㅇ 아무개의 영세불망비가 항공우편 포스트처럼 서 있습니다. 듣자니 그들은 다 아직도 생존하여 계시다 합니다. 우습지 않습니까?

교회가 보고 싶었습니다. 그래서 예루살렘 성역을 수만 리 떨어져 있는 이 마을의 농민들까지도 사랑하는 신 앞에서 회개하고 싶었습니다. 발길이 찬송가 소리 나는 곳으로 갑니다. 포플러 나무 밑에 염소 한 마리를 매어 놓았습니다. 구식으로 수염이 났습니다. 나는 그 앞에 가서 그 총명한 동공을 들여다봅니다. 셀룰로이드로 만든 정교한 구슬을 오블라토로 싼 것같이 맑고 투명하고 깨끗하고 아름답습니다. 도색桃色 눈자위가 움직이면서 내 삼정三停9)과 오악五岳10)이 고르지 못한 빈상을 업신여기는 중입니다.

옥수수 밭은 일대 관병식觀兵式입니다. 바람이 불면 갑주甲冑 부딪치는

---

9) 삼정(三停): 머리와 이마의 경계(上停), 코끝(中停), 턱끝(下停).

10) 오악(五岳): 이마 · 코 · 턱, 좌우 관골.

소리가 우수수 납니다. 카민 빛 꼬꼬마가 뒤로 휘면서 너울거립니다. 팔봉산에서 총소리가 들렸습니다. 장엄한 예포 소리가 분명합니다. 그러나 그것은 내 곁에서 소조小鳥의 간을 떨어뜨린 공기총 소리였습니다. 그러면 옥수수 밭에서 백, 황, 흑, 회, 또 백, 가지각색의 개가 퍽 여러 마리 열을 지어서 걸어 나옵니다. 센슈얼 한 계절의 흥분이 코사크11) 관병식을 한층 더 화려하게 합니다.

산삼이 풀어져 흐르는 시내 징검다리 위에는 백채白菜 씻은 자취가 있습니다. 풋김치의 청신한 미각이 안약 '스마일'을 연상시킵니다. 나는 그 화성암으로 반들반들한 징검다리 위에 삐뚜러진 N자로 쪼그리고 앉았노라면 시야에 물동이를 이고 주저하는 두 젊은 새악시가 있습니다. 나는 미안해서 일어나기는 났으면서도 일부러 마주 보면서 그리로 걸어갑니다. 스칩니다. 하드롱 빛 피부에서 푸성귀 냄새가 납니다. 코코아 빛 입술은 머루와 다래로 젖었습니다. 나를 아니 보는 동공에는 정제된 창공이 간쓰메12)가 되어 있습니다.

M백화점 미소노 화장품 스위트 걸이 신은 양말은 이 새악시들의 피부 색과 똑같은 소맥小麥 빛이었습니다. 삐뚜름히 붙인 초유선형 모자, 고양이 배에 파스너를 장치한 가뿐한 핸드백… 이렇게 도회의 참신하다는 여성들을 연상하여 봅니다. 그리고 새벽 아스팔트를 구르는 창백한 공장 소녀들의 회충과 같은 손가락을 연상하여 봅니다. 그 온갖 계급의 도회 여인들 연약한 피부 위에는 그네들의 빈부를 묻지 않고 온갖 육중한 지문을 느끼지 않습니다.

---

11) 코사크: 카자흐(Kazakh)의 영어식 이름.
12) 간쓰메: 통조림의 일본어.

4

그러나 가난하나마 무명같이 튼튼한 피부 위에 오점이 없고 '추잉껌', '초콜릿' 대신에 응어리는 빼어 먹고 달짝지근한 꽈리를 불며 숭굴숭굴한 이 시골 새악시들을 더 나는 끔찍이 알고 싶습니다. 축복하여 주고 싶습니다. 교회는 보이지 않습니다. 도회인의 교활한 시선이 수줍어서 수풀 사이로 숨어 버리고 종소리의 여운만이 근처에 냄새처럼 남아서 배회하고 있습니다. 혹 그것은 안식을 잃은 내 혼이 들은 바 환청에 지나지 않았는지도 모릅니다.

조밭 한복판에 높은 뽕나무가 있습니다. 뽕 따는 새악시가 전공부電工夫처럼 높이 나무 위에 올랐습니다. 순백의 가장 탐스러운 과실이 열렸습니다. 둘이서는 나무에 오르고 하나가 나무 밑에서 다랭이를 채우고 있습니다. 한두 잎만 따도 다랭이가 철철 넘는 민요의 무대면입니다.

조 이삭은 다 말라 죽었습니다. 코르크처럼 가벼운 이삭이 근심스럽게 고개를 숙였습니다. 오… 비야 좀 오려무나, 해면처럼 물을 빨아들이고 싶어죽겠습니다. 그러나 하늘은 금禁한 듯이 구름이 없고 푸르고 맑고 또 부숭부숭하니 깊지 못한 뿌리의 SOS가 암반 아래를 흐르는 지하수에 다다르겠습니까?

두 소년이 고무신을 벗어 들고 시냇물에 발을 잠가 고기를 잡습니다. 지상의 원한이 스며 흐르는 정맥, 그 불길하고 독한 물에 어떤 어족이 살고 있는지… 시내는 대지의 신열을 뚫고 벌판 기울어진 방향으로 흐르고 있습니다. 그것은 가을의 풍설風說입니다.

가을이 올 터인데 와도 좋으냐고 소근근하지 않습니까? 조 이삭이 초례청 신부가 절할 때 나는 소리같이 부수수 구깁니다. 노회한 바람이 조 잎새에게 난숙爛熟을 최촉催促하는 것입니다. 그러나 조의 마음은 푸르고 초조하고 어렵니다. 조밭을 어지러뜨린 자는 누구냐? 기왕 안 될 조이거늘, 그런 마음으로 그랬나요? 몹시 어지러뜨려 놓았습니다. 누에, 호호戶戶에 누에가 있습니다. 조 이삭보다도 굵직한 누에가 삽시간에 뽕잎을 먹습니다. 이 건강한 미각은 왕후와 같이 존경스러우며 치사侈奢스럽습니다. 새악시들은 뽕 심부름하는 것으로 몸의 마지막 광영을 삼습니다. 그러나 뽕이 떨어졌습니다. 온갖 폐백幣帛이 동이 난 것과 같이 새악시들의 정열은 허둥지둥하는 것입니다.

야음을 타서 새악시들은 경장輕裝으로 나섭니다. 얼굴의 홍조가 가리키는 방향으로…. 뽕나무에 우승배가 놓여 있습니다. 그리로만 가면 되는 것입니다. 조밭을 짓밟습니다. 자외선에 맛있게 그을린 새악시들의 발이 그대로 조 이삭을 무찌르고 스크럼13)입니다. 그리하여 하늘에 닿을 지성이 천고마비 잠실 안에 있는 성스러운 귀족 가축들을 살찌게 하는 것입니다. 콜레트 부인의 『빈묘牝猫』를 생각게 하는 말캉말캉한 로맨스입니다.

5

간이학교 곁집 길가에서 들여다보이는 방에 틀이 떠들고 있습니다. 편발編髮 처녀가 맨발로 기계를 건드리고 있습니다. 그러면 기계는 허리를 스치는 가느다란 실이 간지럽다는 듯이 깔깔깔깔 대소하는 것입니다. 웃으며 지근대며 명산名産 ○○명주가 짜여 나오니 열맷 자 수건이 성묘

---

13) 스크럼: 여럿이 팔을 꽉 끼고 뭉치는 것.

갈 때 입을 때때를 만들고 시집살이 설움을 씻어 주고 또 꿈과 꿈을 말소하는 쓰레받기도 되고… 이렇게 실없는 내 환희입니다.

담배가게 곁방 안에는 오늘 황혼을 미리 가져다 놓았습니다. 침침한 몇 갤런의 공기 속에 생생한 침엽수가 울창합니다. 황혼에만 사는 이민 같은 이국 초목에는 순백의 갸름한 열매가 무수히 열렸습니다. 고치, 귀화한 마리아들이 최신 지혜의 과실을 단려端麗한 맵시로 따고 있습니다. 그 아들의 불행한 최후를 슬퍼하며 크리스마스트리를 헐어 들어가는 '피에타' 화폭 전도全圖입니다.

학교 마당에는 코스모스가 피어 있고 생도들은 글을 배우고 있습니다. 그들은 열심히 간단한 산술을 놓아 그들의 정직과 순박을 지혜와 교활로 환산하고 있습니다. 탄식할 이식산利息算이 아니겠습니까? 족보를 찢어 버린 것과 같은 흰 나비가 두어 마리 백묵 내음새 나는 화단 위에서 번복이 무상합니다. 또 연식 테니스공의 마개 뽑는 소리가 음향의 흔적이 되어서는 등고선의 각점 모양으로 남아있는 것 같습니다. 이 마당에서 오늘 밤에 금융조합 선전 활동사진회가 열립니다. 활동사진? 세기의 총아, 온갖 예술 위에 군림하는 제8예술의 승리. 그 고답적이고도 탕아적인 매력을 무엇에다 비하겠습니까? 그러나 이곳 주민들은 활동사진에 대하여 한낱 동화적인 꿈을 가진 채 있습니다. 그림이 움직일 수 있는 이것은 참 홍모紅毛 오랑캐의 요술을 배워 가지고 온 것 같으면서도 같지 않은 동포의 부러운 재간입니다.

활동사진을 보고 난 다음에 맛보는 담백한 허무. 장주莊周의 '호접몽'이 이러하였을 것입니다. 나의 동글납작한 머리가 그대로 카메라가 되어 피곤한 더블 렌즈로나마 몇 번이나 이 옥수수 무르익어가는 초추初秋의 정경을 촬영하였으며 영사하였던가. 플래시백으로 흐르는 엷은 애수, 도회에 남아 있는 몇 고독한 팬에게 보내는 단장斷腸의 스틸이다.

6

밤이 되었습니다. 초열흘 가까운 달이 초저녁이 조금 지나면 나옵니다. 마당에 멍석을 펴고 전설 같은 시민이 모여듭니다. 축음기 앞에서 고개를 갸웃거리는 북극 펭귄새들이나 무엇이 다르겠습니까? 짧고도 기다란 인생을 적어 내려갈 편전지便箋紙, 스크린이 박모薄暮 속에서 바이오그래피의 예비 표정입니다. 내가 있는 건너편 객줏집에 든 도회풍 여인도 왔나 봅니다. 사투리의 합음이 마당 안에서 들립니다.

시작입니다. 부산 잔교棧橋가 나타납니다. 평양 모란봉입니다. 압록강 철교가 역사적으로 돌아갑니다. 박수와 갈채. 태서泰西의 명감독이 바야흐로 안색이 없습니다. 10분 휴게시간에 조합이사의 통역부通譯附 연설이 있었습니다.

달은 구름 속에 있습니다. '금연'이라는 느낌입니다. 연설하는 이사 얼굴에 전등의 '스포트'도 비쳤습니다. 산천초목이 다 경동할 일입니다. 전등, 이곳 촌민들은 ○○행 자동차 헤드라이트 외에 전등을 본 일이 없습니다. 그 눈이 부시게 밝은 광선속에서 창백한 이사는 강단降壇하였습니다. 우매한 백성들은 이 이사의 웅변에 한 사람도 박수 치지 않았습니다. 물론 나도 그 우매한 백성 중의 하나일 수밖에 없었습니다만….

밤 11시나 지나서 영화감상의 밤은 해피엔드였습니다. 조합원들과 영사기사는 이 촌 유일의 음식점에서 위로회를 열었습니다. 나는 객사로 돌아와서 죽어 가는 등잔심지를 돋우고 독서를 시작하였습니다. 그것은 이웃 방에 묵고 계신 노신사께서 내 나타懶惰와 우울을 훈계하는 뜻으로 빌려 주신 '고다 로한幸田露伴' 박사의 지은 바 『사람의 길』이라는 진서珍書입니다. 개가 멀리서 끊일 사이 없이 이어 짖어 댑니다. 그윽한 하이칼라 방향芳香을 못 잊어 군중은 아직도 헤어지지 않았나 봅니다.

구름이 걷히고 달이 나왔습니다. 벌레가 무답회舞踏會의 창문을 열어 놓은 것처럼 와작 요란스럽습니다. 알지 못하는 노방路傍의 인人을 사모 하는 도회인적인 향수가 있습니다. 신간잡지의 표지와 같이 신선한 여 인들, '넥타이'와 동갑인 신사들 그리고 창백한 여러 동무들, 나를 기다리 지 않는 고향 도회에 내 자체의 말씀을 번안하여 보내 주고 싶습니다.

잠, 성경을 채자探字하다가 엎질러 버린 인쇄직공이 아무렇게나 주워 담은 지리멸렬한 활자의 꿈. 나도 갈가리 찢어진 사도가 되어서 세 번 아 니라 열 번이라도 굶는 가족을 모른다고 그럽니다.

근심이 나를 제한 세상보다 큽니다. 내가 갑문閘門을 열면 폐허가 된 이 육신으로 근심의 호수가 스며들어 옵니다. 그러나 나는 나의 마조히스 트14) 병마개를 아직 뽑지는 않습니다. 근심은 나를 싸고돌며 그러는 동 안에 이 육신은 풍마우세風磨雨洗15)로 다 말라 없어지고 말 것입니다.

밤의 슬픈 공기를 원고지 위에 깔고 창백한 동무에게 편지를 씁니다. 그 속에는 자신의 부고訃告도 동봉하여 있습니다.

《 『매일신보』 , 1935년》

---

14) 마조히스트: 피 가학적 변태라 일컬어지며, 상대에게 가학 당함으로써 쾌감을 느끼
 는 사람.

15) 풍마우세(風磨雨洗): 바람에 갈리고 비에 씻김.

권태(倦怠)

1

어서 차라리 어두워… 버리기나 했으면 좋겠는데… 벽촌의 여름날은 지루해서 죽겠을 만큼 길다.

동에 팔봉산, 곡선은 왜 저리도 굴곡이 없이 단조로운고?

서를 보아도 벌판, 북을 보아도 벌판, 아, 이 벌판은 어쩌라고 이렇게 한이 없이 늘어 놓였을꼬? 어쩌자고 저렇게 똑같이 초록색 하나로 되어 먹었노?

농가가 가운데 길 하나를 두고 좌우로 한 10여 호씩 있다. 휘청거리는 소나무 기둥, 흙을 주물러 바른 벽, 강낭대로 둘러싼 울타리, 울타리를 덮은 호박넝쿨 모두가 그게 그것같이 똑같다.

어제 보던 댑싸리나무, 오늘도 보는 김 서방, 내일도 보아야 할 흰둥이, 검둥이.

해는 100도 가까운 볕을 지붕에도 벌판에도 뽕나무에도 암탉 꼬랑지에도 내리쬔다. 아침이나 저녁이나 뜨거워하며 견딜 수가 없는 염서炎署 계속이다.

나는 아침을 먹었다. 할 일이 없다. 그러나 무작정 널따란 백지 같은 '오늘'이라는 것이 내 앞에 펼쳐져 있으면서 무슨 기사記事라도 좋으니 강요한다. 나는 무엇이고 하지 않으면 안 된다. 무엇을 해야 할 것인가 연구해야 한다. 그럼 나는 최 서방네 집 사랑 툇마루로 장기나 두러 갈까. 그것이 좋다.

최 서방은 들에 나갔다. 최 서방네 사랑에는 아무도 없나 보다. 최 서방의 조카가 낮잠을 잔다. 아하, 내가 아침을 먹은 것은 10시나 지난 후니까 최 서방의 조카로서는 낮잠 잘 시간에 틀림없다.

나는 최 서방의 조카를 깨워 가지고 장기를 한판 벌이기로 한다. 최 서방의 조카와 열 번 두면 열 번 내가 이긴다. 최 서방의 조카로서는 그러니까 나와 장기 둔다는 것 그것부터가 권태다. 밤낮 두어야 마찬가질 바에 안 두는 것이 차라리 낫지. 그러나 안 두면 또 무엇을 하나? 둘밖에 없다.

지는 것도 권태이거늘 이기는 것이 어찌 권태 아닐 수 있으랴? 열 번 두어서 열 번 내리 이기는 장난이란 열 번 지는 이상으로 싱거운 장난이다. 나는 참 싱거워서 참을 수가 없다.

한번쯤 져 주리라. 나는 한참 생각하는 체하다가 슬그머니 위험한 자리에 장기 조각을 갖다 놓는다. 최 서방의 조카는 하품을 쓱 한번 하더니 이윽고 둔다는 것이 딴전이다. 으레 질 것이니까 골치 아프게 수를 보고 어쩌고 하기도 싫다는 사상이리라 . 아무렇게나 생각나는 대로 장기를 갖다 놓고는 그저 얼른얼른 끝을 내어 져줄 만큼은 져주면 이 상승장군 常勝將軍은 이 압도적인 권태를 이기지 못해 제출물에 가버리겠지 하는 사상이리라.

나는 부득이 또 이긴다. 인제 그만 두잔다. 물론 그만 두는 수밖에 없다. 일부러 져준다는 것조차가 어려운 일이다. 나는 왜 저 최 서방의 조카처럼 아주 영영 방심 상태가 되어 버릴 수가 없나? 이 질식할 것 같은 권태 속에서도 사세些細1)한 승부에 구속을 받나? 아주 바보가 되는 수는 없나?

내게 남아 있는 이 치사스러운 인간이욕이 다시없이 밉다. 나는 이 마지막 것을 면해야 한다. 권태를 인식하는 신경마저 버리고 완전히 허탈해 버려야 한다.

2

나는 개울가로 간다. 가물로 하여 너무나 빈약한 물이 소리 없이 흐른다.

뼈처럼 앙상한 물줄기가 왜 소리를 치지 않나?

너무 덥다. 나뭇잎들이 다 축 늘어져서 허덕허덕하도록 덥다. 이렇게 더우니 시냇물인들 서늘한 소리를 내어 보는 재간도 없으리라.

나는 그 물가에 앉는다. 앉아서 자, 무슨 제목으로 나는 사색해야 할 것인가 생각해 본다. 그러나 물론 아무런 제목도 떠오르지는 앉는다.

---

1) 사세(些細): 사소. 시시함. 하찮음.

그렇다면 아무것도 생각 말기로 하자. 그저 한량없이 넓은 초록색 벌판 지평선, 아무리 변화하여 보았댔자 결국 치열한 곡예의 역域을 벗어나지 않는 구름, 이런 것을 건너다본다.

지구 표면적의 100분의 99가 이 공포의 초록색이리라. 그렇다면 지구야말로 너무나 단조 무미한 채색이다. 도회에는 초록이 드물다. 나는 처음 여기 표착漂着하였을 때 이 신선한 초록빛에 놀랐고 사랑하였다. 그러나 닷새가 못 되어서 이 일망무제의 초록색은 조물주의 몰취미와 신경의 조잡성으로 말미암은 무미건조한 지구의 여백인 것을 발견하고 다시금 놀라지 않을 수 없었다.

어쩔 작정으로 저렇게 퍼렇나. 하루 온종일 저 푸른빛은 아무 짓도 하지 않는다. 오직 그 푸른 것에 백치와 같이 만족하면서 푸른 채로 있다.

이윽고 밤이 오면 또 거대한 구렁이처럼 빛을 잃어버리고 소리도 없이 잔다. 이 무슨 거대한 겸손이냐.

이윽고 겨울이 오면 초록은 실색失色한다. 그러나 그것은 남루를 갈기갈기 찢은 것과 다름없는 추악한 색채로 변하는 것이다. 한 겨울을 두고 이 황막하고 추악한 벌판을 바라보고 지내면서 그래도 자살 민절悶絶하지 않는 농민들은 불쌍하기도 하려니와 거대한 천치다.

그들의 일생이 또한 이 벌판처럼 단조한 권태 일색으로 도포塗布된 것이리라. 일할 때는 초록 벌판처럼 더워서 숨이 칵칵 막히게 싱거울 것이요, 일하지 않을 때에는 겨울 황원荒原처럼 거칠고 구지레하게 싱거울 것이다.

그들에게는 홍분이 없다. 벌판에 벼락이 떨어져도 그것은 뇌성 끝에 가끔 있는 다반사에 지나지 않는다. 촌동村童이 범에게 물려가도 그것은 맹수가 사는 산촌에 가끔 있는 신벌神罰에 지나지 않는다. 실로 전선주電線柱 하나 없는 벌판에서 그들이 무엇을 대상으로 홍분할 수 있으랴.

팔봉산 등을 넘어 철골 전선주가 늘어섰다. 그러나 그 동선銅線은 이 촌락에 엽서 한 장을 내려뜨리지 않고 섰는 채다. 동선으로는 전류도 통하리라. 그러나 그들의 방이 아직도 송명松明으로 어둠침침한 이상 그 전선주들은 이 마을 동구에 늘어선 포플러나무와 조금도 다름이 없다.

그들에게 희망은 있던가? 가을에 곡식이 익으리라. 그러나 그것은 희망은 아니다. 본능이다.

내일. 내일도 오늘 하던 계속의 일을 해야지. 이 끝없는 권태의 내일은 왜 이렇게 끝없이 있나? 그러나 그들은 그런 것을 생각할 줄 모른다. 간혹 그런 의혹이 전광과 같이 그들의 흉리胸裏를 스치는 일이 있어도 다음 순간 하루의 노역으로 말미암아 잠이 오고 만다. 그러니 농민은 참 불행하도다. 그럼, 이 흉악한 권태를 자각할 줄 아는 나는 얼마나 행복된가.

3

댑싸리나무도 축 늘어졌다. 물은 흐르면서 가끔 웅덩이를 만나면 썩는다.

내가 앉아 있는 데는 그런 웅덩이가 있다. 내 앞에서 물은 조용히 썩는다.

낮닭 우는 소리가 무던히 한가롭다. 어제도 울던 낮닭이 오늘도 또 울었다는 외에 아무 흥미도 없다. 들어도 그만 안 들어도 그만이다. 다만 우연히 귀에 들려왔으니까 그저 들었달 뿐이다.

닭은 그래도 새벽, 낮으로 울기나 한다. 그러나 이 동리의 개들은 짖지를 않는다. 그러면 모두 벙어리 개들인가, 아니다. 그 증거로는 이 동리

사람이 아닌 내가 돌팔매질을 하면서 위협하면 십 리나 달아나면서 나를 돌아다보고 짖는다.

그렇건만 내가 아무 그런 위험한 짓을 하지 않고 지나가면 천리나 먼 데서 온 외인外人, 더구나 안면이 이처럼 창백하고 봉발(蓬髮)2)이 작소(鵲巢)3)를 이룬 기이한 풍모를 쳐다보면서도 짖지 않는다. 참 이상하다. 어째서 여기 개들은 나를 보고 짖지를 않을까? 세상에도 희귀한 겁쟁이 개들도 다 많다.

이 겁쟁이 개들은 이런 나를 보고도 짖지를 않으니 그럼 대체 무엇을 보아야 짖으랴?

그들은 짖을 일이 없다. 여인旅人은 이곳에 오지 않는다. 오지 않을 뿐만 아니라 국도 연변에 있지 않는 이 촌락을 그들은 지나갈 일도 없다. 가끔 이웃 마을의 김 서방이 온다. 그러나 그는 여기 최 서방과 똑같은 복장과 피부색과 사투리를 가졌으니 개들이 짖어 무엇하랴. 이 빈촌에는 도둑이 없다. 인정 있는 도둑이면 여기 너무나 빈한한 새악시들을 위하여 훔친 바, 비녀나 반지를 가만히 놓고 가지 않으면 안 되리라. 도둑에게는 이 마을은 도둑의 도심盜心을 도둑맞기 쉬운 위험한 지대리라.

그러니 실로 개들이 무엇을 보고 짖으랴. 개들은 너무나 오랫동안 아마 그 출생 당시부터 짖는 버릇을 포기한 채 지내 왔다. 몇 대를 두고 짖지 않은 이곳 견족犬族들은 드디어 짖는다는 본능을 상실하고 만 것이리라. 인제는 돌이나 나무토막으로 얻어맞아서 견딜 수 없이 아파야 겨우 짖는다. 그러나 그와 같은 본능은 인간에게도 있으니 특히 개의 특징으로 쳐들 것은 못 되리라.

---

2) 봉발(蓬髮): 헙수룩하게 흐트러진 머리털. 더벅머리.

3) 작소(鵲巢): 까치집.

개들은 대개 제가 길리우고 있는 집 문간에 가 앉아서 밤이면 밤잠, 낮이면 낮잠을 잔다. 왜? 그들은 수위守衛할 아무 대상도 없으니까다.

최 서방네 개가 이리로 온다. 그것을 김 서방네 개가 발견하고 일어나서 영접한다. 그러나 영접해 본댔자 할 일이 없다. 양구良久[4]에 그들은 헤어진다.

설레설레 길을 걸어 본다. 밤낮 다니던 길, 그 길에는 아무것도 떨어진 것이 없다. 촌민들은 한여름 보리와 조를 먹는다. 반찬은 날된장과 풋고추이다. 그러니 그들의 부엌에조차 남은 것이 없겠거늘 하물며 길가에 무엇이 족히 떨어져 있을 수 있으랴.

길을 걸어 본댔자 소득이 없다. 낮잠이나 자자. 그리하여 개들은 천부의 수위술守衛術[5]을 망각하고 탐닉하여 버리지 않을 수 없을 만큼 타락하고 말았다.

슬픈 일이다. 짖을 줄 모르는 벙어리 개, 지킬 줄 모르는 게으름뱅이 개, 이 바보 개들은 복날 개장국을 끓여 먹기 위하여 촌민의 희생이 된다. 그러나 불쌍한 개들은 음력도 모르니 복날은 몇 날이나 남았나 전혀 알 길이 없다.

4

이 마을에는 신문도 오지 않는다. 소위 승합 자동차라는 것도 통과하

---

4) 양구(良久): 꽤 오래. 한참 지남.
5) 수위술(守衛術): 보기 위하여 지키는 기술.

지 않으니 도회의 소식을 무슨 방법으로 알랴?

오관이 모조리 박탈된 것이나 다름없다. 답답한 하늘, 답답한 지평선, 답답한 풍경 가운데 나는 이리 뒹굴 저리 뒹굴 구르고 싶을 만큼 답답해하고 지내야만 된다.

아무것도 생각할 수 없는 상태 이상으로 괴로운 상태가 또 있을까. 인간은 병석에서도 생각하는 법이다.

끝없는 권태가 사람을 엄습하였을 때 그의 동공은 내부를 향하여 열리리라. 그리하여 망쇄(忙殺)[6]할 때보다도 몇 배나 더 자신의 내면을 성찰할 수 있을 것이다.

현대인의 특질이요 질환인 자의식의 과잉은 이런 권태하지 않을 수 없는 권태 계급의 철저한 권태로 말미암음이다. 육체적 한산, 정신적 권태, 이것을 면할 수 없는 계급이 자의식 과잉의 절정을 표시한다.

그러나 지금 이 개울가에 앉은 나에게는 자의식 과잉조차가 폐쇄되었다.

이렇게 한산한데, 이렇게 극도의 권태가 있는데, 동공은 내부를 향하여 열리기를 주저한다.

아무것도 생각하기 싫다. 어제까지도 죽는 것을 생각하는 것 하나만은 즐거웠다. 그러나 오늘은 그것조차가 귀찮다. 그러면 아무 것도 생각하지 말고 눈뜬 채 졸기로 하자.

더워 죽겠는데 목욕이나 할까? 그러나 웅덩이 물은 썩었다. 썩지 않은 물을 찾아가는 것은 귀찮은 일이고….

썩지 않은 물이 여기 있다기로서니 나는 목욕하지 않으리라. 옷을 벗기가 귀찮다. 아니! 그보다도 그 창백하고 앙상한 수구(瘦軀)를 백일 아래

---

6) 망쇄(忙殺): 몹시 바쁨

에 널어 말리는 파렴치를 나는 견디기 어렵다.

땀이 옷에 배이면? 배인 채 두자.

그렇다고 하더라도 이 더위는 무슨 더위냐. 나는 일어나서 오던 길을 되돌아서는 도중에서 교미하는 개 한 쌍을 만났다. 그러나 인공의 교미가 없는 축류畜類의 교미는 풍경이 권태 그것인 것 같이 권태 그것이다. 동리 동해童孩[7]들에게도 젊은 촌부들에게도 흥미의 대상이 되지 않는다.

함석 대야는 그 본연의 빛을 일찍이 잃어버리고 그들의 피부색과 같이 붉고 검다. 아마 이 집 주인 아주머니가 시집올 때 가지고 온 것이리라.

세수를 해본다. 물조차가 미지근하다. 물조차가 이 무지한 더위에는 견딜 수 없었나 보다. 그러나 세수의 관례대로 세수를 마친다.

그리고 호박넝쿨이 축 늘어진 울타리 밑 호박넝쿨의 뿌리 돋친 데를 찾아서 그 물을 준다. 너라도 좀 생기를 내라고.

땀내 나는 수건으로 얼굴을 훔치고 툇마루에 걸터 앉았자니까 내가 세수할 때 내 곁에 늘어섰던 주인집 아이들 넷이 제각기 나를 본받아 그 대야를 사용하여 세수를 한다.

저 애들도 더워서 저러는구나 하였더니 그렇지 않다. 그 애들도 나처럼 일거수일투족을 어찌하였으면 좋을까 당황해하고 있는 권태들이었다. 다만 내가 세수하는 것을 보고 그럼 우리도 저 사람처럼 세수나 해볼까 하고 따라서 세수를 해보았다는 데 지나지 않는다.

---

7) 동해(童孩): 어린 아이.

5

원숭이가 사람의 흉내를 내는 것이 내 눈에는 참 밉다. 어쩌자고 여기 아이들은 내 흉내를 내는 것일까? 귀여운 촌동들을 원숭이를 만들어서는 안 된다.

나는 다시 개울가로 가본다. 썩은 물 늘어진 댑싸리 외에 아무것도 없다. 그러나 나는 거기 앉아서 이번에는 그 썩는 중의 웅덩이 속을 들여다본다.

순간 나는 진기한 현상을 목도한다. 무수한 오점이 방향을 정돈해 가면서 움직이고 있는 것이다. 이것은 생물임에 틀림없다. 송사리 떼임에 틀림없다.

이 부패한 소택沼澤 속에 이런 앙증스러운 어족이 서식하리라고는 나는 참 꿈에도 생각지 못했다. 요리 몰리고 조리 몰리고 역시 먹을 것을 찾음이리라. 무엇을 먹고 사누. 버러지를 먹겠지. 그러나 송사리보다도 더 작은 버러지라는 것이 있을까!

잠시 가만있지 않는다. 저물도록 움직인다. 대략 같은 동기와 같은 모양으로들 그러는 것 같다. 동기! 역시 송사리의 세계에도 시급한 목적이 있는 모양이다.

차츰차츰 하류를 향하여 군중적으로 이동한다. 저렇게 하류로 하류로만 가다가 또 어쩔 작정인가. 아니 그들은 중로中路에서 또 상류를 향하여 거슬러 올라올지도 모른다. 그러나 당장 하류로 향하여 가고 있는 것이 확실하다. 하류로 하류로!

5분 후에는 그들의 모양이 보이지 않을 만큼 그들은 멀리 하류로 내려갔다. 그리고 웅덩이는 아까와 같이 도로 썩은 물의 웅덩이로 조용해지고 말았다.

나는 그 자리에서 일어나서 풀밭으로 가보기로 한다. 풀밭에는 암소 한 마리가 있다.

고 웅덩이 속에 고런 맹랑한 현상이 잠복해 있을 수 있다니, 하고 나는 적잖이 흥분했다. 그러나 그 현상도 소낙비처럼 지나가고 말았으니 잊어버리고 그만두는 수밖에.

소의 뿔은 벌써 소의 무기는 아니다. 소의 뿔은 오직 안경의 재료일 따름이다. 소는 사람에게 얻어맞기로 위주니까 소에게는 무기가 필요 없다. 소의 뿔은 오직 동물학자를 위한 표지이다. 야우시대野牛時代에는 이것으로 적을 돌격한 일도 있습니다, 하는 마치 폐병廢兵의 가슴에 달린 훈장처럼 그 추억성이 애상적이다.

암소의 뿔은 수소의 그것보다도 더 한층 겸허하다. 이 애상적인 뿔이 나를 받을 리 없으니 나는 마음 놓고 그 곁 풀밭에 가 누워도 좋다. 나는 누워서 우선 소를 본다.

소는 잠시 반추를 그치고 나를 응시한다.

'이 사람의 얼굴이 왜 이리 창백하냐. 아마 병인인가 보다. 내 생명에 위해를 가하려는 거나 아닌지 나는 조심해야 되지.'

이렇게 소는 속으로 나를 심리審理하였으리라. 그러나 5분 후에는 소는 다시 반추를 계속하였다. 소보다도 내가 마음을 놓는다.

소는 식욕의 즐거움조차를 냉대할 수 있는 지상 최대의 권태자다. 얼마나 권태 지질렀길래 이미 위에 들어간 식물을 다시 게워 그 시금털털한 반 소화물의 미각을 역설적으로 향락하는 체해 보임이리오?

소의 체구가 크면 클수록 그의 권태도 크고 슬프다. 나는 소 앞에 누워 내 세균같이 사소한 고독을 겸손하면서, 나도 사색의 반추는 가능할는지 몰래 좀 생각해 본다.

6

    길 복판에서 6, 7인의 아이들이 놀고 있다. 적발동부赤髮銅膚의 반라군半裸群이다. 그들의 혼탁한 안색, 흘린 콧물, 두른 베두렁이, 벗은 웃통만을 가지고는 그들의 성별조차 거의 분간할 수 없다.

    그러나 그들은 여아가 아니면 남아요, 남아가 아니면 여아인, 결국에는 귀여운 5, 6세 내지 7, 8세의 '아이들' 임에는 틀림없다. 이 아이들이 여기 길 한복판을 선택하여 유희하고 있다.

    돌멩이를 주워 온다. 여기는 사금파리도 벽돌 조각도 없다. 이 빠진 그릇을 여기 사람들은 버리지 않는다.

    그리고는 풀을 뜯어 온다. 풀, 이처럼 평범한 것이 또 있을까. 그들에게 있어서는 초록빛의 물건이란 어떤 것이고 간에 다시없이 심심한 것이다. 그러나 하는 수 없다. 곡식을 뜯는 것도 금제니까 풀밖에 없다.

    돌멩이로 풀을 짓찧는다. 푸르스레한 물이 돌에 가 염색된다. 그러면 그 돌과 그 풀은 팽개치고 또 다른 풀과 돌멩이를 가져다가 똑같은 짓을 반복한다. 한 10분 동안이나 아무 말이 없이 잠자코 이렇게 놀아 본다.

    10분 만이면 권태가 온다. 풀도 싱겁고 돌도 싱겁다. 그러면 그 외에 무엇이 있나? 없다.

    그들은 일제히 일어선다. 질서도 없고 충동의 재료도 없다. 다만 그저 앉았기 싫으니까 이번에는 일어서 보았을 뿐이다.

    일어서서 두 팔을 높이 하늘을 향하여 쳐든다. 그리고 비명에 가까운 소리를 질러 본다. 그러더니 그냥 그 자리에서들 경중경중 뛴다. 그러면서 그 비명을 겸한다.

    나는 이 광경을 보고 그만 눈물이 났다. 여북하면 저렇게 놀까. 이들은 놀 줄조차 모른다. 어버이들은 너무 가난해서 이들 귀여운 애기들에게 장난감을 사다줄 수가 없었던 것이다.

이 하늘을 향하여 두 팔을 뻗치고 그리고 소리를 지르면서 뛰는 그들의 유희가 내 눈에는 암만해도 유희같이 생각되지 않는다. 하늘은 왜 저렇게 어제도 오늘은 내일도 푸르냐, 산은, 벌판은 왜 저렇게 어제도 오늘도 내일도 푸르냐는 조물주에게 대한 저주의 비명이 아니고 무엇이랴.

아이들은 짖을 줄조차 모르는 개들과 놀 수는 없다. 그렇다고 모이 찾느라고 눈이 벌건 닭들과 놀 수도 없다. 아버지도 어머니도 너무나 바쁘다. 언니 오빠조차 바쁘다. 역시 아이들은 아이들끼리 노는 수밖에 없다. 그런데 대체 무엇을 갖고 어떻게 놀아야 하나, 그들에게는 장난감 하나가 없는 그들에게는 영영 엄두가 나서지를 않는 것이다. 그들은 이렇듯 불행하다.

그 짓도 5분이다. 그 이상 더 길게 이 짓을 하자면 그들은 피로할 것이다. 순진한 그들이 무슨 까닭에 피로해야 되나? 그들은 우선 싱거워서 그 짓을 그만둔다.

그들은 도로 나란히 앉는다. 앉아서 소리가 없다. 무엇을 하나. 무슨 종류의 유희인지, 유희는 유희인 모양인데… 이 권태의 왜소 인간들은 또 무슨 기상천외의 유희를 발명했나.

5분 후에 그들은 비키면서 하나씩 둘씩 일어선다. 제각각 대변을 한 무더기씩 누어 보았다. 아, 이것도 역시 그들의 유희였다. 속수무책의 그들 최후의 창작 유희였다. 그러나 그중 한 아이가 영 일어나지를 않는다. 그는 대변이 나오지 않는다. 그럼 그는 이번 유희의 못난 낙오자임에 틀림없다. 분명히 다른 아이들 눈에 조소의 빛이 보인다. 아, 조물주여! 이들을 위하여 풍경과 완구玩具를 주소서.

7

날이 어두워졌다 . 해저와 같은 밤이 오는 것이다. 나는 자못 이상하다.

가만히 생각해 보면 나는 배가 고픈 모양이다. 이것이 정말이라면 그럼 나는 어째서 배가 고픈가. 무엇을 했다고 배가 고픈가.

자기 부패 작용이나 하고 있는 웅덩이 속을 실로 송사리 떼가 쏘다니고 있더라. 그럼 내 장부臟腑 속으로도 나로서 자각할 수 없는 송사리 떼가 준동하고 있나 보다. 아무튼 나는 밥을 아니 먹을 수는 없다.

밥상에는 마늘장아찌와 날된장과 풋고추 졸임이 관성의 법칙처럼 놓여 있다. 그러나 먹을 때마다 이 음식이 내 입에 내 혀에 다르다. 그러나 나는 그 까닭을 설명할 수 없다.

마당에서 밥을 먹으면 머리 위에서 그 무수한 별들이 야단이다. 저것은 또 어쩌라는 것인가. 내게는 별이 천문학의 대상이 될 수 없다. 그렇다고 시상詩想의 대상도 아니다. 그것은 다만 향기도 촉감도 없는 절대 권태의 도달할 수 없는 영원한 피안이다. 별조차가 이렇게 싱겁다.

저녁을 마치고 밖으로 나와 보면 집집에서는 모깃불의 연기가 한창이다.

그들은 마당에서 멍석을 펴고 잔다. 별을 쳐다보면서 잔다. 그러나 그들은 별을 보지 않는다. 그 증거로는 그들은 멍석에 눕자마자 눈을 감는다. 그리고는 눈을 감자마자 쿨쿨 잠이 든다. 별은 그들과 관계없다.

나는 소화를 촉진시키느라고 길을 왔다 갔다 한다. 되돌아설 적마다 멍석 위에 누운 사람의 수가 늘어 간다.

이것이 시체와 무엇이 다를까? 먹고 잘 줄 아는 시체. 나는 이런 실례로운 생각을 정지해야만 되겠다. 그리고 나도 가서 자야겠다.

방에 돌아와 나는 나를 살펴본다. 모든 것에서 절연된 지금의 내 생활… 자살의 단서조차를 찾을 길이 없는 지금의 내 생활은 과연 권태의

극, 권태 그것이다.

그렇건만 내일이라는 것이 있다. 다시는 날이 새지 않는 것 같기도 한 밤 저쪽에 또 내일이라는 놈이 한 개 버티고 서 있다. 마치 흉맹한 형리처럼…. 나는 그 형리를 피할 수 없다. 오늘이 되어 버린 내일 속에서 또 나는 질식할 만큼 심심해해야 되고 기막힐 만큼 답답해해야 된다.

그럼 오늘 하루를 나는 어떻게 지냈던가. 이런 것은 생각할 필요가 없으리라. 그냥 자자! 자다가 불행히, 아니 다행히 또 깨거든 최 서방의 조카와 장기나 또 한판 두지. 웅덩이에 가서 송사리를 볼 수도 있고. 몇 가지 안 남은 기억을 소처럼 반추하면서 끝없이 나태를 즐기는 방법도 있지 않으냐.

불나비가 달려들어 불을 끈다. 불나비는 죽었든지 화상을 입었으리라. 그러나 불나비라는 놈은 사는 방법을 아는 놈이다. 불을 보면 뛰어들 줄도 알고 평상에 불을 초조히 , 찾아다닐 줄도 아는 정열의 생물이니 말이다.

그러나 여기 어디 불을 찾으려는 정열이 있으며 뛰어들 불이 있느냐. 없다. 나에게는 아무것도 없는, 내 눈에는 아무것도 보이지 않는다.

암흑은 암흑인 이상 이 좁은 방 것이나 우주에 꽉 찬 것이나 분량 상 차이가 없으리라. 나는 이 대소 없는 암흑 가운데 누워서 숨 쉴 것도 어루만질 것도 또 욕심나는 것도 아무것도 없다. 다만 어디까지 가야 끝이 날지 모르는 내일, 그것이 또 창밖에 등대等待하고 있는 것을 느끼면서 오들오들 떨고 있을 뿐이다.

《『조선일보』, 1937년》

실낙원(失樂園)

소녀

소녀는 확실히 누구의 사진인가 보다. 언제든지 잠자코 있다.

소녀는 때때로 복통이 난다. 누가 연필로 장난을 한 까닭이다. 연필은 유독하다. 그럴 때마다 소녀는 탄환을 삼킨 사람처럼 창백하다고 한다.

소녀는 또 때때로 각혈한다. 그것은 부상한 나비가 와서 앉는 까닭이다. 그 거미줄 같은 나뭇가지는 나비의 체중에도 견디지 못한다. 나뭇가지는 부러지고 만다.

소녀는 단정短艇1) 가운데 있었다. 군중과 나비를 피하여. 냉각된 수압이, 냉각된 유리의 기압이 소녀에게 시각만을 남겨 주었다. 그리고 허다한 독서가 시작된다. 덮은 책 속에 혹은 서재 어떤 틈에 곧잘 한 장의 '얄따란 것'이 되어 버려서는 숨고 한다. 내 활자에 소녀의 살결 내음새가 섞여 있다. 내 제본에 소녀의 인두 자국이 남아 있다. 이것만은 어떤 강렬한 향수로도 헷갈리게 하는 수는 없을.

사람들은 그 소녀를 내 처라고 해서 비난하였다. 듣기 싫다. 거짓말이다. 정말 이 소녀를 본 놈은 하나도 없다.

그러나 소녀는 누구든지의 처가 아니면 안 된다. 내 자궁 가운데 소녀는 무엇인지를 낳아 놓았으니, 그러나 나는 아직 그것을 분만하지 않았다. 이런 소름 끼치는 지식을 내버리지 않고야 그렇다는 것이 체내에 먹어 들어오는 연탄鉛彈처럼 나를 부식시켜 버리고야 말 것이다.

나는 이 소녀를 화장火葬해 버리고 그만두었다. 내 비공鼻孔으로 종이 탈 때 나는 그런 냄새가 어느 때까지라도 저회低徊하면서 사라지려 들지 않았다.

육친의 장

기독基督2)에 혹사酷似한 한 사람의 남루한 사나이가 있었다. 다만 기독

---

1) 단정(短艇): 보트.
2) 기독(基督): 그리스도. 예수.

에 비하여 눌변이요 어지간히 무지한 것만이 틀리다면 틀렸다.

연기年紀 오십유일五十有一.

나는 이 모조 기독을 암살하지 아니하면 안 된다. 그렇지 아니하면 내 일생을 압수하려는 기색이 바야흐로 농후하다.

한 다리를 절름거리는 여인. 이 한 사람이 언제든지 돌아선 자세로 내게 육박한다. 내 근육과 골편과 또 약소한 입방立方의 청혈과의 원가상환을 청구하는 모양이다. 그러나 내게 그만한 금전이 있을까. 나는 소설을 써야 서 푼도 안 된다. 이런 흉장胸醬의 배상금을 도리어 물어내라 그러고 싶다. 그러나 어쩌면 저렇게 심술궂은 여인일까. 나는 이 추악한 여인으로 부터도 도망하지 아니하면 안 된다.

단 한 개의 상아 스틱, 단 한 개의 풍선.

묘혈에 계신 백골까지 내게 무엇인가를 강요하고 있다. 그 인감은 이미 실효된 지 오랜 줄은 꿈에도 생각하지 않고.

(그 대상代償으로 나는 내 지능의 전부를 포기하리라)

7년이 지나면 인간 전신의 세포가 최후의 하나까지 교체된다고 한다. 7년 동안 나는 이 육친들과 관계없는 식사를 하리라. 그리고 당신네들을 위하는 것도 아니고 또 7년 동안은 나를 위하는 것도 아닌 새로운 혈통을 얻어 보겠다 하는 생각을 하여서는 안 된다.

돌려보내라고 하느냐. 7년 동안 금붕어처럼 개흙만을 토하고 지내면 된다. 아니, 미여기처럼.

실낙원

천사는 아무 데도 없다. '파라다이스'는 빈 터다.

나는 때때로 2, 3인의 천사를 만나는 수가 있다. 제 각각 다 쉽사리 내게 키스하여 준다. 그러나 홀연히 그 당장에서 죽어 버린다. 마치 웅봉雄蜂처럼….

천사는 천사끼리 싸움을 하였다는 소문도 있다.

나는 B군에게 내가 향유하고 있는 천사의 시체를 처분하여 버릴 취지를 이야기할 작정이다. 여러 사람을 웃길 수도 있을 것이다. 사실 S군 같은 사람은 깔깔 웃을 것이다. 그것은 S군은 5척이나 넘는 훌륭한 천사의 시체를 10년 동안이나 충실하게 보관하여온 경험이 있는 사람이니까….

천사를 다시 불러서 돌아오게 하는 응원기 같은 기는 없을까.

천사는 왜 그렇게 지옥을 좋아하는지 모르겠다. 지옥의 매력이 천사에게도 차차 알려진 것도 같다.

천사의 키스에는 색색이 독이 들어 있다. 키스를 당한 사람은 꼭 무슨 병이든지 앓다가 그만 죽어 버리는 것이 예사다.

면경面鏡

철필 달린 펜촉이 하나. 잉크병. 글자가 적혀 있는 지편紙片(모두가 한 사람 치).

부근에는 아무도 없는 것 같다. 그리고 그것은 읽을 수 없는 학문인가 싶다. 남아 있는 체취를 유리의 '냉담한 것'이 덕德하지 아니하니, 그 비장한 최후의 학자는 어떤 사람이었는지 조사할 길이 없다. 이 간단한 장치의 정물은 '투탕카멘'처럼 적적하고 기쁨을 보이지 않는다.

피血만 있으면, 최후의 혈구 하나가 죽지만 않았으면 생명은 어떻게라도 보존되어 있을 것이다.

피가 있을까. 혈흔을 본 사람이 있나. 그러나 그 난해한 문학의 끄트머리에 '사인'이 없다. 그 사람은 만일 그 사람이라는 사람이 그 사람이라는 사람이라면 아마 돌아오리라.

죽지는 않았을까. 최후의 한 사람의 병사의, 논공조차 행하지 않을 영예를 일신에 지고. 지루하다. 그는 필시 돌아올 것인가. 그래서는 피로에 가늘어진 손가락을 놀려서는 저 정물을 운전할 것인가.

그러면서도 결코 기뻐하는 기색을 보이지는 아니하리라. 지껄이지도 않을 것이다. 문학이 되어 버리는 잉크에 냉담하리라. 그러나 지금은 한없는 정밀靜謐이다. 기뻐하는 것을 거절하는 투박한 정물이다.

정물은 부득부득 피곤하리라. 유리는 창백하다. 정물은 골편까지도 노출한다.

시계는 좌향으로 움직이고 있다. 그것은 무엇을 계산하는 미터일까. 그러나 그 사람이라는 사람은 피곤하였을 것도 같다. 저 칼로리의 삭감. 모든 기계는 연한_{年限}이다. 거진거진 잔인한 정물이다. 그 강의불굴_{剛毅不}_屈하는 시인은 왜 돌아오지 아니할까. 과연 전사하였을까.

정물 가운데 정물이 정물 가운데 정물을 저며 내고 있다. 잔인하지 아니하냐.

초침을 포위하는 유리 덩어리에 담긴 지문은 소생하지 아니하면 안 될 것이다. 그 비장한 학자의 주의를 환기하기 위하여.

자화상(습작)

여기는 도무지 어느 나라인지 분간할 수 없다. 거기는 태고와 전승하는 판도_{版圖}가 있을 뿐이다. 여기는 폐허다. '피라미드'와 같은 코가 있다. 그 구멍으로는 '유구한 것' 이 드나들고 있다. 공기는 퇴색되지 않는다. 그것은 선조가 혹은 내 전신이 호흡하던 바로 그것이다. 동공에는 창공이 의고하여 있으니 태고의 영상의 약도다. 여기는 아무 기억도 유언되어 있지는 않다. 문자가 닳아 없어진 석비처럼 문명에 잡다한 것이 귀를 그냥 지나갈 뿐이다. 누구는 이것이 '데드마스크_{死面}'라고 그랬다. 또 누구는 데드마스크는 도적 맞았다고도 그랬다.

죽음은 서리와 같이 내려 있다. 풀이 말라 버리듯이 수염은 자라지 않은 채 거칠어갈 뿐이다. 그리고 천기_{天氣} 모양에 따라서 입은 커다란 소리로 외친다. 수류_{水流}처럼.

월상(月像)

 그 수염 난 사람은 시계를 꺼내어 보았다. 나도 시계를 꺼내어 보았다. 늦었다고 그랬다.

 일주야나 늦어서 달은 떴다. 그러나 그것은 너무나 심통한 차림차림이었다. 만신창이… 아마 혈우병인가도 싶었다.

 지상에는 금시 산비酸鼻[1]할 악취가 미만하였다. 나는 달이 있는 반대방향으로 걷기 시작하였다. 나는 걱정하였다. 어떻게 달이 저렇게 비참한가하는….

 작일昨日의 일을 생각하였다. 그 암흑을… 그리고 내일의 일도. 그 암흑을….

 달은 지지遲遲하게도 행진하지 않는다. 나의 그 겨우 있는 그림자가 상하上下하였다. 달은 제 체중에 견디기 어려운 것 같았다. 그리고 내일의 암흑의 불길을 징후하였다. 나는 이제는 다른 말을 찾아내지 않으면 안되게 되었다.

 나는 엄동과 같은 천문과 싸워야 한다. 빙하와 설산 가운데 동결하지 않으면 안 된다. 그리고 나는 달에 대한 일은 모두 잊어버려야 한다. 새로운 달을 발견하기 위하여.

 금시로 나는 도도한 대음향을 들으리라. 달은 타락할 것이다. 지구는 피투성이가 되리라.

 사람들은 전율하리라. 부상한 달의 악혈惡血 가운데 유영하면서 드디

---

1) 산비(酸鼻): 콧마루가 찡함. 몹시 슬프고 애통함.

어 결빙하여 버리고 말 것이다.

  이상한 귀기가 내 골수에 침입하여 들어오는가 싶다. 태양은 단념한 지상 최후의 비극을 나만이 예감할 수가 있을 것 같다.

  드디어 나는 내 전방에 질주하는 내 그림자를 추격하여 앞설 수 있었다. 내 뒤에 꼬리를 이끌며, 내 그림자가 나를 쫓는다.

  내 앞에 달이 있다. 새로운, 새로운, 불과 같은, 혹은 화려한 홍수 같은….

《『조광』, 1939년》

슬픈 이야기
- 어떤 두 주일 동안

거기는 참 오래간만에 가본 것입니다. 누가 거기를 가보라고 그랬나 모릅니다. 퍽 변했습니다. 그 전에 사생寫生하던 다리 아치가 모색暮色 속에 여전하고 시냇물도 그 밑을 조용히 흐르고 있습니다. 양 언덕은 잘 다듬어서 중간중간 연못처럼 물이 괴었고 자그마한 섬들이 아주 세간처럼 조촐하게 놓여 있습니다. 게서 시냇물을 따라 좀 올라가면 졸업 기념으로 사진을 찍던 목교木橋가 있습니다. 그 시절 동무들은 다 뿔뿔이 헤어져서 지금은 안부조차 모릅니다. 나는 게까지는 가지 않고 걸상처럼 생긴 어느 나무토막에 가 앉아서 물속으로도 황혼이 오나 안 오나 들여다보고 앉았습니다. 잎새도 다 떨어진 나무들이 거꾸로 물속에 가 비쳤습니다. 또 전신주도 비쳤습니다. 물은 그런 틈바구니로 잘 빠져서 흐르나 봅니다. 그 내려놓은 풍경을 만져 보거나 하는 일이 없습니다. 바람 없는 저녁입니다.

그러더니 물속 전신주에 달린 전등에 불이 들어왔습니다. 마치 무슨 요긴한 '말씀' 같습니다. '밤이 오십니다' 나는 고개를 들어서 땅 위의 전신주를 보았습니다. 얼른 불이 켜집니다. 내가 안보는 동안에 백주白晝를 한 병 담아 가지고 놀던 전등이 잠깐 한눈을 판 것도 같습니다. 그래 밤이 오나… 그러고 보니까 참 공기가 차갑습니다. 두루마기 아궁탱이 속에서 바른손이 왼손을 아귀에 꼭 쥐고 땀을 흘리고 있습니다. 내 마음이 허공에 있거나 물속으로 가라앉았을 동안에도 육신은 육신끼리의 사랑을 잊어버리거나 게을리 하지는 않는가 봅니다. 머리카락은 모자 속에서 헝클어진 채 끽소리가 없습니다. 어떻게 생각하면 이 가난한 모체母體를 의지하고 저러고 지내는 그 각 부분들이 무한히 측은한 것도 같습니다. 땅으로 치면 토박한 불모지 셈일 게니까. 눈도 퀭하니 힘이 없고 귀도 먼지가 잔뜩 앉아서 주접이 들었습니다. 목에서는 소리가 제대로 나기는 나지만 낡은 풍금처럼 다 윤택이 없습니다. 콧속도 그저 늘 도배한 것 낡은 것 모양으로 구중중합니다. 20여 년이나 하나를 믿고 다소곳이 따라 지내온 그네들이 여간 가엾고 또 끔찍한 것이 아닙니다. 이런 그윽한 충성을 지금 그냥 없이 하고 모체 나는 망하려 드는 것입니다.

일신의 식구들이 손, 코, 귀, 발, 허리, 종아리, 목 등 주인의 심사를 무던히 짐작하나 봅니다. 이리 비켜서고 저리 비켜서고 서로서로 쳐다보기도 하고 불안스러워 하기도 하고 하는 중에도 서로서로 의지하고 여전히 다소곳이 닥쳐올 일을 기다리고만 있는 것 같습니다. 그러는 동안에 꽤 어두워 들어왔습니다. 별이 한 분씩 두 분씩 모여들기 시작합니다. 어디서 오시나 굿 이브닝 뿔뿔이 이야기꽃이 피나 봅니다. 어떤 별은 좋은 궐련을 피우고 어떤 별은 정한 손수건으로 안경알을 닦기도 하고 또 기념촬영을 하는 패도 있나 봅니다. 나는 그런 오붓한 회장會場을 고개를 들어 보지 않고 차라리 물속으로 해서 쳐다봅니다. 시각이 거의 되었나 봅니다. 오늘 밤의 '프로그램'은 참 재미있는 여흥이 가지가지 있나 봅니다. 금단추를 단 순시巡視가 여기저기서 들창을 닫는 소리가 납니다. 갑자기 회장이 어두워지더니 모든 인원 얼굴이 활기를 띱니다. 중에는 가벼운 흥분 때문에 잠깐 입술이 떨리는 이도 있고 의미 있는 듯한 미소를 주고받으면서 눈을 끔벅하는 이들도 있나 봅니다. 안드로메다, 오리온, 이렇게 좌석을 정하고 컬런들도 다 꺼버렸습니다.

그때 누가 급히 회장 뒷문으로 허둥지둥 들어왔나 봅니다. 모든 별의 고개가 한쪽으로 일제히 기울어졌습니다. 근심스러운 체조, 그리고 숨결 죽이는 겸허로 하여 장내 넓은 하늘이 더 깊고 멀고 어둡고 멀어진 것 같습니다.

무슨 일인고? 넓은 하늘 맨 뒤까지 들리는 그윽하나 결코 거칠지 않은 목소리의 음악처럼 유량한 말씀이 들려옵니다. 여러분, 오늘 저녁에는 모두들 일찍 돌아가시라는 전령입니다. 우 ─ 들 일어나나 봅니다. '벨루아' 검정모자는 참 품品이 있어 보이고 또 '서반아'식 망토 자락도 퍽 보기 좋습니다. '에나멜' 구두가 부드러운 융전絨氈을 딛는 소리가 빠드득빠드득 꽈리 부는 소리처럼 납니다. 뿔뿔이 걸어서들 갑니다. 인제는 회장이 텅 빈 것 같고 군데군데 전등이 몇 개 남아 있나 봅니다. 늙은 숙직인이 들어오더니 그나마 하나씩 둘씩 꺼들어 갑니다. 삽시간에 등불도 다 꺼지고 어둡고 답답한 하늘 넓이에는 추잉껌, 캐러멜 껍데기가 여기저기 헤어져 있습니다.

무슨 일이 있으려나. 대궐에 초상이 났나보다. 나는 팔짱을 끼고 오랫동안 잊어버렸던 우두 자국을 만져 보았습니다. 우리 어머니도 우리 아버지도 다 얽으셨습니다. 그분들은 다 마음이 착하십니다. 우리 아버지는 손톱이 일곱 밖에 없습니다. 궁내부 활판소에 다니실 적에 손가락 셋을 두 번에 잘리우셨습니다. 우리 어머니는 생일도 이름도 모르십니다. 맨 처음부터 친정이 없는 까닭입니다. 나는 외갓집 있는 사람이 퍽 부럽습니다. 그러나 우리 아버지는 장모 있는 사람을 부러워하시지는 않으십니다. 나는 그분들께 돈을 갖다 드린 일도 없고 엿을 사다 드린 일도 없고 또 한 번도 절을 해본 일도 없습니다. 그분들이 내게 경제화經濟靴를 사주시면 나는 그것을 신고 그 분들이 모르는 골목길로만 다녀서 다 해뜨려 버렸습니다. 그분들이 월사금을 주시면 나는 그분들이 못 알아보시는 글자만을 골라서 배웠습니다. 그랬건만 한 번도 나를 사설하신 일이 없습니다. 젖 떨어져서 나갔다가 23년 만에 돌아와 보았더니 여전히 가난하게들 사십디다. 어머니는 내 대님과 허리띠를 접어 주셨습니다. 아버지는 내 모자와 양복저고리를 걸기 위한 못을 박으셨습니다. 동생도 다 자랐고 막내누이도 새악시 꼴이 단단히 박였습니다. 그렇건만 나는 돈을 벌 줄 모릅니다. 어떻게 하면 돈을 버나요, 못 법니다. 못 법니다.

동무도 없어졌습니다. 내게는 어른도 없습니다. 버릇도 없습니다. 뚝심도 없습니다. 손이 내 뺨을 만집니다. 남의 손같이 차디차구나. '무슨 생각을 그렇게 하시나요? 이렇게 야위었는데.' 모체가 망하려 드는 기색을 알아차렸나 봅니다. 이내 위문慰問이 끊이지 않습니다. 그러면 무얼 하나 속절없지. 내 마음은 벌써 내 마음 최후의 재산이던 기사記事들까지도 몰래 다 내다 버렸습니다. 약 한 봉지와 물 한 보시기가 남아 있습니다. 어느 날이고 밤 깊이 너희들이 잠든 틈을 타서 살짝 망하리라. 그 생각이 하나 적혀 있을 뿐입니다. 우리 어머니 아버지께는 고하지 않고 우리 친구들께는 전화 걸지 않고 기아棄兒하듯이 망하렵니다.

하하, 비가 오시기 시작입니다. 살랑살랑 물 위에 파문이 어지럽습니다. 고무신 신은 사람처럼 소리가 없습니다. 눈물보다도 고요합니다. 공기는 한 층이나 더 차갑습니다. 까치나 한 마리…. 참, 이 스며들 듯 하는 비에 까치집이 새지나 않나 모르겠습니다. 인제는 까치들도 살기가 어려워서 경성 근방에서는 다 없어졌나 봅디다. 이렇듯 궂은비가 오는 밤에는 우는 사람이 많을 것입니다. 건너편 양옥집 들창이 유달리 환하더니 인제 누가 그 들창을 안으로 닫아버립니다. 따뜻한 방이 눈을 감고 실없는 장난을 하려나 봅니다. 마음대로 하라지요. 하지만 한데는 너무 춥고 빗방울은 차차 굵어갑니다. 비가 오네, 비가 오누나. 인제 비가 들기만 하면 날이 득하렷다. 그런 계절에 대한 근심이 마음을 불안하게 하는 때 나는 사람이 불현듯 그리워지나 봅니다. 내 곁에는 내 여인이 그저 벙어리처럼 서 있는 채입니다.

나는 가만히 여인의 얼굴을 쳐다보면 참 희고도 애처롭습니다. 이렇게 어둠침침한 밤에 몸시계처럼 맑고도 깨끗합니다. 여인은 그전에 월광 아래 오래오래 놀던 세월이 있었나 봅니다. 아, 저런 얼굴에….

그러나 입 맞출 자리가 하나도 없습니다. 입 맞출 자리란 말하자면 얼굴 중에도 정히 아무것도 아닌 자그마한 빈 터전이어야만 합니다. 그렇건만 이 여인의 얼굴에는 그런 공지가 한 군데도 없습니다. 나는 이 태엽을 감아도 소리 안 나는 여인을 가만히 가져다가 내 마음에다 놓아두는 중입니다. 텅텅 빈 내 모체가 망할 때에 나는 이 '시몬'과 같은 여인을 체^滯한 채 그러렵니다. 이 여인은 내 마음의 잃어버린 제목입니다. 그리고 미구에 내다 버릴 내 마음 잠깐 걸어 두는 한 개 못입니다. 육신의 각 부분들도 이 모체의 허망한 것을 묵인하고 있나 봅니다. 여인, 내 그대 몸에는 손가락 하나 대지 않으리다. 죽읍시다. "더블 플라토닉 슈사이드[1]인가요?" 아니지요, 두 개의 싱글 슈사이드지요. 나는 수첩을 꺼내서 짚

---

1) 더블 플라토닉 슈사이드: 동반자살.

었습니다. 오늘이 11월 16일이고, 오는 공일날이 12월 1일이고 그렇다고. "두 주일이군요." 참 그렇군요. 여인의 창호지같이 창백한 얼굴에 금이 가면서 그리로 웃음이 가만히 내다보나 봅니다. 여인은 내 그윽한 공책에다 악보처럼 생긴 글자로 증서를 하나 쓰고 지장을 찍어 주었습니다. "틀림없이 같이 죽어 드리기로." 네, 감사하다 뿐이겠습니까. 나는 내가 제일 좋아하는 노래를 생각하고 휘파람을 불었습니다. 나는 세상의 모든 죄송스러운 일을 잊어버리기로 결심하였습니다. 그리고 깨끗한 손수건을 기처럼 흔들었습니다. 패배의 기념입니다. "저기 저 자동차들은 비가 오는데 어디를 저렇게 갑니까?" 네, 그 고개 너머 성모의 시장이 있습니다. "1원짜리가 있다니 정말 불을 지르고 싶습니다." 왜요. 자동차들은 헤드라이트로 물을 튀기면서 언덕 너머로 언덕 너머로 몰려갑니다. 오늘같이 척척한 밤공기 속에서는 분도 좀 더 발라야 하고 향수도 좀 더 강렬한 것이 소용될 것 같습니다. 참 척척합니다. 비는 인제 제법 옵니다. 모자 차양에서도 물이 뚝뚝 떨어집니다.

두루마기는 속속들이 젖어서 인제는 저고리가 젖기 시작했습니다. 아무도 보는 사람이 없습니다. 아무도 없는데 뉘에다가 부끄러워해야 합니까? 나는 누구나 만나거든 부끄러워해 드립니다. 그러나 그이는 내가 왜 부끄러워해 하는지 모릅니다. 내 속에 사는 악마는 고생살이 많이 한 사람 모양으로 키가 작습니다. 또 체중도 몇 푼어치 안 되나 봅니다. 악마는 어디 가서 횡재를 하고 돌아왔습니다. 장갑을 벗으면서 초췌하나 즐거운 얼굴을 잠깐 거울 속으로 엿보나 봅니다. 그리고 나서는 깨끗한 도화지 위에 단색으로 풍경화를 한 장 그립니다.

거기도 언젠가 한번은 왔다 간 일이 있는 항구입니다. 날이 좀 흐렸습니다. 반찬도 맛이 없습니다. 젊은 사람이 젊은 여인을 곁에 세우고 우체통에 편지를 넣습니다. 찰싹, 어둠은 물과 같이 출렁출렁하나 봅니다.

우체통 안으로 꼭두서니 빗물이 차갑게 튀어서 편지가 젖었을까 생각해 봅니다. 젊은 사람은 입맛을 다시더니 곁에 섰던 여인과 어깨를 나란히 부두를 향하여 걸어갑니다. 몇 시나 되었나, 4시? 해는 어지간히 서로 기울고 음산한 바람이 밀물 냄새를 품고 불어옵니다. "담배를 다섯 갑만 주십시오. 그리고 50전짜리 초콜릿도 하나 주십시오." 여보 하릴없이 실감개 같지….

"자, 안녕히 계십시오." 골목은 길고 포도鋪道에는 귤껍질이 여기저기 헤어졌습니다. 뚜… 부두에서 들려오는 기적 소리가 분명합니다. 뚜…, 이 뚜… 소리에는 옅은 보라색을 칠해야 합니다. '부두요' 올시다. 에그, 여기도 버스가 있구려. 마스트2) 위에서 깃발이 오늘은 숨이 차서 헐떡헐떡 야단입니다. 젊은 사람은 앞가슴 둘째 단추를 빼어 놓습니다. 누가 암살을 하면 어떻게 하게? 축항築港 물은 그냥 마루자이3)처럼 검습니다. 나무토막이 떴습니다. 저놈은 대체 어디서 떨어져 나온 놈인구? 참, 갈매기가 나네.

오늘은 헌 옷을 입었습니다. 허공중에도 길이 진가 봅니다. 자, 탑시다. 선벽船壁은 검고 굴 딱지가 많이 붙었습니다. 하여간 탑시다. 시간이 된 모양이지. 뚜… 뚜뚜… 떠나나 보오. 나 좀 드러눕겠소. "저도요." 좀 동그란 들창으로 좀 내다봐야겠군. 항구에는 불이 들어왔습니다. 여인의 이마를 좀 짚어봅니다. 따끈따끈해요. 팔팔 끓습니다. 어쩌나…… 그러지 마우. 담배를 피워 물었습니다. 한 개 피우고, 두 개 피우고, 잇대어 세 개 피우고, 네 개, 다섯 개 이렇게 해서 쉰 개를 피우는 동안에 결심을 하면 됩니다. 여보, 그동안에 당신일랑 초콜릿이나 잡수시오. 선실에도

---

2) 마스트: 선체의 중심선상의 갑판에 수직으로 세운 기둥.

3) 마루자이: 껍질만 벗긴 통나무 재목.

다 불이 켜졌습니다. 모두들 피곤한가봅니다. 마흔 개, 마흔한 개⋯ 이렇게 해서 어느 사이에 마흔아홉 개를 태워 버렸습니다. 혀가 아려서 못 견디겠습니다.

초저녁이 흔들립니다. 여보, 이 꽁초 늘어선 것 좀 봐요! 마흔아홉 개요. 일어나요. 인제 갑판으로 나갑시다. 여인은 다소곳이 일어나건만 여전히 말이 없습니다. 흐렸군. 별도 없이 바다는 그냥 문을 닫은 것처럼 어둡습니다. 소금 내 나는 바람이 여인의 치맛자락을 날립니다. 한 개 남은 담배에 불을 붙여 물고, 요거 한 대가 다 타는 동안에 마지막 결심을 하면 됩니다.

여보 섧지는 않소? 여인은 머리를 좌우로 흔들었습니다. 다 탔소. 문을 닫아라. 배를 벗어 버리는 미끄러운 소리, 답답한 야음을 떠미는 힘든 소리, 바다가 깨어지는 요란한 소리, 굿바이. 악마는 이 그림 한구석에 차근차근히 사인을 하였습니다.

두 주일이 속절없이 지나가고 공일날이 닥쳐왔습니다. 강변 모래밭을 나는 여인과 함께 걷고 있었습니다. 나는 기침을 합니다. 콜록콜록⋯ 코올록, 감기가 촉생觸生이 되었습니다. 바람이 상류를 향하여 인정 없이 불어옵니다. 내 포켓에는 걱정이 하나 가득 들어 있습니다. 여인은 오늘 유달리 키가 작아 보이고 또 생기가 없어 보입니다. 내 그럴 줄을 알았지요. 당신은 너무 젊습니다. 그렇게 젊은 몸으로 이렇게 자꾸 기일이 천연遷延되는 데에서 나는 불안이 점점 커갈 뿐입니다. 바람을 띵띵 먹은 돛폭을 둘씩 셋씩 세워서 상가선商賈船은 뒤에 뒤이어 올라가고 있습니다. 노래나 한마디 하시구려. 하늘은 차고 땅은 젖었습니다. 과자보다도 가벼운 여인의 체중이었습니다. 나는 돌아서서 간신히 담배를 붙여 물고 겸사겸사 한숨을 쉬었습니다. 기침이 납니다. 저리 가봅시다. 방풍림 우거진 속으로 철로가 놓여 있습니다. 까치 한 마리도 없이 낙엽은 낙엽

대로 쌓여서 이 세상에 이렇게 황량한 데가 또 있겠습니까? 나는 여인의 팔짱을 끼고 질컥질컥하는 낙엽을 디디면서 동으로 동으로 걸었습니다. 자갈 실은 화물차가 자그마한 기적을 울리면서 우리 곁으로 지나갑니다. 우리는 서서 그 동화 같은 풍경을 한없이 바라보았습니다. 가끔 가다가는 낙엽 위로 길도 있습니다. 그러나 사람은 하나도 만날 수가 없습니다. 어디까지든지 황량한 인외경人外境⁴⁾입니다. 나는 야트막한 여인의 어깨를 어루만지면서 그 장미처럼 생긴 귀에다 대고 부드러운 발음을 하였습니다. 집에 갑시다. "싫어요. 저는 오늘 아주 나왔세요." 닷새만 더 참아요. "참지요… 그러나 그렇게까지 해서라도 꼭 죽어야 되나요?" 그러믄요. "죽은 셈치고 그 영혼을 제게 빌려 주실 수는 없나요?" 안 됩니다. "언제든지 죽어 드리겠다는 저당을 붙여도?" 네.

세상에 이런 일도 또 있습니까? 나는 주머니 속에서 몇 벌 편지를 꺼내서는 그 자리에서 다 찢어 버렸습니다. 군君이 이 편지를 받았을 때에는 나는 벌써 아무개와 함께 이 세상 사람이 아니리라는 내 마지막 허영심의 레터 페이퍼들이었습니다. 그러나 그게 뭐란 말입니까? 과연 지금 나로서는 혼자 내 한 명命을 끊을 만한 자신이 없습니다. 수양이 못 되었습니다. 그러나 힘써 얻어 보오리다. 까치도 오지 않는 이 그윽한 수풀 속에 이 무슨 난데없는 떼 상장喪章이 쏟아진 것입니다. 여인은 새파래졌습니다.

《『조광』, 1937년》

---

4) 인외경(人外境): 사람이 살지 않는 곳. 속세를 떠난 곳.

동경(東京)

내가 생각하던 '마루노치 빌딩' 속칭 마루비루는 적어도 이 '마루비루'의 네 갑절은 되는 굉장한 것이었다. 뉴욕 브로드웨이에 가서도 나는 똑같은 환멸을 당할는지. 어쨌든 '이 도시는 몹시 가솔린 내가 나는구나 !'가 동경의 첫인상이다.

우리같이 폐가 칠칠치 못한 인간은 우선 이 도시에 살 자격이 없다. 입을 다물어도 벌려도 척 가솔린 내가 침투되어 버렸으니 무슨 음식이고 간에 얼마간의 가솔린 맛을 면할 수 없다. 그러면 동경 시민의 체취는 자동차와 비슷해 가리로다.

이 '마루노치'라는 빌딩 동리에는 빌딩 외에 주민이 없다. 자동차가 구두 노릇을 한다. 도보하는 사람이라고는 세기말과 현대 자본주의를 비예睥睨[1]하는 거룩한 철학인, 그 외에는 하다못해 자동차라도 신고 드나든다.

그런데 내가 어림없이 이 동리를 5분 동안이나 걸었다. 그러면 나도 현명하게 택시를 잡아타는 수밖에. 나는 택시 속에서 20세기라는 제목을 연구했다.

창밖은 지금 궁성宮城 호리 곁, 무수한 자동차가 영영嬰嬰히 20세기를 유지하느라고 야단들이다. 19세기 쉬적지근한 내음새가 썩 많이 나는 내 도덕성은 어째서 저렇게 자동차가 많은가를 이해할 수 없으니까 결국은 대단히 점잖은 것이렷다.

신주쿠新宿는 신주쿠다운 성격이 있다. 박빙薄氷을 밟는 듯한 사치. 우리는 '프란스야시끼'에서 미리 우유를 섞어 가져온 커피를 한잔 먹고 그리고 10전씩을 치룰 때 어쩐지 9전 5리보다 5리가 더 많은 것 같다는 느낌이었다. '에루테루(ERUTERU)[2]' - 동경 시민은 불란서를 'HURANSU'라고 쓴다. 세계에서 제일 맛있는 연애를 한 사람의 이름이라고 나는 기억하는데 '에루테루'는 조금도 슬프지 않다.

신주쿠鬼火 같은 이 번영繁榮 삼정목三丁目 저편에는 판장板墻과 팔리지 않는 지대地代와 오줌 누지 말라는 게시가 있고 또 집들도 물론 있겠지요.

C군은 우선 졸려 죽겠다는 나를 치쿠지築地소극장으로 안내한다. 극장은 지금 놀고 있다. 가지가지 포스터를 붙인 이 일본 신극운동의 본거지가 내 눈에는 서투른 설계의 끽다점 같았다. 그러나 서푼짜리 영화는 놓치는 한이 있어도 이 소극장만은 때때로 참관하였으니 나도 연극 애호가 중으로는 고급이다.

'인생보다는 연극이 재미있다'는 C군과 반대로 H군은 회의파다.

아파트의 H군의 방이 겨울에는 16원, 여름에는 14원, 춘추로 15원, 이

---

1) 비예(睥睨): 눈을 흘겨봄. 둘레를 흘겨보고 위세를 부리는 것.

2) 에루테루(ERUTERU): 베르테르.

렇게 산비둘기처럼 변하는 회계에 대하여 그는 회의와 조소가 깊고 크다. 나는 건망중이 좀 심하므로 그렇게 계절을 따라 재주를 부리지 않는 방을 원하였더니 시골사람으로 이렇게 먼 데를 혼자 찾아온 것을 보니 당신은 역시 재주가 많은 사람이라고 죠쭈앙이 나를 위로한다. 나는 그의 코 왼편 언덕에 달린 사마귀가 역시 당신의 행복을 상징하는 것이라고 위로해 주고 나서 후지富士산을 한번 똑똑히 보았으면 원이 없겠다고 부언해 두었다.

이튿날 아침 7시에 지진이 있었다. 나는 들창을 열고 흔들리는 대 동경을 내다보니까 빛이 노랗다. 그 저편 잘 개인 하늘 소꿉장난 과자같이 가련한 후지산이 반백의 머리를 내놓은 것을 보라고 조쭈앙이 나를 격려했다.

긴자銀座는 한 개 그냥 허영독본虛榮讀本이다. 여기를 걷지 않으면 투표권을 잃어버리는 것 같다. 여자들이 새 구두를 사면 자동차를 타기 전에 먼저 긴자의 보도를 디디고 와야 한다.

낮의 긴자는 밤의 긴자를 위한 해골이기 때문에 적잖이 추하다. '살롱 하루春' 굽이치는 네온사인을 구성하는 부지깽이 같은 철골들의 얼크러진 모양은 밤새고 난 여급의 퍼머넌트 웨이브처럼 남루하다. 그러나 경시청에서 '길바닥에 침을 뱉지 말라'고 광고판을 써 늘어놓았으므로 나는 침을 뱉을 수는 없다.

긴자 팔정목八丁目이 내 측량에 의하면 두 자 가웃쯤 될는지! 왜? 적염난발赤染亂髮의 '모던' 영양令孃[3] 한 분을 삼십 분 동안에 두 번 반이나 만날 수 있었으니 말이다. 영양은 지금 영양 하루 중의 가장 아름다운 시간

___
3) 영양(令孃): 남의 딸의 높임말.

을 소화하시려 나오신 모양인데 나의 이 건조무미한 '프롬나드'는 일종 반추에 지나지 않는다.

나는 교바시京橋 곁 지하 공동변소에서 간단한 배설을 하면서 동경갔다 왔다고 그렇게나 자랑을 하던 여러 친구들의 이름을 한번 암송해 보았다.

시와스師走, 섣달 대목이란 뜻이리라. 긴자 거리 모퉁이 모퉁이의 구세 군 사회냄비가 보병총처럼 걸려 있다. 1전, 1전만 있으면 가스로 밥 한 냄비를 끓일 수 있다. 이렇게 귀중한 1전을 이 사회 냄비에 던질 수는 없 다. 고맙다는 소리는 1전어치 가스만큼 우리 인생을 비익裨益하지 않을 뿐 아니라 때로는 신선한 산책을 불쾌하게 하는 수도 있으니 '보이'와 '걸'이 자선 쪽박을 백안시하는 것도 또한 무도無道가 아니리라. 묘령의 낭자 구세군, 얼굴에 여드름이 좀 난 것이 흠이지 청춘다운 매력이 횡일 橫溢하니 폐경기 이후에 입영하여도 '그리 늦지는 않을걸요' 하고 간곡히 그의 전향을 권설勸說하고도 싶었다.

미쓰코시三越, 마츠자카야松板屋, 이토야伊東屋, 시로키야白木屋, 마츠야松 屋, 이 7층집들이 요새는 밤에 자지 않는다. 그러나 우리는 그 속에 들어 가면 안 된다.

왜? 속은 7층이 아니오 한 층인데다가 산적한 상품과 무성한 '숍걸' 때 문에 길을 잃어버리기 쉽다.

특가품特價品, 격안품格安品4), 할인품割印品 어느 것을 고를까. 그러나 저 러나 이 술어들은 자전에도 없다. 그러면 특가, 격안, 할인품보다 더 싼 것은 없다. 과연 보석 등속, 모피 등속에는 '눅거리'가 없으니 눅거리를 업신여기는 이 종류 고객의 심리를 이해하옵시는 중형重刑들의 슬로건,

---

4) 견안품(格安品): 염가품.

실로 약여躍如하도다.

밤이 왔으니 관사冠詞 없는 그냥 '긴자'가 출현이다. '코롬방'의 차茶, 기노쿠니야紀伊國屋의 책은 여기 사람들의 교양이다. 그러나 더 점잖게 '브라질'에 들러서 스트레이트를 한잔 마신다. 차를 나르는 새악시들이 모두 똑같이 단풍무늬 옷을 입었기 때문에 내 눈에는 좀 성병性病 모형 같아서 안됐다. '브라질'에서는 석탄 대신 커피를 연료로 기차를 운전한다는데 나는 이렇게 진한 석탄을 암만 삼켜 보아도 정열은 불붙어 오르지 않는다.

'애드벌룬'이 착륙한 뒤의 긴자 하늘에는 신의 사려에 의하여 별도 반짝이련만 이미 이 카인의 말예末裔들은 별을 잊어버린지도 오래다. 노아의 홍수보다도 독가스를 더 무서워하라고 교육받은 여기 시민들은 솔직하게도 산보 귀가의 길을 지하철로 하기도 한다. 이태백이 놀던 달아! 너도 차라리 19세기와 함께 운명하여 버렸었던들 작히나 좋았을까.

《『문장』, 1939년》

이상 (출생 1910. 8. 20 ~ 사망 1937. 4. 17)

1910   김연창과 박세창의 장남으로 출생. 본명은 김해경.

1921   신명학교 졸업.

1926   동광학교(이후에 보성고등보통학교) 졸업.

1929   경성고등공업학교 건축과 졸업.
       조선건축회지 《조선과 건축》의 표지 도안 현상 모집에 당선.

1930   《조선》에 첫 중 · 단편소설 『12월 12일』 연재.

1932   7월 '이상' 필명으로 시 『건축무한육면각체』 발표.

1933   《카톨릭청년》에 시 『1933년 6월 1일』, 『꽃나무』,
       『이런 시』, 『거울』 등 발표.

1934   구인회에 가입. 박태원의 〈소설가 구보씨의 일일〉에 삽화 그려
       줌. 《월간매신》에 시 『보통기념』, 『지팽이 역사』,
       《조선중앙일보》에 시 『오감도』 등 발표.

1936   단편 소설 『지주회시』, 『날개』 등을 《조광》에 발표. 변동
       림과 결혼 후 동경으로 떠남.

1937   2월 사상 불온 혐의로 일본 경찰에 유치됨. 4월 17일 도쿄대학
       교 부속병원에서 사망. 후에 미아리 공동묘지에 안장.

1957   《이상전집》 3권 간행.(80여 편 수록)